U0949144

阴阳师

泷夜叉姬

〔日〕梦枕貘 著
王维幸 译

南海出版公司

新经典文化股份有限公司
www.readinglife.com
出　品

目录

序卷

夜幕下，一架由黑色公牛拉着的竹篷车沿朱雀大路向南驶去。一钩弯月悬挂在西边天空，如猫爪般纤细。

随行者四人。一人牵牛，二人持火把，剩余一人是一名童子，肤色白皙，面孔如女子一般。童子赤脚而行，身穿白色窄袖便服，长长的头发束于脑后，垂在后背。他面无表情，不知在思索什么，一双黑色瞳仁只是盯着前方。硬要寻出表情，恐怕只有看向他那透着血色的红唇了。他唇角微微翘起，勉强称得上在微笑，却也似有似无，若隐若现。

前面的男子手持火把，火光映在童子脸上，摇曳不止，被白皙的肌肤衬得益发红亮。童子的眼睛一直盯着南方。

忽然，前面的男子猛地止步，伸腿向童子脚下绊去。童子一个趔趄，向前重重摔倒在地。

“你怎么了，乌童？”拿火把的男子问道。他是故意的。

“怎么，还想等母狐来扶你不成？”另外一名举火把者说。牛车吱吱呀呀驶过童子身旁。童子并没有起身。他两手和双膝撑在地上，眼睛直直望着前方。

“你怎么还不起来？”绊倒童子的男子回头看了一眼。不知他的话有没有传到耳朵里，童子依然盯着南面罗城门的方向。

“你们没看见那个吗？”童子问道。

“那个？你在说什么？”两名男子停下脚步，问道。

“有东西正朝这边来。”童子说。

两名男子朝罗城门方向瞥了一眼。“什么东西也没有啊。”

“别闹了。”一人厉声说道。

天上只有一弯月牙，近乎朔月。微弱的光线连月光都称不上。火把顶多能照亮前面几尺的范围，即使知道罗城门的方位，也看不清它的影子。牛车将三人甩在后面，径自缓缓向前驶去。

“你是不是又在琢磨些无聊的事，想博取忠行大人的欢心？”绊倒童子的男子说道。另一人则吐了口唾沫，正吐在童子脸上。童子却连擦都不擦，依然盯着罗城门的方向。

“似乎是恐怖的东西。”童子站起身来，朝牛车追去，对两名男子睬都不睬。

“他究竟要干什么？这浑小子。”两人向童子追去。此时，童子已追上牛车，大喊起来：“师父，不好了。”

车中似乎动了一下。

“嗯……”一个男人睡意朦胧的声音传来，“什么事？”

“一团奇怪的云雾正从罗城门方向朝我们飘来。”

“什么?!”车门帘一挑，一个白胡子老人露出脸来。火把下，老人朝牛车前进的方向望了一眼，表情忽然僵住了。

“嗯。”他双眸中蓄着严肃的光，“停车！”声音低沉，仿佛是从喉咙中挤出来的。

牛车刚一停住，老人便下了车。

“忠行大人，究竟是什么事……”持火把的男子问道。老人并不作答，跳舞似的在牛车周围踱步，频频用脚跺地。每移几步就单膝着地，指尖按在地上，口中轻诵咒语。一番动作之后，老人严厉地说道：“熄灭火把。不许动！”

“是什么事……”问者话音未落，即被老人打断：“没空跟你们解释了。从现在起，我不让你们作声，你们谁也别出声。若是妄动或出声，小命就没了。”老人只说了这些，便闭了嘴。

两支火把一灭，四周立刻陷入一片黑暗。昏暗中勉强能分辨出彼此身体的轮廓。能听见的声音，只有身旁之人的呼吸。童子和老人似乎已看见正在接近的东西，其余三名男子却一无所见。

眼睛逐渐适应了黑暗，借着星光，周围物什的轮廓终于模糊可辨。男人们个个屏息凝神向南望去，似乎终于看到了——一开始如青黑色的雾霭，朦朦胧胧地在地上像云一样翻卷。渐渐地，云团向眼前逼来，还带有一点朦胧的光，尽管非常微弱。

云团一步步接近，里面似乎有东西在动。那东西的轮廓也逐渐清晰起来。终于看清了，三名男子吓得差点尖叫。

是无数的鬼。

独眼的大秃头鬼。

独脚恶犬。

双头的女人。

有腿的蛇。

长着手脚的琵琶。

独角的鬼。

双角的鬼。

牛一般大的癞蛤蟆。

马头鬼。

爬行鬼。

乱舞鬼。

无面鬼。

仅有一张嘴的鬼。

脸长在后面的鬼。

只有一颗头在空中飞舞的鬼。

长脖子鬼。

浑身淌着黏液的鬼。

长身鬼。

短身鬼。

长着翅膀的鬼。

用脚走路的壶。

从画中溜出来的薄纸片般的女鬼。

在地上爬行的无腿狼。

四臂鬼。

手持眼珠子的走路鬼。

浑身垂着乳房的女鬼……

飘飘摇摇，群鬼乱舞，所有的鬼一齐向眼前逼过来。每只鬼手中都拿着一样东西。这只鬼拿的是人手臂，那只拿的是人腿，还有一只拿着人头，再有的拿着人的鼻子、耳朵、头发、肠子、心脏、胃、牙齿、嘴唇……

三名男子膝盖瑟瑟发抖，差点吓趴下。

忽然，步步逼来的群鬼中，一只鬼止住脚步。

“怎么回事？”后面的独眼大秃头鬼嚷道。

“不对啊，刚才我明明看见这边有人影。”止步的独角鬼喃喃道。

“什么，有人？”

大秃头鬼话音未落，发现人影的消息便立刻在群鬼里散播开来。

“有人！”

“有人！”

“有人！”

“有人！”

“有人？”

“说是有人。”

“嗯。”

“嗯。”

于是，鬼们都止住了脚步。

“怪事，刚才明明看见就在这附近。”独角鬼使劲抽动着鼻子，靠过来。其他的鬼也都使劲嗅着，围拢过来。

“嗯，有味。”独角鬼说。

“有味。”

“嗯，有味。”

“有味。”

“是人味。”

“人味。”

鬼们立刻在眼前打起转来。

三名男子早被吓得掉了魂儿。童子却泰然地望着群鬼，眼中毫无惧色。原来，鬼也不过如此啊——他的眼神中明显流露出不屑。

“还有牛的气味。”独脚犬说着人话。

“嗯，还有牛的气味。”

“嗯，我也嗅到了。”

群鬼逼到眼前，却无法进入老人布下的结界。

这时，被群鬼惊吓的牛忽然叫了一声。

“哦，有牛。”

“什么，这种地方居然有牛！”

呼啦一声，群鬼向牛围拢过来。

哧啦，哧啦，牛肉被大口大口撕尽。

咕咚，咕咚，牛血被大口大口喝干。

开始时，牛还摇晃着身子叫几声，紧接着连惨叫声也听不到了。剩下的，只有大山般的群鬼发出的啖食牛肉和脏腑的恐怖声音。

咯吱，咯吱，一根根牛骨被咬断。

嘎嘣，嘎嘣，一块块骨头被嚼碎。

不久，群鬼散开，刚才还活蹦乱跳的公牛此时已踪迹全无，只留下一摊血迹。

“奇怪，人在哪里呢？在哪里？”群鬼又开始搜寻。

“哈——哈——”

群鬼把脸凑过来，一阵阵血腥味扑鼻而来。

“啊——”一名男子终于忍不住失声尖叫起来。正是刚才伸腿绊倒童子的那位。

“哦，原来在这里。居然在这里啊。”群鬼嗥叫起来。

“妈呀——”男子大叫一声，刚要逃走，便被大秃头鬼从上面伸下来的右手揪住领子，转眼间被抓出了结界。

“哦，是人。”

“好美味啊。”

“吃掉他。”

“吃掉他。”

鬼立刻哇哇叫着向男子聚拢。

咯吱，咯吱，群鬼吃起来。人的两只眼珠子被吸出来。一只鬼把嘴贴在男子屁股上，一股脑儿把肠子吸出来，大口吞噬掉。另一只鬼顺着手指尖嘎嘣嘎嘣嚼掉每一节骨头。

“呀——”

眨眼间，男子高亢的悲鸣低弱了，消失了。

看着男子被吞噬，童子没有露出丝毫惊恐，依旧目光泰然。

原来，鬼就是这样吃人的啊。

咯吱，咯吱……嘎嘣，嘎嘣……

不久，连骨带肉一块咀嚼的声音终于止息。

“真好吃啊。”

“啊，好吃。”

群鬼散开之后，地面上只剩下刚才还穿在男子身上的窄袖便服的碎片和一汪血迹。不止骨肉，连头发和牙齿都被鬼吃光了。

“可是，怎么还有人的气味啊。”

“嗯，我也嗅到了。”

“肯定哪个地方还有人。”

“可是看不见啊。”

“既然看不见，那就没办法了。”

“没办法了。没办法了。”

鬼一个接着一个从童子等人身旁离去。不久，又如刚来时一样，每只鬼各自拿着人手和人脚，沿朱雀大路北上而去。

“好了，没事了。”等群鬼的影子完全消失之后，老人才开口说话。两名男子闻言咕咚一声瘫软在地，但童子仍面不改色。

“多亏了你，让我们逃过一场劫难。”老人的声音缓和下来，“晴明，若不是你提醒我，我们早就没命了。”

老人贺茂忠行向童子低声念叨。

朱雀门下，一位老人正横躺着睡觉。他的头发杂长蓬乱，半数以上已经白了。胡须也从未修剪过，任其疯长。破破烂烂的水干裹在身上，原本应是白色的，现已沾满汗渍和灰尘，连本色都无法分辨。

老人睡觉的朱雀门檐下，星光粲然。刚才还悬挂在西边天空的月牙，此时已开始向山边下沉。绮丽的银河微微泛白的亮光，将朱雀门的黝黑衬得愈发浓厚。横躺在门下的老人身影，此刻也似乎显得越发浓黑，轮廓更加清晰。老人赤着脚，小腿以下完全裸露。旁边有几根柱子，一根的柱脚有几只虫子，发出微弱的鸣声。

忽然，老人的身体轻轻动了一下，一直闭着的眼睛也睁开了。一双泛着黄光的眼睛从眼皮底下露出来。老人缓缓起身，坐到柱脚上，抬起脸。

眼前是朱雀大路。此时，一团东西正从路南迎朱雀门而来。它缠绕着地上翻卷的黑色云雾，朦朦胧胧逼近。老人依旧坐在那里，眼神炯炯地眺望着云团接近，低声念叨："是鬼还是……"

百鬼夜行！

无数的鬼正由南沿朱雀大路北上。一旦上来，就会到达老人所在的朱雀门。

独眼的大秃头鬼，巨大的癞蛤蟆。

独脚犬，双头女。

独角鬼，双角鬼……

它们正朝老人所在的朱雀门逼近，手中拿着四分五裂的人体——头、手臂、腿、内脏……

群鬼步步逼近，老人却无意逃走。他坐在那里，两肘支在双膝上，两手像绽开的花朵一样托着下巴，兴趣盎然地眺望着群鬼接近。

终于，群鬼来到了朱雀门前，止住脚步。

"喂，我嗅到人味了。"说话的是独眼的大秃头鬼。

"嗯，嗅到了。"独脚犬和双角鬼也说道。

"确实有人味。"

"嗯，有味。"

"有味。"

群鬼再次使劲地抽动鼻子。老人依然饶有兴味地望着它们拼命寻找的嘴脸。

"哇，人在这里啊。"靠过来的大秃头鬼似乎吃了一惊，说道。

"什么？"

"什么？"

"找到人了？"

"找到了？"

呼啦一声，群鬼立刻在朱雀门下围拢。

老人翘起嘴角，嘿嘿一笑。

"哦。"大秃头鬼又叫了起来，"原来是个肮脏的老头。"

"老头就在这里啊。"

"而且，这小老头还在笑呢。"

"嗯，在笑呢。"

群鬼七嘴八舌。

"怎么不逃走？真是个奇怪的老头。"双头女的两个头对彼此说道。

"我也嗅出来了……"老头冷不丁冒出一句，"我嗅出来了。你们一定是在什么地方吃了人吧？"他嗤笑道，露出黄色的牙齿。

"不错，刚刚才吃了一头牛和一个人过来。"

"把你也给吃了吧。"群鬼说道。

"慢……"老人缓缓站起身来。从站姿来看，他的腰还没有弯，是个刚步入老年的小老头。

"我的肉可不好吃啊。"老人挠挠头和身子，对群鬼说道。

"就一头牛和一个人，我们还没吃够呢。"

"没错，我们的肚子还没有填饱呢。"

群鬼向老人逼过来。一只长着马头的鬼忽然高叫："我认出来了。这家伙，就是那个老头。"

"什么?！"

"就是那个曾经与小野篁大人一起到冥界诓骗我们的老头。"

"哦，就是当时那个老头？"

群鬼似乎想起了什么，开始唧唧喳喳。

"叫什么名字来着？"

"好像是叫道满……叫什么道满来着？"

“芦屋道满。”

“哦，是道满法师？”

群鬼叫了起来。

“这家伙，还曾变成我的样子，溜到冥界呢。”马头鬼说道。

“这些陈年旧事，亏你们还记得这么清楚。”芦屋道满说。

“对了，就是这个道满，我也因他倒过一回大霉呢。”有足蛇说道。

“我曾被这家伙骗得十天十夜不吃不喝，拼命给他干活，到头来却什么报酬也没得到。”双角的红面鬼说道。

“我也是。”“我也是。”又出现了两三个附和者。

“嘻嘻嘻……”道满低声嗤笑着，“得罪得罪，是我对不住诸位。”

“什么？说得好听，你压根儿就没有觉得对不起我们。”

“算了算了。反正这次就这家伙一个人。”

“给我吃掉他！”

“连骨头也不剩。”

“慢！这个老头不能吃。”群鬼正要逼上前去，独角鬼喊道，“我们现在没空跟这个老头瞎纠缠，自己的事还没做完呢。”

“不，别听他瞎嚷嚷。”

“这机会千载难逢，过了这个村就没这个店了。”

“现在就吃了他。”

“好。”

群鬼一拥而上。

就在这时，一个影子出现在群鬼和道满之间。是毗沙门天。他高九尺，身披盔甲，右手提着明晃晃的剑。

“哇！”群鬼大叫一声，向后退去。当然，并非所有的鬼都害怕。

“我以为是谁呢，毗沙门天啊，你也不至于为这样的贱民现身啊。”

“一定是道满耍的鬼把戏。”双角鬼和独脚犬说道。

“千万别上他的当。”空中飞舞的独头鬼叫道。

这时，毗沙门天身边忽然又出现一个影子——持国天。持国天也是一身戎装。但他手中持的并不是剑，而是桃核。

“哇。”

“嗯嗯。”

“持国天大人拿着桃核哟。”

群鬼不断后退。

“怎么，不敢了吗？”道满的声音响了起来，“你们的对手可是这两位天神啊。”

毗沙门天和持国天径自迎上前去。

“嗯。”

“嗯嗯。”

“嗯嗯嗯。”

群鬼尽管还想扑向道满，现在却不可能了。

“算了算了，再跟这个老头纠缠下去，我们什么事都干不成。”独角鬼话音未落，毗沙门天已经将手中的剑举起一扫。

“哇——嗷——”

群鬼嗥叫着向后跳去，有几只鬼甚至已经朝西边跑了。一只、两只……鬼的数量不断减少。

“该死的。”

“有、有什么法子。”

“别以为今天晚上我们会放过你，道满。”一直想扑上来的鬼说道。此时，群鬼已经减至半数。

“总有一天，我们会吃了你的肝和肺。”

“把你的眼珠子吸出来。”

残余的鬼一面咬牙切齿地叫着，一面掉转方向逃离。

呼啦一下，鬼纷纷奔西边而去，不一会儿便消失得无影无踪。

道满嘻嘻一笑，右手一伸，毗沙门天和持国天的身影倏地消失，掌心正托着两尊小小的毗沙门天和持国天的木雕像。“哎呀，这下可完全醒了。”他说着将两尊木雕像收入怀里，唇边依然挂着微笑。

银河已移到中天。道满抬起腿，正想回到刚才一直躺着的地方，却忽然停下来。有样东西掉在了刚才群鬼聚集的朱雀门前的地上。道满走上前去。

“这是——”

这是一只颜色已变、开始腐烂的右臂，是刚才鬼手里拿着的。或许是哪只鬼逃走时遗失的。

“唔。”道满若有所思，弯腰捡起。那手臂被道满捧着，竟猛地动了，向他的手臂抓来。伸出的手指像嘴一样咬下去，掐入了道满手臂的肉里。

“呜——”道满叫起来，转而又低声笑了，“呵呵呵……”

“原来如此。是饿了啊。”他对那只手臂说道，“如果我的肉好吃，就只管吃吧……”

一阵快活的叫声从道满口中发出，令人毛骨悚然。

“嗷，可爱的家伙……”

一　妖怪祭

藤原治信仰面躺在床上，呻吟不止。

他痛苦地扭动着身体，紧咬牙关，牙缝间不时漏出阵阵呻吟，忍受着病痛的煎熬。枕边的灯火红红地映照在扭曲的脸上，使得那面孔越发骇人。高高隆起的肚子连衣缝都撑裂了，就快露出肌肤来。

他的头左右扭动着，双手和双脚也不停扭动。大概是极度痛苦，他不时地张开嘴，急促地呼吸几下，然后再次咬紧牙。

几名随从围着仰面朝天的治信，仿佛都犯了一样的毛病，也都紧咬着牙关，歪着嘴唇。只有一人嘴角微微透出一丝快活的微笑。他并非治信的随从。

这是一个老人。

“哦。”老人坐在枕边，俯身看着治信说，“这次居然长这么大了。”

白头发，白胡子，头发像蓬乱的杂草，任其疯长。胡子似乎从没有修剪过，已经垂到胸部了。破烂的水干裹在身上，原本似乎是白色，现在已脏得连是什么颜色都辨不清了。周身散发着一股异臭，唯有一双眼睛炯炯有神。看样子像是乞丐，然而却不是。乞丐绝不会如此大摇大摆，也绝不会看不出一点卑躬屈膝。

这个老人，便是芦屋道满。

“今天碰上了我，你算是有救了。”道满对治信说道，“一般阴阳师和咒言师是无法驱除的。”他把手伸向治信的肚子。

“请恕我失礼了。”说着，他解开治信的衣襟。膨胀得滚圆的肚腹露出来。肚中似乎潜入了某种生物，皮肤一动一动的。

道满用手抚摩着肚子表面。“好了好了，我现在就给你解除痛苦。”

他自信地微笑着，把放在身边的旧包袱拽过来，放在膝盖上解开。顿时，一股令人作呕的腥臊味扑鼻而来。里面是个用茶色兽皮包裹的东西，道满毫不在乎地将其拿在手里。

“那、那是什么？”随从问。

“生牛皮。”

“生牛皮？”

“就是活生生地把牛皮剥下来，然后做成的袋子。”道满若无其事地说。

“什、什……”随从们的眼神变得惶恐起来。但道满似乎毫不在意。

“袋内还沾着血，我怕会把这位大人给玷污了，不妨事吧？”

随从们没有一个作声。

“不妨事吧？”谨慎起见，道满又重复了一次，用锐利的目光扫了随从们一眼。

“不、不妨事。”在道满的威慑下，随从们连连点头。

道满左手拿起生牛皮袋。留神一看，袋口已用长长的绳子扎住。他用右手拿住绳子的头儿，抬头看了看屋顶。

“哦，不错，那儿正好有道梁。”道满念叨着，站起身来，使劲把右手的绳子向梁上抛去，绳头绕过梁又落了下来。他抓在手里，调节了一下绳长，袋子便被吊在了治信肚子上方一尺多点的位置。袋子差不多能装进两颗人头，甚至还稍稍富余一些，不过现在是瘪的，让人无法看清里面究竟装的是什么东西。

“里面是不是装着东西啊？”一个随从怯生生地问道。

“现在还什么也没装。”道满说道，“接下来就会装的。”他坐了下来，盯着悬在眼前的生牛皮袋。“是时候了……”

道满念叨着这些的时候，吧嗒一声，有东西从袋子底部滴到治信的肚子上。

是一滴血。

血落下的瞬间，肚皮眼看着痉挛起来。血像煮沸了一样，在肚子上形成许多泡沫，转眼间被吸了进去，消失了。

“好，好。”道满高兴地叫着，“原来如此，果真如此。”他把手伸进怀里，摸出五根针来，针长六七寸。

道满将针拿在左手。这时，吧嗒一声，又一滴牛血从袋子底部滴落到治信的肚子上。或许是血都汇集到了袋子底部的缘故，吧嗒吧嗒接连滴落。

道满右掌按在治信肚子上，将血涂抹开来。随着手掌的移动，治信的肚子也一起一伏，剧烈颤动。刚一抹开，那血立刻就吸了进去。治信翻着白眼呻吟。围观者屏住气息，鸦雀无声。

“差不多了。”道满说着，用右手啪啪拍打起治信的肚子来，“请忍一下。”说着，他右手捏住一根针，一下刺入肚脐下两三寸的位置。

“干、干什么？”随从们大叫起来。

“忍一下，忍一下。”道满微笑一下，将剩余四根针衔在口中，然后抽出一根，噗地扎进肚脐上方三寸的地方，接着又在肚脐的左右扎了两根，于是，治信的肚脐被四根针围了起来。

道满用右手捏住剩下那根针，左手手指按在针尖上，口中轻轻地念起咒语来。声音很低。究竟在念诵什么，没有人知道。

治信的肚子颤动起来。但颤动的并不是整个腹部，仅限于被四根针围起来的地方。

诵完咒语，噗的一下，道满把最后那根针刺入了肚脐。肚子的颤动和痉挛骤然停止。只剩灯下那圆鼓鼓的大肚子，还有扎在上面的五根针。

“马上就出来了，就出来了。”道满哼歌儿似的说着，用右手的食指尖触碰扎在下腹的针尾，接着又低声诵起咒语。这次的咒语似乎与刚才的不一样，但究竟是哪里不一样，随从们没有一个人能说清。

道满一面念诵着咒语，一面移动着指尖，接连触碰刺于腹部的针尾。每次针都会轻轻震动一下。下、上、左、右，他依照刚才扎针的顺序依次触碰下去，唯独扎在肚脐中的那根没去动一下。

指尖在四根针的尾部触了几圈之后，忽然，道满把中央的那根针拔出，朝肚子上吹了口气。于是，治信的肚脐及周围眼看着就变成了黑色。

一瞬间，东西出现了。肚脐周围现出兽嘴一般的东西，似牙齿，似嘴巴。就在这时——

又一滴血从吊在上面的袋子底部吧嗒落下。转瞬间，一个黑东西从治信肚子里飞出，仿佛在追逐落下来的血滴，扑通一声撞到袋底。

“嗨。”道满似乎早有准备，立即从怀里取出一枚符咒贴到袋子上。

一直干瘪的皮袋，此刻似乎装入了什么东西，眼看着膨胀起来。一凸一凸的，似乎有东西在里面拼命挣扎。

“咦……治信大人的肚子……”随从们惊叫起来。

不知何时，治信的肚子像泄了气似的变得扁平，变成了普通男人的肚子，只是皮肤松弛而已。尽管不知它为何物，总之，一直待在治信肚里的东西似乎已被驱除，装进吊在梁上的生牛皮袋中。

“了结了。”道满若无其事地说，然后站起身来，解开绳结，放下吊在梁上的皮袋，拿在手中。一直翻着白眼呻吟不止的治信一脸茫然，右手抚摩着自己变得扁平的肚子。

“道、道、道满……”

“没事了。”手拿袋子的道满俯身看着治信，说道。

“唔、唔唔唔……”治信直起上半身，依然在抚摩自己的肚子，“究、究竟是什么在我的肚子里？”

“怎么，想看一下吗？”道满将袋子伸到治信面前，捏住系好的绳子。

治信一下缩了回去，慌忙说道：“算、算了，不看了。”

“您是否曾在什么地方，对女人做过薄情寡义的事？”

“什么？女人？”

道满探询的目光在治信身上移动。“对您恨之入骨啊。”

“您是说，那个女人在恨我？”

“没错。”

“咒、咒我？”

“正是。”

“哪里的女人？”

“这一点嘛，治信大人自己难道想不起来？”

“唔，唔……”

“数量太多了，想不起来了？”

“男女之事，原本不就是世之常事吗？”

“说得也是。女人记恨薄情男人，也是世之常事啊。”

“什、什么?!”

“再过两三个月，类似的事情或许还会重演。到时候再叫我来吧，我还会给您驱除今天这样的附体之物。”

“道、道满……”治信可怜巴巴地望着道满。

“男人可以随意甩掉女人，女人也可以任意憎恨男人——这随意和任意之间的事情，我可就管不着喽。”道满左手拎起皮袋，伸出右手。

“什么?!”

“给我说好的东西。”道满说道，“钱。”

一名随从站起来，从怀里掏出一个纸包。道满将纸包托在右掌上掂量一下，放入自己怀里。“搅扰了。”他低下头，举起左手中的袋子向众人晃了晃，“这东西就归我了，想必诸位没意见吧？”

谨慎起见，道满又重复了一次。没有回答。他只当对方是答应了，低下头得意地笑了。

“那我就不客气地收下了。”说完，他走上外廊，下了楼梯，来到院子中。

“好月色啊……”道满把袋子搭在肩上，悠然而去，不一会儿便融入黑暗，不见了。

月光下，樱花树枝摇曳。微风徐来，一簇簇花朵把枝子压得似乎比平时更低了。

一瓣，两瓣，花瓣飞离枝头，在空中曼舞。但真正意义上的花谢，似乎还需等待数日。月光洒在樱花上，花瓣微微泛出一点青色。

这里是位于土御门大路上的安倍晴明的府邸。

晴明和源博雅坐在木地板上对酌。

晴明身裹一袭白色的宽大狩衣，背倚廊柱，以便观赏庭院右侧的风景。他竖起右膝，把端着酒杯的右肘支在上面。

他的肌肤如女子般白皙，嘴唇红艳，似涂了口脂。唇角浮起一丝淡淡的微笑，似有似无，若隐若现。他的唇边常常挂着这种微笑，仿佛将花香含在口中。

美酒不时送至唇边，晴明却几乎不说一句话，只是悠闲地饮酒。博雅与他对坐，凝望着夜色中的庭院。樱花映入眼帘。

木地板上，孤零零地放着一把酒壶。旁边端坐着身穿紫藤色唐衣的蜜虫，等两只酒杯变空，便用白皙的手取过酒壶，再度斟满。

晴明本就细长清秀的眼睛似乎比平日更加修长，跟博雅一样，他也在欣赏樱花。两人身边点着一盏灯火，灯光在晴明白色的狩衣上轻轻摇曳。

两人间的话语少得可怜。晴明与博雅似乎能够心心相通。

博雅把酒杯送至唇边，啜一口酒含在嘴里，仿佛醉了一样，发出一声叹息。接着，他缓缓地把空杯放回木地板上。

“多么美妙的夜晚啊……”博雅赞叹着。晴明将视线移向他。

“多么美的樱花啊，晴明。”

“嗯。”晴明轻轻点头。

“可能的话，我也真想变得像樱花那样，做一回真正的自己啊。”

“哦？”晴明的脸转向博雅。博雅似乎察觉到了。“怎么了？我刚才的话可笑吗？”

“不，并不可笑。”

“那你到底怎么了？”

“你刚才的话很有趣，博雅。”

“很有趣？”

“你刚才不是说，想做一回真正的博雅吗，正如樱花本就是樱花一样？”

“我说了吗？”

“说了。”

“但是，这又有什么，有趣之处在哪里呢，晴明？”

“人，的确很难做回真正的自己啊，正如你刚才所说的那样。”

“哦。”

“人们总会以某个人为榜样，努力依照榜样的方式生活，却鲜有人按照自己的本来面目去生活。”

“是吗？”

“是。”

“不知为何，我非常喜欢樱花开放时的样子，还有它凋谢的模样。”

“哦？”

“该开的时候就开，该谢的时候便谢。作为樱花而开放，完成自己的使命后，依然能够作为樱花脱离枝头，凋零而去……”

“唔。”

“任你怎么看，它始终还是樱花。它只能像樱花那样开放，也只能像樱花那样凋谢。太完美了，樱花真的是在完美地做着它自己啊。”

“……”

“想到这些，我也想像樱花那样，做一回真正的自己呢。”

“……”

“你不妨想想看，晴明。”

“想什么？”

“不止是樱花啊。正如樱花以自己的方式证明自己一样，梅花不也在证明着自己吗？”

“嗯。”

“蝴蝶以自己的方式，牛以自己的方式，黄莺也以自己的方式，水也以自己的方式……它们都在做自己啊。”

“博雅也以博雅的方式。”

“你就别提我了，晴明。”

“为何？”

“这样会让我不自在。”

“这有什么不好？这可是你先说的啊，博雅。”

“我先说的？”

“嗯。”

“这或许是我先开的口，不过……”

“不过什么？”

“就此打住吧。”

“打住？”

“是啊，跟你谈多了，不定什么时候，你就会说起咒的故事来。如此一来，今晚我的好心情就会化为泡影。”

“嗯。”

“不过，晴明——”博雅端起酒杯说道。不知什么时候，酒杯又被添满了。

“什么事？”

“最近这段时间，京城似乎净发生一些怪事。”

“唔？”

“怀孕的女人遭到诱骗，惨遭杀害……”

“好像有这么回事。”

“五天前的晚上，小野好古大人的府邸不就闯进了怪贼吗？”

“啊，你说的是那些不偷盗的贼吧？”

“怎么，你也听说了？”

“那些盗贼明明已经进了好古大人的府邸，却什么也没偷就回去了，你说的是这事吧？”

“没错。那件事发生之后，好古大人的身体似乎就每况愈下了。”

“哦？”

“真是不可思议，居然有这样的贼。”

“博雅，关于这不偷东西的贼，你还有更详细的了解吗？”

“倒是从好古大人那里听到过一些。”

“都是些什么？”

“这个嘛，是这么回事，晴明——”

说着，博雅将五日前那个晚上的事娓娓道来。

五日前的那个晚上，睡梦中的小野好古被一个男人的声音叫醒。

“快起来。”那声音说道。但当时的好古一时间并没有反应过来这是真的。

“快点起来，好古大人。”有人在摇好古的肩膀。于是，小野好古睁开了眼睛。

“什么事？”睁眼一看，睡觉前本已熄灭的灯火点着了。一抬头，忽然发现一个黑影站在身旁。

“有歹人……”话还没有喊完，一件冷飕飕的东西便按到了脸上，好古只好闭了嘴。

按在脸上的是刀。仔细一看，灯火映在刀身上，明晃晃的。

“什么人？”好古低声问道。

“好。”黑影发出一声赞叹，没想到好古居然如此沉着。

参议小野好古虽已年逾七旬，在承平、天庆之乱时，依然被任命为山阳、南海两道的追捕使，镇压了叛乱。

贼人用黑布裹着头，挡着面，只留一双眼睛。“起来。”

好古慢腾腾地从床上直起身子，才注意到室内还有人。在灯火照不到的幔帐背后和墙角，还有一些黑影在晃动。一个，两个，三个……不知道那些影子究竟有没有呼吸，因为听不到任何声音。好古只是凭感觉知道那一定是人影。

不过，好古想，府内照顾自己生活起居的男男女女加起来也有十几号人，如此贼人闯入，竟没有一个人察觉？抑或他们都被贼人杀了？

“其他人呢？”好古问道。

“放心好了，都还活着。”影子说，“只是天亮前都不会起来。”

“咦？”

听影子如此一说，好古疑窦顿生。虽然不清楚他们究竟做了些什么，但似乎可以确定其他家人都中了迷魂术。既然如此，他们何不连他也迷倒呢？如果是为偷盗而来，把他也迷倒岂不更好？

“有何贵干？”好古问道。

“找一样东西。”影子答道。

“找东西？”

“云居寺有样东西，应该是寄存在你这里吧。”

“云居寺？”

“你应该不会忘记。”

“这……”好古想了一下，接着答道，“没有。”

“不可能没有。藏到哪里了？”面前再次架上一把利刃。

“没有就是没有。”

“真的没有？”

“那你说我到底为人保管了什么？”

“盒子。”

“盒子？”

“不，或是袋子。”

“我根本不知道什么盒子袋子的，内装何物？”好古问道。

影子并不作答，利刃从好古脸上移开。“好吧。我家小姐会亲自问你的。到时候就知道你究竟是在撒谎，还是在说真话了。”

影子话音未落，庭院里就传来一个声音。

吱嘎——

不知是什么东西的声音。

吱嘎，吱嘎，越来越近，是车子的车轴发出的声音。

吱嘎，吱嘎，吱嘎，声音越来越大。

骨碌，骨碌，车轮碾压在地上的声音也传了过来。

吱嘎，吱嘎。骨碌，骨碌……越来越近。

好古向院子望去。眼前是外廊，对面便是夜色中的庭院，正沐浴在朦胧的月光之中。这时，车子的影子终于出现了。

是一架牛车，拉车的却不是牛。一开始，好古将其错看成了一头黑色的牛。不过没有这种椭圆的牛，分明不是牛的样子。虽说有月光，终究是晚上，实在难以看清。但那绝不是牛的动作，它的腿要比牛多得多。

车在庭院中骨碌停下。好古才看明白那究竟是何物。一刹那，他差点尖叫起来，全身寒毛竖起。

那竟是一只牛一般大的乌黑的巨型蜘蛛！车内的主人竟然把轭架在了蜘蛛的身上，让它拉车。黑暗中，蜘蛛八只红色的眼睛发出恐怖的妖光。

乘车者从车子后面下来，走过庭院登上台阶，站在外廊上。

那是一个女人，身披唐衣，罩着绸纱的斗笠。由于背对月光，尽管看得清她的白纱斗笠，她的脸却笼罩其中，看不分明。但白皙的下巴和血红的嘴唇依然可见。

“好古大人！”那嘴唇动了，“东山的云居寺有样东西寄存在你这里，对吧？”跟刚才黑影所问的话如出一辙。

“不，不知道。真是莫名其妙。”

“如果隐瞒，对你可没有好处啊……”女子的嘴角轻轻一扬，露出白色的牙齿。好古看作女子在微笑。

“究竟是什么时候的事情？你说，我究竟为云居寺保管了什么？”好古问道。

女子并不作答，似乎在斗笠的薄纱后凝视着好古的一举一动。

“那我只好自己查找了。”女子说道。

倏的一下，女子的身体动了，仿佛被风吹拂着一般。她走向外廊左侧，停下来，抬头看看屋顶，又低头看看地板。

“不是这里……”女子喃喃道，又走了起来，一时又停下来，嘴里念叨着与刚才一样的话，“也不是这里啊……”

女子在府邸中静静地走来走去，嘴里不断地念叨着：“也不是这里啊……”好古好几次听到同样的声音。

不久，女子返了回来，跟刚才一样站在木地板上。

“似乎的确不在这里……你很幸运。”女子笑了。

“我本来想，如果你撒谎，就把你抓来吃掉。”她忽然说出一句令人毛骨悚然的话，从斗笠后面注视着好古，“虽然不在这里，可是，你有没有把它藏到其他地方？”

“不知道。”好古答道。

“一旦发现你在撒谎，我们还会来的……”说完，女子转过身去，钻进牛车。

嘎吱——骨碌——

牛车动了。蜘蛛的八条腿也纷纷动起来。黑影们收起刀，用绳子将好古的手脚捆起。

“如果用牙齿来解就太费事了，等到天亮之后，你让最先醒过来的随从来解吧。”说罢，黑影下到庭院里，朝女子所乘的牛车追去。

角落里的影子也都动了起来，下到庭院。

嘎吱——嘎吱——骨碌——骨碌——

车子的声音越去越远，人影也看不见了。夜色中，只传来那渐行渐远的嘎吱声……

“天亮之后，好古大人就被醒来的随从给救了。”博雅说道。

“唔。”晴明将手指按在下巴上，“奇妙极了。”

“喂，晴明，都这时候了，你居然还说风凉话？”

“这又有什么关系？最终谁也没有受到伤害，什么东西也没有被盗走，不是吗？”

“倒是这样。”

“有一点让我很感兴趣。”

“怎么，晴明，你发现了什么？”

“不，我不是说发现了什么，只是说，这里面有点东西让我很感兴趣。”

“好古大人所讲的那位罩着斗笠的小姐，她究竟在找什么呢，我实在百思不得其解啊。”

“唔。”

“从那以后，好古大人就像什么事都没有发生过一样。或许一旦有事发生，就会把你叫去。”

“唔。”晴明把视线投向庭院里的樱花。

“喂，晴明，你到底听见我说话没有？”博雅说道。

“你的话或许还没有讲完，不过，待会儿再说吧。”

“怎么了？”

“有客人来了。”晴明说道。

听他这么一说，博雅也把脸转向晴明视线所指的方向。那里是樱花树。月光下，一瓣，两瓣，花瓣在轻轻地飘落下来。

树下似乎有东西。黑黢黢的一头兽。

一头黝黑的老虎盘踞在绽放的樱花下。似蓝似绿，不，金绿色的两只眼睛，在黑暗中注视着晴明与博雅。

黑虎的背上横坐着一个男人。男人微笑着，看着两人。

“是什么风把您给吹来了，保宪大人？”晴明说道。

“好久不见，晴明。”骑着黑虎的男人——贺茂保宪说罢，笑了。

黑虎驮着保宪，缓缓从樱花树下出来，走到外廊下面，止住脚步。

“一定是有要事吧，保宪大人？”

“嗯。”保宪点点头，从虎背上下来，“我今天来是有事相求啊，晴明。”

月光下，道满悠然前行。他肩上搭着一个皮袋，袋口用绳子扎住。皎洁的月光投下他的影子。

忽地，道满止住脚步。眼前是一个大池塘，池畔有松树和枫树。

道满驻足的地方生着一株老柳树，刚刚长出新芽。柳枝摇曳着，轻轻拂在他肩上。静谧的水面映着月亮的倒影。

道满从肩上放下皮袋，解开袋口。一个粗大的黑东西蜿蜒着从袋中游出。道满用右手抓住它。

“别闹。”他蹲下身子，将手中的东西轻轻放入水中。刚一放手，那东西便向水中央游去。它蜿蜒前行，水波缓缓蔓延开来。

这时，映在池塘中央的月影忽然碎裂了。水面隆起，波浪翻滚。似乎有巨大的东西在水下游动。

啪的一声，有东西的尾巴击打水面。

“好了，我给你带饵食来了……”道满微笑着说。

水下，那物朝道满投放的东西游去。

“啪——”水面激起一团剧烈的浪花。忽然现出一个怪物，一下将游在水面的东西衔入口中。

月光下，一条巨蛇般的怪物昂起头来。

“哦，香不香，好不好吃？”道满的嘴角翘了起来。

蛇状怪物将衔在口中的东西吞下，便将身子沉入水底。水面剧烈地波动了一阵子，不久静下来。池塘恢复了当初的平静，只留下月亮的影子。

三个人在饮酒。晴明和博雅，外加保宪。

一只黑猫蜷曲在保宪身边，正在酣睡。保宪骑乘而来的黑虎的真身便是这只猫。它不是普通的猫，是保宪用作式神的猫又。

“最近，净出些怪事……”保宪将酒杯送到嘴边，说道。

贺茂保宪是晴明的师父贺茂忠行的长子、晴明的师兄，历任天文博士、阴阳博士、历博士，还当过主计头，现在担任谷仓院别当一职，官位从四位下。

“不错，似乎又出乱子了。”晴明点头应道。

“小野好古大人的府邸进了贼的事情，你听说了没有？”

“若说这件事，刚才我还在和博雅谈论呢。”

“据说是不偷东西的盗贼。”

“哦。”

“那么，最近女人频频遇袭被杀的事呢？”

“听说了。听说专杀怀孕的女人，光这个月就有八人遇害了。”

“是九人。”

“哦？”

“今天中午，发现了第九个遇害者。”

“地点？”

“鞍马的山中。”

“鞍马？”

“是宫里的女子，因为怀了孕，就回到了贵船的家里，两天前却不见了踪影。”

“那……”

“是一个进鞍马烧炭的人在山中发现了女子的尸体。”

“果真如此，也是怀孕了？”

“嗯，惨不忍睹。肚子被剖开，里面的孩子被揪了出来。”

“那，孩子究竟是男孩还是女孩？”

“男孩。”

“男孩的肚子上有没有伤？”

“有……”保宪意味深长地注视着晴明的脸。

“哦……”

“真是不吉利。”

“在宫内歌会即将举行的当口，竟频频发生不祥之事。”博雅说道。

“那么，今晚你大驾光临，为的就是此事吗？”晴明问道。

“不，不是。”保宪把酒杯送到嘴边，再放回木地板。

“那是为何事？”

“你认识平贞盛大人吧？”

“不熟，也就是见了面打打招呼而已。”

“这是一个与忠行多少有些因缘的男人。”保宪放松膝盖，向前探出身子。保宪称父亲贺茂忠行为忠行，称平贞盛为男人，这是他一贯的措辞。与晴明称天皇为“那个男人”的情形何其相似。

“听说过。您说的是玄德法师斋戒的事情吧。”

“没错，正是。”保宪拍了下膝盖，便讲述起来。

十七八年前，下京一带住着一位名叫玄德的法师，小有家资。

这位法师连续做了同样的梦，死去的父亲出现在梦中。

“当心啊，当心啊。”父亲如此说道。

玄德起初并没有在意，可数日之后又梦见了同样的情形。死去的父亲再次出现，嘴唇紧贴在睡梦中的玄德的右耳，悄悄地说：“当心啊，当心啊。”

这个梦做了四次。玄德终于害怕起来，请阴阳师占卜吉凶。托付的正是贺茂忠行。

“从即日起，七天之内，你一定要坚守物忌[①]。”忠行如此说道，“否则，会因盗贼之事而亡命。”

于是，玄德立刻折回府邸，开始物忌。

第七天傍晚时分，外面传来叩门声。但不管是什么人来拜访，绝不能开门。玄德不敢出声，躲在府里。本以为不久后对方便会断念而归，岂料这不速之客竟越发使劲地叩起门来。

玄德打发用人从门内问道：“是谁啊？”

“平贞盛。”门外传来回答。

平贞盛可是玄德的故交。但即便是故友，也不能轻易开门。

“我家主人正在坚守物忌。”用人告诉门外的访客，如果有事就在门外说好了。可贞盛竟答道：“今天也是我的归忌日。”

所谓归忌日，其理与物忌是相通的，只是必须要做与物忌截然相反的事情，即忌讳归来。总之，如果说物忌是禁止外出或开门纳客，

①指在做噩梦、沾染污秽或不吉之日，闭门不出，谨言慎行。

这归忌就是禁止归宅了。人在归忌日时，严禁当日回家，必须在别人家住一宿，第二日才能回家。

“但是，我家主人严禁开门。”用人答道。

“如此严格！这究竟是什么物忌？”贞盛问道。用人从门内解释原委：“占卜说会因盗贼之事而亡命，所以要坚守物忌。”

结果，贞盛竟在门后哈哈大笑起来。“那为何要赶我回去？既然是这样，就更应该把我请进来，放我在这府邸中啊。”

用人把贞盛的话传给玄德，玄德觉得有道理，于是亲自到门口与贞盛打招呼。

“请恕刚才失礼。大人所言极是。既然是大人的归忌日，今晚确实不便回家。小僧现在就为您开门，请您务必赏光。”

“哦。”贞盛答道，“那么，只我一个人进去就行了。玄德正在物忌中，你们今夜就先回去，明日再来这里接我。”他把随从都打发了回去。

门开了。只有贞盛一人手持刀弓进来。玄德欲悉心侍奉，却被贞盛谢绝：“既然是物忌之中，也不必费周折了。我就在厢房里凑合一宿吧。”

贞盛对这府邸很熟悉，说罢径自进入了靠近脱鞋处的一间厢房。用完简单的饭食后，熄灯睡下。

到了半夜时分，外面传来细微的声响，贞盛睁开眼睛。

传来推门的声音。此时，贞盛已经腰悬太刀，背负箭筒，手搭劲弓。侧耳一听，许多贼人正纷纷闯进门来。

借着夜色，贞盛潜行至车棚，寻一暗处隐藏起来。

十多人从门口闯了过来。

“这里就是玄德的宅邸。”“听说他攒了不少钱呢。”贼人在黑暗中窃窃私语。

果然是盗贼。盗贼们顺着宅邸的南面摸进去。借着夜色，贞盛也混入其中。一名盗贼点上火把，正欲闯入府内，这时，贞盛忽然喊道：“这里有宝贝，从这里闯进去。”

贞盛故意瞎说，想把盗贼诱到什么东西也没有的地方去。可一旦让盗贼闯进去，玄德法师仍有被杀的可能，于是他故意留在了后面。

前面一名领头的抬脚踹门，正欲闯进。这时，贞盛从背后的箭筒中抽出箭来，搭在弓上，嗖地射了出去。正中那人后心。

“有人在后面放冷箭。”就在对方中箭的一刹那，贞盛大喊起来，接着纵身跳到中箭那人的身后，与他一同倒向屋内。

“快逃啊。”贞盛一面把自己射杀的男人拖进屋内，一面大喊。然而，盗贼们没有畏缩。“别管他，闯进去。”

紧接着，贞盛再次放出一箭，正中这名叫嚣者的脸。

“又有人射箭，快逃啊。”贞盛一面抱住栽倒的男人往屋内拖，一面又大声喊道。

“哇——”于是乎，盗贼们叫嚷着逃走了。

贞盛在背后又连射几箭，又有二人倒下。盗贼们争抢着向门口窜去，贞盛又射杀了二人，射中了第七人的腰。中箭的男人跌倒在路旁的沟中，只有他活到了次日早上，于是将他抓起来，让其供出了同党。逃走的余党悉数被抓。原来这些盗贼都是平将门之乱时将门麾下的武士，将门死后，生活无以为继，于是落草为寇。

“啊呀，多亏把贞盛大人请进来啊。”玄德法师感恩戴德地说。

“如果死守物忌，不让贞盛大人进去的话，法师必被杀害。”

如此，人们便交相传颂起来。

“有这样的事情？”晴明说道。

“忠行的占卜，既不能说中了，也不能说没中啊。”保宪苦笑道。

“不，倘若忠行不让他坚守物忌，贞盛大人当晚定会酣然睡去，自然不会如此警觉。这样一来玄德或许就把命给丢了。”晴明说道。

“言之有理，想想也的确是这么回事。”

“玄德保住性命的关键就在这里。”

“嗯。”

“这件事发生在将门大人死后的第二年——天庆五年前后吧？”

“现在是天德四年，已经是十八年前的事了。”

“说起平贞盛大人，是叛乱时与俵藤太大人共战将门大人的那位？”

“对。”

“现在有多大年纪了？”晴明问道。

“大概六十岁吧。”回答的是博雅。

“曾一度被委任为丹波守，去年返回京城，不是吗？”博雅注视着晴明和保宪，说道。

“没错。”保宪点点头。

“最近一段时间可没看见他的影子，听说是患了病？”

“是的。”保宪向博雅点点头。

“你刚才说有事相求，就是这件事吗？”晴明问道。

“嗯。”保宪点点头。他压低声音，悄悄说道，“听说是患了疮。”

“疮？”

“脸上长出一个恶疮，怎么也治不好。”

“治不好？”

“似乎不是一般的疮。”

“什么样的？”

“说是长在旧刀伤处。”

“刀伤？”

“这刀伤似乎大有内情。”

“哦？”

“不知是自然长出的疮，还是被人下了咒。”

“咒？”

“嗯。”

“那么，你打算让我怎么做呢？”

“我想让你给贞盛大人治一下疮。”

“保宪大人你亲自治疗岂不更好？”

“你不知道，晴明。对方其实并不知道此事。”

“不知道？”

“也就是说，是我们这边想为贞盛大人治疮。”

“跟他说一下不就得了？”

“说了，不过不是我说的。是贞盛身边的人说，让阴阳师或药师给看看如何？”

“结果呢？”

“他不听。”

“不听？为何？”

“说是不用管，到时候就会自然痊愈。”

“真的？”

“那谁知道。”

“……”

“拜托了，晴明！”保宪一副哀求的表情，说道，“去一个并不希望别人医治的人身边，硬给他治疗，这可不是我的拿手戏啊。”

“既然如此，那就依他本人的意愿，不去管它不就行了？”

“那也不行。”

“为何？”

“……”

“为何不行？”

“事实上，关于这个疮，我有一个想法。”

“什么想法？”

“说实话，我不能讲。”

“那就不好办了。”

“别啊，晴明。否则我就麻烦了。”

“保宪大人你也会有麻烦？”

“啊。”保宪点点头，一本正经地说，“要是我事先透露点什么给你，你就会动摇的。”

“……”

“如果你愿意，那就你走你的，我走我的，咱们二人来个殊途同归。”

“为贞盛大人治疮吗？”

“是。”

晴明盯着保宪，沉默了一会儿，说：“这恐怕不是你一人的想法吧。”

“嗯。”

“保宪大人，你身后一定还有人物吧？”

“嗯。”

“谁？”

“不能说。”

“是那个男人？”

保宪没有作答。“反正就是这么回事，晴明。”他微笑着说，“不久就是宫内歌会了。在歌会结束之前，你就不要动了。”

“歌会结束之后呢？”

“你装作毫不知情的样子，到贞盛那里露个面，说句‘听说您患病了，如不嫌弃就让我给您看看’之类的就行。”

“我可不敢打包票。”

“别这样。你最合适了，晴明。”保宪使劲拍了下晴明的膝盖。

二　鬼笛

西京，一座小小的破败的寺院。屋顶破落不堪，地板也是坑坑洼洼。佛像、灯盏……没有一点值钱的东西。

屋顶上生满了秋草，连地板下面也长了草，从木板缝里露出头来。那些曾经属于寺内的地方，如今也是一片荒草茫茫，连找点空地都很困难。

夜里，刚才还悬在空中的那弯细长的月亮，也要躲到西山背后了。星光微茫。正殿里连些许星光都照不到，只有一盏昏暗的灯火无精打采地燃着。

地板上铺着毛毡，一对男女凑在一起，正悄悄私语。

“有什么好怕的……”男人把嘴唇贴在怀里的女人耳边，喃喃细语，嘴唇若即若离逗弄着女人的耳朵。男人每次细语，女人都害怕似的畏缩着身子，却越发朝他身上靠拢。

“不，你尽管怕吧。怕是好事啊，不怕，我能把你这样搂在怀里吗？”

“你坏……”仿佛孩子一样，女人使劲地摇着头，尽管嘴里连声说不，脸颊却往男人脸上贴过去。

双方的随从早已被打发回去。回来迎接的时间是次日清晨。

“在这样的地方相会，真是风流雅致啊。”男人的手伸向自己怀里，取出一样东西。是一把梳子。

“这个，送给你……”男人把梳子塞进女人手里。女人从他怀里稍微往外欠欠身子，拽过灯盏，对着灯光举起梳子。

这是一把象牙梳子，并非梳头用的，而是插在头发上的饰物。梳背上有雕花，涂了朱，再往上则嵌着同样花纹的玳瑁片。半透明的玳瑁映着朱色，跃动的灯光在上面摇曳。

“太美了……”女人发出陶醉的声音，充满肉欲。她的面颊红了，不仅仅因为那跃动的火焰。

“这是我让人特意为你雕的。”

“太高兴了。”女人紧紧搂住男人。此时，她的袖子不小心碰到了灯盏，灯芯被拽了出来，灯火熄灭了。四周一片黑暗。

“好。”男人翕动着嘴唇，在女人的头发中探寻她的耳朵。

“就让我的手、我的手指，做我的眼睛吧……”火辣辣的话语灌入女人的耳朵，男人的手朝女人的胸口滑去。

“不知这只淘气的手的主人，此刻的表情是怎样的呢？”

“一张要吃掉你的鬼脸。”

“啊……”女人叫了起来，“人家说，在这种地方谈论鬼，鬼真的就会来。”她的气息急促起来。

“不用怕。我的衣领里缝进了写有《尊胜陀罗尼》的护身符。”

就在这时，男人探寻的手停了下来。

女人正要说话。“嘘——”男人使了一个暗号，让女人闭嘴。女人也立刻明白了。

外面出现了灯光。有人来了?！男人和女人都这么想。

正殿周围的木板都裂了，再加上虫子的啃蚀，出现了很多裂缝。灯光正是从裂缝中透过来的。

跃动的灯光越来越近。不久，荒草被拨开，出现了人影，似乎是身穿黑色水干的男人。

鬼?! 不对，若是鬼，不该打着火把啊。

若是人的话，是盗贼吗？莫非是盗贼发现了两人的行踪，尾随而来？似乎也不像。因为男人在途中停了下来，而且不是一个人。他带着一个女人——不，那还是个孩子，是个十来岁的女童。她一身白色装束，紧跟在男人身边。

看来，这二人并不知道正殿内这对男女的存在。他们既不是鬼，也不是盗贼。

旁边有棵梅树，人影把手中的火把斜插在树枝上。他们似乎要在这里等什么人。

男人和女人相互靠在一起，屏住呼吸。

这时，黑暗中传来一阵嘈杂之声，越来越近。

不久，秋草被拨开，一群黑压压的东西现了出来。既有男的，也有女的，发出阵阵恐怖的叫声。

这对男女差点吓昏过去。对面出现的竟是无数的鬼。

独眼的大秃头鬼。

一条腿的恶犬。

双头的女人。

有腿的蛇。

长着手脚的琵琶。

独角的鬼。

双角的鬼。

牛一般大的癞蛤蟆。

马头鬼。

爬行鬼。

乱舞鬼。

无面鬼。

仅有一张嘴的鬼。

脸长在后面的鬼。

只有一颗头在空中飞舞的鬼。

长脖子鬼。

浑身淌着黏液的鬼。

长身鬼。

短身鬼。

长着翅膀的鬼。

用脚走路的壶。

从画中溜出来的薄纸片般的女鬼。

在地上爬行的无腿狼。

四臂鬼。

手持眼珠子的走路鬼。

浑身垂着乳房的女鬼。

所有鬼都集中到梅树上的火把下面，手中分别拿着人的手臂、脚、手、头、舌头、眼珠、肠子、头发——所有人身上的东西。

是百鬼夜行。群鬼齐聚在这破败的寺内。

黑色的人影却丝毫没有表现出害怕，若无其事地注视着恶鬼们。

“终于到这里集合了。”黑色人影说道，声音很低，“怎么有血腥味，你们来这里之前是不是吃人了？”

恶鬼们并不回答，只发出或高或低的笑声。

“我让你们弄的东西都弄到手了吧？”黑色人影说道。

群鬼似乎在点头。

“那么，一个一个地给我拿过来。”

黑色人影刚说完，大秃头鬼便第一个走上前，把手上拿的手臂递了过来。

“唔。”黑色人影接过来，在灯火下看了看，之后拿给身边的女童看。

女童默默注视了一会儿，摇了摇小小的脑袋。

“不是吗？”黑色人影问，女童点了点白皙的下巴。

“那么，这个就赏给你们了。”黑色人影将手臂扔向群鬼，恶鬼们立刻扑了上去。

“这是我的。”

“是我的。”

“谁吃了算谁的。”

眨眼间，手臂就消失在恶鬼口中。

接着，独脚犬走上前来，将所持的肠子递了过来。黑色人影接过来，拿给女童看。女童摇了摇头。

“这个也给你们吧。”说话间又扔了出去，恶鬼们拥上来，转瞬间又将其变成了腹中之物。

接着，浑身垂着无数乳房的女鬼靠上来，递出右手中的东西。

“是魔罗[①]啊。”

黑色人影将魔罗拿给女童看。女童用黑色的大眼睛注视着那肉片，不久，轻轻点了点白皙的下巴。

“哦，这次没弄错。”黑色人影说着，将那肉片放在了草地上，“这个就不给你们了。”他再次巡视着群鬼。“下一个。”

于是，恶鬼们一个接着一个走到黑色人影面前，把手中所持的肢体拿给人影看。人影一个一个地接过来，再分别拿给那女童看。女童若摇摇头，人影就把东西扔向群鬼；若点点头，人影就将其放在脚下的草地上。

就这样，最后一只鬼拿着人的小指走到黑色人影面前，站住了。女童摇摇头。黑色人影便把小指向群鬼扔去。

再也没有鬼走上前来。

---

①指人的阳物。

“怎么回事？”黑色人影说道，“没有了吗？”

身边的草地上堆积着人体的各个部分，似乎正好能凑成一个人。

黑色人影借着火把的光亮一一确认。

“都破碎了。你们拿来的时候，是不是相互争抢了？”黑色人影一面念叨着，一面又将刚才的动作重复了三遍，确认着人体的各个组成部分，然后抬起头来。

“怎么回事？”黑色人影说道，声音比刚才严厉了许多，“为什么会不够？”人影巡视着群鬼。“你们所拿的东西，真的再也没有了吗？”

没有回答。

“缺了右臂和头！”黑色人影叫道，“到底是你们忘记带来，还是在半道上遗失……”

人影身旁，女童漠无表情地站着。

“是谁捣乱……”黑色人影低低念叨着，睨视着群鬼，“谁？是谁？你们想捣乱吗？”

不久，男人的嘴角微微翘了起来，笑了。“原来是你啊？”他指着其中一只双腿站立的鸟嘴犬。

“你，刚才交过来的不是人肠子，是狗肠子。”

黑色人影脚踩着杂草，慢慢向鸟嘴犬走去，从怀里取出一张白色的符，上面写有东西。

“别动。”黑色人影将符贴在鸟嘴犬的额头，哈了一小口气。于是，原本站在那里的鬼消失了，草地上只余一枚鸟的羽毛和一柄拂尘。

“唔。”黑色人影一面低头查看，一面喃喃自语，“这不是鸟羽与和尚用的拂尘吗？”

看来，刚才那只鸟嘴犬是有人用鸟的羽毛当头，用拂尘的柄当胴体，用毛的部分做尾巴，然后施咒语变成的。

“哦哦。”黑色人影冷笑一声，露出白色的牙齿，牙咬得咯咯作响，“原来是净藏啊？好你个净藏，竟敢坏我的好事。不过，那身体现在几乎全在我这里了，任你净藏捣鬼，岂能坏我的事！”

眼前的一切，全被正殿内的男人和女人听在了耳朵里。这个人影究竟在说些什么？男人一头雾水。他只知道自己和女人今天待在了一个不吉利的地方。

这时，一阵窃窃私语传入了耳朵。不知什么时候，两只鬼竟溜到了正殿附近，在外廊的对面嘁嘁喳喳起来。

“哼。”

“哼哼。”

鬼说话的声音传了过来。

“咱们遇到那怪老头的事，你打算一直瞒下去吗？”

“那又怎么样？不瞒能行吗？一旦将这件事说出来，那我将右手臂落在那里的事不就暴露了？”

“那头是怎么回事？”

“头？不是我干的。”

“是不是也掉在半道上了？”

“不，一定是那个混进来的净藏手下做了手脚……”

“不对啊，是不是原本就没有头？”

“谁知道。”

“哼。”

“哼哼。”

两只鬼哼唧着。

“咦……”鬼的声音发生了变化。

“怎么了？”

“我嗅到了人味。”

“什么?！”

“就在这正殿里。”

“哦，我觉得……”

啪嗒，咣当，声音响起，有什么正踏着正殿的台阶走上来。

女人的忍耐达到了极限。她大叫一声，发出悲鸣。声音传入了所有在场的恶鬼耳朵里。

“有人。”

“有人。”

“找到了。”

群鬼中响起兴奋的叫声。

“果然有啊。”

两只鬼踢开正殿的门扉，跳进正殿里。是蛇头鬼和独眼的大秃头鬼。

“哦，是个女人。”

“是女人。”

高亢的悲鸣眨眼间便消失了。两只鬼扑向女人，一口咬住脖颈。手臂和腿被撕碎，就在眼前，女人被活生生吃掉了。

这时其他恶鬼也都拥上来，争相抢夺女人的身体。男人趴在屋子角落，拼命地抑制着声音。由于过度惊吓，他甚至连声音都发不出了。

眨眼的工夫，女人的身体就在男人的眼皮底下彻底消失，一根骨头都没剩下。

“怎么回事？”黑色人影问道。

“发现了一个女人，大家把她给吃了。”大秃头鬼答道。

“混账。”黑色人影向大秃头鬼一声怒喝，“为什么不活捉了来，问问她为什么会待在这里？”

大秃头鬼发出不满的嗥叫。

“就一个人吗？”

“一个。”

“真的？没有男人？”

“没有。或许这女人到这里来，是要等着与男人幽会吧。”

“如果我们再等等，那个男人一定会来，来了就把他吃掉。”

听大秃头鬼这么一说，黑色人影也走到正殿前，往里瞅了瞅。的确，那里空无一人。除了一把落在地上的梳子，就只有溅落在地板上的大摊血迹。

“哦。”黑色人影捡起那把梳子，揣进怀里，“没事了。你们可以消失了。一时半会儿我不会召你们来。”

“哼。”大秃头鬼跺着脚，从正殿出去。

黑色人影的身后站着那名女童。他盯着女童念叨：“走着瞧，总有一天，一定要让我们的计划实现。”

不久，随着黑色人影和女童从正殿出去，刚才那黑压压的一群恶鬼也消失了踪影。只有那根插在寺中梅树上的火把在黑暗中燃烧。

樱花已经凋谢，满树绿叶。几只白色的蝴蝶在庭院中飞舞。

晴明背对庭院而坐，正对着室内铺的云间锦榻榻米，那儿坐着平贞盛。可是，晴明和贞盛之间挂了一张帘子，只能看见他的身影。其他人都已屏退，只有他们二人。

“晴明。”贞盛的声音含混不清。他头上蒙着一块布，只露出眼睛，嘴巴也被布片挡住，因此发不出清楚的声音来。即便他眼睛周围没有蒙起来，隔着帘子也无法看清面容。

“好不容易请你过来一趟，却没有事情让你做。”看不见面貌，但仅凭声音，晴明也可以断定这就是长了怪疮的贞盛。“正是因为源博雅大人的说和，今天才与你相见，但我也没什么话可说。”

“是吗？”晴明垂首答应。

“承蒙你惦记着我的疮，多谢。但这不需要治疗，过些日子就会自行痊愈的。”贞盛说道。

“是。”晴明只好点头。

“晴明，说吧。”

“什么事？”

“今天到这里来，一定不是你自己的主意吧？是谁让你来的？”

“贺茂保宪大人。”晴明淡然说道。

“哦？”如此直率的回答让贞盛吃了一惊，“这么说合适吗？”

“什么？”

“我是说，点破让你来这里的人的名字，合适吗？”

“没关系。”晴明依然若无其事。

“为什么？”

“没有人让我封口啊。”

“唔。”贞盛颔首，似乎对晴明产生了一点兴趣，“那么，保宪大人为什么要你来我这里呢？”

“他并没有告诉我理由。只是……只是说，治愈大人之后，如果想起什么事情，就告诉他一声。”

“什么事？”

“这个，我也问过他，可是他最终也没有再说什么。”

“真的？”

“嗯。”晴明说的是真的。

贞盛若有所思。

“这样我也安心了。”晴明说道。

“安心了？”

“是。”

“什么意思？”

“就是说，这样的结果是最好的。”

“我不明白。”

“虽然受保宪大人所托，却看不清事情的原委，我也一直很苦恼啊。”

“……”

“这样，我不负所托见到了大人，尽管被当面拒绝，也算对得起保宪大人了。由于这托付实在是莫名其妙，正好又被您谢绝，我也算松了一口气。”

“原来如此。”

“倘若我继续打扰，只会徒增您的烦恼，所以请允许我早早告退。”晴明低头行礼，眼看就要离去。

“且慢，晴明……”贞盛喊住他。

“是。”晴明一本正经地望着贞盛。

“有一件事我要问你。”

“什么事？”

“你的意思是，你能治愈我的疮？”

“我没有这么说过。”晴明不假思索地答道。

“为什么？”

“我还没有看过大人的疮呢。”

“唔。”

“只有在看一看、摸一摸、仔仔细细诊查过之后，我才能说出子丑寅卯啊。什么也没看，我是什么也不会说的。”

“倒是这么个道理。”

“如果没有别的事情，请恕我告退。”晴明就要站起身来。

“晴明……”贞盛又叫住了他，“万一我想让你诊治，该如何做呢？”

“您只需派个使者来，在下随时可以登门。如果您怕让人看到，无须把使者派到寒舍，只需遣人到戾桥，对晴明说有事相求即可。一两日内我便会前来拜谒。”说完，晴明站起身来，“那么……”

“晴明。”背后一个声音叫住了他。

晴明回头一看，一位老人站在木地板上。白发，白髯，茅草般蓬乱的头发，身着褴褛的黑色水干。

“道满大人。”

“久违了。”芦屋道满站在那里说道。

“哦，是这么回事啊。”晴明说道。

“就是这么回事。”道满露出黄色的牙齿笑道。

“我终于明白大人说无须治疗的意思了。”

“也就是说，有我道满在此呢。”

晴明走了几步，与道满一同站在外廊上。

“你们俩认识？”帘子背后传来贞盛的声音。

“是冤家。”道满说道。

晴明刚要迈步，道满喊住了他。

“怎么……”晴明止住刚要迈出的脚步。

“你看看庭院。”

听道满如此一说，晴明的视线移向庭院。灿烂的阳光里，两三只白色的蝴蝶在飞舞。

“蝴蝶在飞舞呢。”道满说道。

“没错。”晴明颔首。

“美丽的蝴蝶。”

“是的。”

“看我如何捉住其中一只，看好。”

道满右手握拳，只竖起一根食指，朝在庭院中飞舞的一只蝴蝶一指。“过来。”他念叨着，口中轻轻诵起咒语。声音低低地发自腹底。

不一会儿，道满所指的那只白色蝴蝶竟飘飘摇摇地穿过庭院，向这边飞来，停在了道满伸出的食指上。

“啊！”贞盛叫了起来，仿佛看见了不可思议的情景。

即使动动右手，或把停在指尖的蝴蝶贴近脸上，它也没有逃走的意思。“可爱吧？”道满冲着晴明露出微笑。“喂——”他伸出右手，停在指上的蝴蝶便到了晴明眼前。

“给你的礼物。”道满说道。

“那就拜领了。”晴明的红唇浮出柔和的笑意，右手捏住停在道满手指上的蝴蝶，放入自己怀里，又要迈步离去。

“哟。”背后再次传来道满的声音。晴明止住脚步，这次却没有转身。

“这蛛网是什么时候结的？竟然结在了这种地方。”道满的视线移向上方。屋顶延伸到了外廊，檐下有蜘蛛结了网。

“蛛网若是结在这里，那蝴蝶说不定什么时候就会被粘上去。”道满轻轻伸出右手，转动手指，将那蛛网绕在指上取了下来。

“这下好了。”他将缠满蛛网的右手举到眼前。

“咦，这里竟还有蜘蛛呢。”不知什么时候，道满右手的食指和拇指之间捏着一只蜘蛛。

“该怎么处理这东西呢，晴明大人？”道满朝晴明的后背说道。

“随您的便。”晴明话音刚落，道满便将那蜘蛛捻了个粉碎。指上沾满了黄色的汁水，分不清究竟是蜘蛛的血还是排泄物。

“道满先生，有空咱们再喝一杯。”晴明依然背对着道满，说完这句话，迈出了脚步。

“哦，我等着。”道满冲着晴明的后背说。

牛车沿朱雀大路而上。晴明坐在牛车里，一面聆听着车轮咯吱咯吱碾压泥土的声音，一面闭目养神。他从贞盛府邸回来，前面就是朱雀门。不一会儿，车子就该向右拐，朝土御门大路方向行驶了。

咯噔，车子摇晃一下，停了下来。

咦？晴明睁开眼睛。

“尊驾是安倍晴明大人吗？”一个男人的声音传来，接着便是牵牛随从肯定的答复。晴明挑开车帘，露出一条缝，朝外望去。一个身着窄袖便服的男人站在车前。

那人目光敏锐，发现车帘开了一条缝，立刻凑上前来。

“是安倍晴明大人吗？”男人在车子旁边单膝着地，抬头望着晴明。

“正是。”晴明点点头，“什么事？”

“我家主人说无论如何也要见晴明大人一面。能否烦请您与我同行，我来带路。”

“你家主人是哪一位？”晴明问道。

“实在抱歉，不便言明。”

“哦？”

“虽然明知这样做十分失礼，可无论如何……晴明大人无须下车。若肯赏脸移驾，小的会直接将您领至一个地方，您坐在车里跟我家主人说话就可以了，不知可否？”

晴明轻轻舒了口气，点点头。“去吧。”

“多谢。”男人垂首起身。

晴明命随从跟在男人身后，合上了车帘。

咯噔，车子再次动了起来，折向了左边，似乎向西而去。

过了朱雀院、淳和院，就要抵达纸屋川的时候，车子停了下来。

附近没有人影。从车帘的缝隙望去，稍远的地方有棵大柳树，树下停着一辆车。一块青布罩在车上，看不清究竟是何处、何人的车驾。

拉车的牛正向那车子走去。

“请稍候。”男人说道。他举起手，打了一个手势，停在那里的车子便向这边移动过来，不久挨着晴明的牛车停下。

“是安倍晴明大人吗？”车内响起了一个男人的声音。外面罩着布，尽管传过来的声音很小，还是可以分辨。

“是。”晴明点点头。

“请恕在下无礼，无法报出姓名。”男人用充满歉意的声音说。

“有何贵干？”晴明问道。

“为什么遭到了拒绝？”男人说道。

“什么事情？”

“平贞盛大人的事。”

“哦……”晴明小心翼翼应了一声，是不明所以的语气。

“治疮遭到拒绝的事。”声音的主人似乎已经知道刚才在贞盛府邸的那番对话。

“拒绝治疗的不是我，而是贞盛大人。”

“但是，我还是希望您能答应治疗……”对方的声音很沉痛。

“为何？”

“我一直认为，能够救治贞盛大人的，除了您再无旁人。”

“但是，贞盛大人并没有接受治疗的意愿，我也无能为力……”

晴明说完，对方沉默了一会儿，不久又问道：“那个男人可信吗？”

“哪个男人？”

“叫芦屋道满的。”

“这……”晴明一时语塞。

“果然不可信？”

“不，我并不是这个意思。”

“那是什么意思？”

“贞盛大人的疾病，如果我晴明能治疗，那个男人也必能治疗。”

“那人如此了得？”

“他是一位出色的术士。”

“比晴明大人还出色？”

“您是否问得有些直白了？”晴明的声音中多少夹杂着苦笑。

“抱歉。我不清楚他为何去贞盛大人身边，对于这些，您可有了解？”

“我想，恐怕是藤原治信大人的美言。”

“哦，藤原治信大人？”

“听说不久前将附在治信大人身上的妖物驱掉的，就是这个男人。”

“哦？”

“若想找人做些不为世人所知的事，此人是非常合适的人选。”

“是吗？”

“不过，我却不信任这个人。”晴明轻轻笑了。

“为何？”

“我只提醒您注意一点。”晴明说道。

“注意？”

“如果您有机会见到贞盛大人，请代为转达。倘若在此事的报酬上，贞盛大人已与那个男人约好，请一定要恪守约定。”

“恪守约定？”

“比起那些不成气候的附体妖怪，这个男人更为恐怖。这就是他，芦屋道满。”晴明说道。

“那么，那个男人最终也没有报出名字？”问话的是博雅。

“嗯。”晴明点点头。

这里是晴明的宅邸。

夜晚，晴明与博雅坐在木地板上，二人对酌。

琉璃杯中斟满葡萄酿制的胡酒。庭院里，刚刚开放的紫藤花在夜色中香气四溢。坐在二人旁边的，是身着唐衣的蜜虫。不仅是紫藤，连蜜虫身上散发的香味也融入了夜晚的空气。

“从熟悉贞盛大人府中内情这一点来看，一定是贞盛大人身边的人。”晴明说道。

“但是，晴明，那个男人为什么要故意跟你说这些事情呢？”

“他必然有自己的考虑。”

“什么考虑？”

“我怎么会知道。”

“你不知道？”

“怎么说呢，总之，用不了多久，必然会露出端倪。”

“晴明，你并没有就此撒手。”

“博雅，我什么时候说过要撒手了？”

“说倒是没说，可我以为你已经放弃了。”

“我没有放弃。”

“可是，那边有一位芦屋道满大人啊。”

“唔。”晴明点点头，将手中的琉璃杯放在木地板上，“尽管我放出各种各样的式神，还是被道满看破了。”

“式神？”

“就是这个。”说着，晴明从怀里取出对折的白色小纸片。

“这是什么？”

“我把它变成一只蝴蝶，事先放在了贞盛大人的庭院里，不料竟被道满发现。如果能留下来，它本可以做很多事情。”

“嗯。”

“我还放了一只蜘蛛。”

“蜘蛛?！”

“我的式神。”

“哦。”

“结果也被发现了。如果能在那里结起网，就可以偷听他们谈话。”

“你是说，这个也被他发现了？”

“是，是的。”

“可是，你竟做得出这样的事情，你真是个可怕的男人啊，晴明。”

“哼。”

“不过，能看穿这些的道满，也是一个恐怖之人。”

“没错。”

“道满能治好贞盛大人的疮吗？”

“我能做到的事，估计道满也做得到。问题是——”

“什么？”

“道满的葫芦里究竟装的是什么药。”

“连你也不明白吗？”

“嗯。但刚才也说过，我并没有就此放弃。”

“哦。”

“我给他下了咒。”

“咒？”

“给贞盛大人。”

“什么咒？”

“话语的咒。这咒已经钻到贞盛大人心里去了。一有动静，他那边必会来请我。在此之前需要耐心等待。”

“等待？”

“道满待在那里，不会没有事情发生的。”说着，晴明背倚柱子，凝望着庭院。

黑暗中，紫藤花沉甸甸地垂下。晴明的红唇泛起一丝微笑。

“怎么了，晴明？”博雅问道。

“什么？”

“你刚才笑了？”

“是吗，我笑了？”

“怎么回事？”

“我想起来了。”

“想起什么？”

“你的事情，博雅。”

“我的事？”

“宫内歌会的时候，你不是犯错了吗？”晴明将视线从庭院移回博雅身上。

半个多月前，天德四年的宫内歌会在清凉殿举行，博雅担任其中一方的讲师。这是一个吟诵所选和歌的职务，当时，博雅把要吟诵的和歌的顺序弄颠倒了，竟把本应在后面吟诵的和歌提前吟了出来。因此，由博雅吟诵的二首和歌就输给了对手。

“别提了，晴明。我现在最烦这件事。”博雅不满地噘起嘴。

“抱歉。”

“晴明，你总是这样戏弄我，这样可不好。”

“别生气，博雅。”

“我没生气。”

“你生气了。”

“我只是心情不太好。”

“那还不是生气？”

“不一样。”博雅瞪着晴明。

“你看，博雅。”晴明将视线投向庭院。

“什么？”情绪低落的博雅也向庭院望去。

“萤火虫。”晴明说道。

黑暗深处，池塘附近的空中浮着几点荧光。略带绿色的黄色荧光轻盈地滑过空中。

“啊……”博雅不禁低声叫起来。

这是今年第一次看见萤火虫。

三　诛灭蜈蚣

有个汉子叫俵藤太[1]，也就是藤原秀乡，是大织冠藤原镰足的后代村雄朝臣的嫡长子。

他十四岁元服，因家在田原的乡下，大家都喊他俵藤太秀乡[2]。他扬名天下，是从俵藤太这个名字开始的。

他不惧怕任何东西。幼时便胆大无比，在路边看见蛇便徒手捉住，用牙齿剥掉蛇皮，活生生地吃掉。

元服时，父亲村雄授藤太一把祖传名刀，长三尺有余。这把镀金的太刀名为黄金丸。据说，藤太可拉开十人才拉得开的强弓，能用黄金丸将铁头盔一劈两半。

从前平将门之乱时，藤太受命于天皇，下乡至下野国。

下乡之时，曾听过这么一个奇怪的传言。说是近江国的势多大桥有大蛇出现，威胁乡邻。大蛇盘踞桥中央，将大桥断为两截，谁也无法过桥。

下乡时，随行者曾劝俵藤太："咱们还是走其他桥吧。"

---

①意为藤原氏的嫡长子太郎，简称藤太。

②日语中"田原"与"俵"同音。

“要绕道你们绕吧。这故事听起来甚是有趣，我决定只身一人过那势多大桥。”

“请不要这样做。”随行者劝阻，但藤太不听。

“你们先走着，我跨过那条大蛇后就去追你们。”一言既出，驷马难追，这就是藤太的性格。事情已无法挽回。

藤太肩背大弓，腰挂黄金丸，走到桥头。果见如传言所说，一条大蛇横亘桥中央，长二十丈有余，有五六个成年人那么粗。大蛇高昂着头睨视四周，身体盘成一团。蛇鳞泛着青光，背上生着绿苔。两眼似熔化的铜一样闪闪放光，头上生着十二只角。刀一般的牙齿间跃动着火焰般的红芯子。一定是条修行多年的蛇精，倘若再修炼百年，恐怕就要化为龙升天而去了。

“再怎么大，不就是条蛇吗？”藤太并未止步，大踏步走过去，嗖地径直跃过大蛇的身子。什么事情也没有发生，大蛇只是注视着从自己身上跨过的藤太。

“哼。”藤太头也不回，过了桥，径直向前走去。

不久，太阳落山，藤太投宿到附近的人家，住了下来。

“喂，藤太大人。”夜半时分睡梦中，藤太听到有人在喊自己，起来一看，竟是这家的主人。

“什么事？”

“刚才门口来了一名奇怪的女子，说是今晚这里住着一个跨过势多大桥的大蛇的人。”

“哦。”

“今晚住在这里的只有您一人。藤太大人，莫非您就是跨过势多的大蛇来到这里的英雄？”

“我以为什么事呢，就是我。”藤太说道，“对方还说了些什么？”

“她说，如果您就是跨过大蛇的人，她有话要对您讲。”

“有趣。”藤太起来，盘腿坐在床上，“把她给我叫来。”

“合适吗？”

“你就放心吧。”

既然藤太这么说，不叫进来也不行。主人离去不久，便带了一名女子回来。此时，藤太已将黄金丸拉到身边，大弓置于膝上。屋里只点着一盏灯火。主人匆匆告退，离去了。

来人是一名妖艳的女子，像男人一样头戴乌帽，身穿青色水干。她二十岁左右，眼睛修长，美得简直让人怀疑是否世间所生。

女人凝视着藤太，眼神让人恐惧。

“什么事？”藤太坐着问道。

“您就是当时跨过大蛇的那位……”女人说道。

“你看见了吗？”藤太问道，女人摇了摇头。

“能否请教您的高名？”女人说道。

“俵藤太，我的俗名。”

“您就是藤太大人？”

“正是。”

“您的大名如雷贯耳。听说您力大无穷，胆大过人……果真如此的话，那您毫不畏惧地从我身上跨过去，也就不足为奇了。”

“你？”

“虽然我长着人的模样，但这是我的假身。”

“哦？”

“其实我就是您跨过去的那条大蛇。”

听到这里，藤太也不吃惊。“哦，原来如此。”他毫不怀疑地点点头，“那么，大蛇，你找我有什么事？”

女人当即坐了下来。“我有一事相求。”

“有事直说。”

“我从此国肇始之日起，就一直住在琵琶湖里。”

“哦。”

“住在这里的两千年中，遭受过各种各样的不幸。此前，这琵琶湖水有七次都快干了，我还是勉强活了下来……”

“唔。”

“可是，元正天皇年间，对岸的三上山来了一只大蜈蚣，不仅吞吃附近的野兽，还下到湖中来大肆吞食鱼类。本来，生者食他生而生是世之常理，可这只大蜈蚣从来不知满足，无论肚子胀得多大，不快撑死绝不罢休。这一带的野兽和鱼类数量骤减。”

“嗬。”

“我修炼多年，一直是这一带飞禽走兽的保护神，栖居在琵琶湖，对此自然无法坐视不管。”

“与它斗了吗？”

“是的。每到满月之日便与大蜈蚣决斗，几十年从不停歇。可是，敌人的力量太强大，我的力量却越来越弱。”

在灯光下仔细端详女子的面容，不难发现，她脸上有不少伤瘢，脖颈处还有一条深深的疤痕一直延伸到衣领下，让人触目惊心。

“那是什么？”藤太问起女人的伤口。

“被大蜈蚣咬伤的。上个月才被咬的，还没有痊愈。”女人说道，“以我一己之力，是敌不过那只大蜈蚣的。早晚有一天，我会被它咬死。”

“嗯？”

“所以，我想找一个气度非凡之人，帮我斗败那只大蜈蚣。”

“你就到了那桥上。”

“不错。一见我就逃之夭夭的人肯定不行。如果有人敢从我身上跨过，或许就是我要寻找的人。”

“于是，你就找到了我？”

“不少人来过，敢从我身上跨过去的却只有您一个。”女人断然说道，“俵藤太大人，您一定可以扑杀那只大蜈蚣。求您了，请无论如何帮我一回。”

"啊，明白了。"藤太点点头，不假思索就答应下来，脸上没有丝毫迟疑。"那现在就去吧。"他站起身。

"那就多谢了。从这家宅院出去，步行半刻，就会到达我提到的面对着三上山的琵琶湖畔。您在那里等一会儿，大蜈蚣不久就会出现。"女人说完，站起身来，转眼间便融入黑暗中不见了。

不必叫屋主了，武器都在身边。藤太立刻整理好装束，腰佩黄金丸，斜挎十人拉力的藤皮大弓，手拿三支长十五束三伏的大箭[①]，直奔琵琶湖而去。

藤太只身一人，借着月光行走，不久来到湖畔。夜色中举目望去，对面的三上山黑黢黢地耸立在夜幕下。山那边的夜空黑云翻滚，一道道闪电不时划过。这就是女人说的那只大蜈蚣即将现身的前兆？藤太想。

眺望之际，黑云已经蔓延开来，遮蔽了星辰，连月亮都吞噬掉了。忽然，水面上洪波涌起，层层叠叠的巨浪向藤太所立的岸边拍打而来。大粒的雨点开始激烈地啪啪敲打湖面。

"终于来了。"藤太正在念叨，三上山一带忽然明亮起来，仿佛两三千根火把在一瞬间被同时点燃。闪电划破夜空，雷鸣震耳欲聋，地动山摇，雷霆万钧。

藤太站在这风雨声中，纹丝不动。

这时，黑暗中有东西动了起来，恐怖而巨大。山上的树木一齐动了——那东西正朝这边逼近。

看见了，是一只眼放红光的大蜈蚣。

藤太悠悠然将一支箭搭在弓上，等待着。

怪物溅起水花，直逼湖面而来。这时，湖中现出一条大蛇，迎击而上。

①束与伏均为箭的长度单位，拇指以外四指并排的宽度为一束，一指的宽度为一伏。

大蜈蚣与大蛇恶斗起来。恶斗之激烈，仿佛连湖水都要变成飞沫消失。

举目望去，大蛇一方形势不妙。

“哟！”藤太将搭在弓上的箭对准大蜈蚣，嗖的一声射出。

据传，即使远在百间[①]之外，藤太的箭也能够射穿岩石。那箭穿透黑暗，直奔大蜈蚣双眼间。

然而，箭并没有射入，而是仿佛碰到钢铁，被弹回来。

藤太搭上第二支箭，咬紧牙根，脸憋得通红，使出浑身力气射出，但仍被弹回。

只剩最后一支箭了。大蛇被大蜈蚣按住，眼看就要被咬住喉咙。

“南无八幡大菩萨。”藤太一面专心祈祷，一面舔舔这支箭的箭头，搭在弓上。

怪物已逼至眼前。藤太瞄准大蜈蚣红光闪耀的双眼之间，奋力射出。噗的一声，离弦之箭穿过夜空，插入瞄准之处。

“吱——”吼叫声穿透黑夜。一瞬间，闪电、雷鸣、地动、风雨、波涛都消失了，只余无尽的黑暗。

“妖怪断气了？”俵藤太径直回到住处。

屋主还没有睡，一直在等藤太归来，看到他方才舒了一口气。“您没事就好。刚才忽然风雨大作，电闪雷鸣，连大地都轰鸣起来。我一直在担心，不知究竟发生了什么事。”

“我干完了一件活儿回来。”藤太满脸轻松地说道。

人们纷纷前来询问，藤太一句“睡觉”便打发掉他们，倒头就睡。

次日清晨，藤太派人到湖边查看。

“出大事了。一条三十几丈长的大蜈蚣死了，漂浮在湖面上。”回

---

①长度单位，一间约为 1.818 米。

来的人报告说。

"好好。"藤太点点头，也来到湖边，但见大蜈蚣的尸骸浮在岸边的浅水处，仔细一看，额头上还深深地插着他射出的那支箭。

"藤太大人，这是怎么回事？"屋主问道。

"是我昨夜给射死的。"藤太若无其事地答道。

"可是，这么坚硬的地方，您是怎么射进去的？"

"也没什么，自古以来人们不是一直都说蜈蚣厌恶人的唾沫吗？我想起了这一点，便舔舔箭头，把它射了出去。"藤太说道。

昨夜那如两三千火把齐燃的光亮，似乎是蜈蚣步足所发。

"可是，这尸骸该如何处置呢？"屋主问道。它太重了，根本不可能拖上岸。

"我来想想办法。"藤太不假思索，哗啦哗啦下到湖中，抽出悬于腰间的黄金丸，大喊一声，便朝大蜈蚣斩去。在人们的惊叹声中，他转眼间便将大蜈蚣劈得四分五裂。

"这就是那头吃尽野兽鱼虫的大蜈蚣，这一次可轮到它成为鱼饵了。"藤太哈哈大笑，走上岸来。

当夜，熟睡中的俵藤太发觉有动静，睁眼一看，那个女人又坐在自己眼前。

"昨夜之事十分感谢。不愧是俵藤太大人，帮我杀死了那只大蜈蚣。这是我的一点心意。"女人深深垂首，湿润的眼睛注视着藤太。

藤太抬眼一看，这才发现女人身旁放着绸缎捆、米袋和赤铜锅。

"请您收下。"

"不，我并非为了礼物而帮你。昨夜之事，如果没有玷污武门之誉，没有玷污我的名声，就已经足够了。"藤太推辞道。

"这样我怎么能安心呢？请一定要收下。"说完，女人便消失了。

神奇的是，用女人留下来的绸缎捆裁衣服，那绸缎怎么也裁不完。

那米袋无论怎么倒，里面的米都倒不尽。赤铜锅只要放进食物，不用生火，就会自动煮成美味。

“真是不可思议的珍宝啊！”

在屋主的挽留下，藤太又停留了些时日。明天终于到了去下野国的日子。

“看来，这是些坏东西。”藤太说道。

“什么？”屋主问道。

“这绸缎捆、米袋，还有这口锅。”藤太答道。

“您为何要这么说？”

“你看，有了这绸缎捆和米袋，附近村民就可以理所当然地来领米和布回去。”因为绸缎裁不尽，米也倒不完，藤太已发话，来者能拿多少就给多少。“这样一来，大家都变得不想干活了，不是吗？让这种东西久存于世上，国家必亡。”

于是，藤太让人把绸缎捆、米袋子和赤铜锅都运到琵琶湖畔。

“给我沉入湖底。”藤太命道。

“您究竟想干什么，藤太大人？”

“这是湖主人给我的礼物，我要还回去。”藤太说服村人，将其全部投入湖中。

是夜，藤太熟睡之际，那个女人再次出现在枕边。

“什么事？”藤太问道。

“今天，送给您的礼物竟返了回来，我来问问究竟是怎么一回事。”女人说道。藤太道出理由，最后说道：“那种东西不能留在世上。”

“听您这么一说，倒也在理。”女人垂下头来，“看样子，您明天便要上路了吧。今天晚上，请让我再表一次谢意吧。”

“谢意？”

“藤太大人腰间之物，曾用来斩大蜈蚣，无论何种名刀都会有一两处卷刃。”

“唔。”

“请让我为您磨砺宝刀吧。”

“呵呵，你是说黄金丸？”

“请您移步我的馆舍，喝杯薄酒等一等，一会儿就为您磨好。”

“既然如此，我也没有理由拒绝你。”

“那么，藤太大人，能否请您站在那里？”

“嗯。”藤太站起身来。

“请您闭上眼睛。”女人说道。藤太闭了眼。

“请您向左转两圈，再向右转三圈，右脚再向前迈出一步。”

藤太一一照做，左转两圈，右转三圈，然后右脚向前迈出一步。

“请睁开眼睛。”女人的声音再次传来。

一睁眼，已站在金碧辉煌的楼阁前面。

藤太还没来得及惊叹，女人便钻进门。“请往这边来。”

藤太也跟着钻进去，进到庭院里。

院内百花绽放，飘溢着难以形容的香气。树上结满了各种果实。对面是黄金柱子撑起的宫殿。台阶两边是嵌满了宝石的栏杆，前庭铺满了琉璃和珍珠，大厅则由水晶建成。

“请坐。”

藤太依言坐了下来。

“请把您腰间之物给我吧。”女人伸出手来。

藤太将黄金丸交给她，女人双手接过，交给一名侍女。

“准备酒宴。”女人吩咐一声。于是，几个衣着华丽的女人出现，将酒菜端了上来。

女人陪坐。乐师们弹起琵琶和月琴，奏起笛子和笙。

酒足饭饱。不久，刚才的侍女返回，手里捧着黄金丸，身后还有一架车子，上载黄金铠甲和赤铜吊钟。

“这刀还给您。”女人从侍女手里接过黄金丸，交到藤太手里，“这铠甲和吊钟是对您返还米袋和锅的补偿。盔甲可以护身，吊钟可以助人消除烦恼，还是有些用处的。请务必收下。”

“那我就收下了。”盛情难却，藤太再没有理由拒绝。

“藤太大人，还有一件事我必须要对您讲。”最后，女人说道。

“什么事？”

“我磨砺的黄金丸，请您务必小心使用。”

“这是何意？”

“黄金丸经我磨砺后，造成的创伤二十年不愈合。”

“哦？”

“您使用黄金丸时，请务必留神不要伤到自己。”

“这个请放心。我俵藤太出再大的差错也不致如此。”

“那我就放心了。”

“那么，我该回去了。”藤太说道。

回去的步骤跟来的时候相反。闭上眼睛，左转三圈，右转两圈，左脚后退一步。再睁开眼时，藤太已经站在了琵琶湖岸边，铠甲和吊钟也在身边。

听说藤太回来，村子里一片哗然。

“您究竟到哪里去了？”照顾藤太的屋主问道。原来，那天晚上藤太不告而别，至今已有一月。在女人的府邸待了还不到一个晚上，人间竟已过去一月。

藤太把吊钟捐给三井寺，自己则带着黄金丸和黄金甲去下野了。

探听到俵藤太遭怪贼袭击事件的人，是源博雅。博雅将此事告诉晴明，是在事发后的次日。

博雅很少坐牛车，这天他破天荒地乘牛车来到晴明住处。

“今天吹的是哪股风啊，博雅？”二人在木地板上对坐，晴明如此问道。

博雅白天来的时候，多是步行。这是他与别人的不同之处。但是这次，尽管是白天，博雅竟乘牛车而来。

“近来外面可不安稳啊，就算我想一个人来，手下也不答应。”博雅说道。

“孕妇频频遭袭；以一个诡异的女人为头领的盗贼团伙多次出没，却并不偷盗。你说的是这些吗？”

“嗯。”博雅点头，“其实，又出来了。”

“什么又出来了？”

“就是你刚才说的不偷盗的盗贼。”

“哦？”

“晴明，我今天来就是想跟你说这件事。”

“这一次又是谁遭袭了？”

“俵藤太大人。”

“藤原秀乡大人？”

“唔。”博雅点点头，“今天宫中也在谈论这件事。”或许是有些亢奋，他的面孔微微泛红。

“又是那个女人？”

“好像是。”

博雅说话时，蜜虫将装满酒的酒壶和酒杯放在托盘上，端了过来。

“先喝点酒润润喉咙，再慢慢讲吧，博雅。”

“好。”

说话间，两只酒杯已经斟满。

博雅伸手端过一杯，轻轻地一饮而尽，开始讲述。

据说，俵藤太当时正在熟睡，忽然醒了过来，那一瞬间他便明白了缘由。

有甜甜的气味。

夜里，外面的树木、草叶和花朵会静静地将白天吸附的气味吐露到空气中。浓浓的香气融入夜色，在黑暗中飘逸。但藤太嗅到的并不是这个。这种气味不会让他醒来。嗅到了不同寻常的气味，他才醒过来。这与梅雨前的气味也不相同，似乎是焚香之类。

莫非有人穿着这种熏香的衣服，来到了自己的卧室？但是，卧室里并没有人影。

藤太在被子里轻轻地呼吸了一下。甜甜的气味从鼻孔中钻进来，藤太顿觉一股新的睡意袭来。他立刻知道有些不对劲。明明是觉察到异样才醒来，怎么会再次犯困呢？奇怪，莫非是这香气导致的？

想到这里，藤太立刻屏住了呼吸。

他屏着呼吸，手伸向枕边，摸到放在那里的瓶子。

藤太半夜经常口渴，因此常在枕边放一个装满水的瓶子。他将瓶中的水洒在睡袍的左袖，用濡湿的袖子掩住口鼻，轻轻地呼吸。

睡意散去。此时，藤太已将放在枕边的黄金丸按在手里，置于腹上。右手握住黄金丸的柄，微微抽出一点，以便随时抽出。然后，他耐心等待。

出什么事了？黑暗中，藤太的嘴角浮起一丝无畏的笑意。

他也曾考虑过起身点灯，将人叫起来。可是，此时屋里人恐怕都已被这气味给迷倒了。而且如果大声呼喊，这气味必会深入肺腑。虽然不知对方有何目的，既然有人焚起迷香，不久后必会进入屋内。一旦喊叫起来，闯入者极可能逃之夭夭。

“那样就没意思了。”黑暗中，藤太微微翕动着嘴唇，不出声地自言自语。对方绝不会不知道这是谁的府邸。一定知道是俵藤太的府邸才来吧？

“连我藤太也不放在眼里啊。”他想，一定要抓住来者，让其招出目的。若是来人众多，就捉一个，剩下的全部杀掉。不过，对方肯定不会轻易闯进来。一旦进来，盗贼也会嗅到这迷香。若是盗贼进来，迷香也就无用了。

藤太的大脑在飞速运转，连这些都想到了。尽管已年近六旬，他的武艺和力气依然不减当年。

不久，庭院里出现了人影，并非仅有一两人。藤太在被中暗暗点数，来者有四人？

窃窃私语声传来。贼人们在低声交谈。

“差不多了吧？”

“都睡过去了。”

“俵藤太的被窝在哪里？”

“那边。”一个声音答道。响动越来越近。似乎已有几人从庭院进入外廊。门帘被拉起，人影进了卧室。

“好黑啊。”

“搜！黄金丸一定在某个地方。”声音很低。

“藤太呢？”

“恐怕睡得跟死猪一般了。”

“把他叫起来问问？”

“弄醒他就麻烦了。搜。”

咯吱，咯吱，脚步声接近了。

藤太并没有猛地跃起。他轻轻掀开被子，趴在那里，冲着站在近旁的盗贼脚下就是一刀。

中了。

“哇——”一名盗贼喊叫起来。

盗贼们于是脚尖一踮，跳回庭院，立刻拔刀在手。

藤太一面抡刀，一面躬身滚到卧室一角，而后直起身来，但身子仍然放得很低。他单膝着地，右手握着黄金丸。

庭院里有三个黑衣男人。借着月光，可以看见三人皆拔刀而立，以布蒙面。还有一个蹲在卧室中。

“你怎么了？”盗贼向卧室中的同伴喊。

“左脚被砍掉了。”蹲在屋内的盗贼答道。血腥味在夜色中弥漫开来。

“黄金丸就在我手里。”藤太依然低着身子，说道，“想要的话，只管来夺吧。”

话音未落，只听嗖的一声，有东西破空而来。藤太一挥黄金丸，将其击落。被斩为两截的箭落到地上，箭头一端插入地板。

这一瞬间，蹲在室内的盗贼纵身一跳，下到庭院，与同伴并站在那里。只用右腿便腾空而起，实在是高人。

藤太正欲追去，又一支箭嗖地疾飞过来。他再次抬刀挡落。定睛一看，盗贼们身后竟站着一个身穿唐衣的女人，手持弓箭。月光昏暗，只能辨出是一名女子，看不清容貌。

“跟闯入小野好古大人府邸的盗贼是同一伙的吧？”藤太说道，“说，为何要夺我的黄金丸？”他的气息微微有些急促。毕竟吸入了迷香，尽管只有一点点，身体还是不能与平常无异。

女人和盗贼们并不回答。双方僵持起来。忽然，一名盗贼冷不丁挥刀，砍向刚跳出去的同伴。

咔嚓，骨肉被斩断的声音传来。那盗贼左膝以下的部分顿时被斩落。他并没有发出叫声，只是低声呻吟了一下。

“黄金丸造成的伤口是无法痊愈的。”斩断同伴小腿的盗贼低声说。

“走。”盗贼喊道。两名盗贼抬起腿被砍断的同伴。女人与这四人在黑暗中狂奔而去。

“站住。”藤太下到庭院，紧追不舍。他正欲发足狂追，忽见眼前竟有一块记忆中并不存在的黑色巨石。藤太清楚地记得，这里根本就没有这种石头，他不禁止住脚步。

就在这时，巨石忽然动了起来。呼啦一下，长长的、毛茸茸的黑色手脚霎时从石头上生长出来。竟是一只巨大的黑蜘蛛。蜘蛛八只眼睛在黑暗中发着妖光，向藤太直扑过来。

“呔！”藤太大喝一声，挥起黄金丸向蜘蛛斩去。

咕咚，一条蜘蛛腿顿时掉在地上，竟有人的手臂一般粗。

藤太正欲继续斩去，蜘蛛已用七条腿扒拉开庭院内的树丛，窜到后方的一面墙下，接着迅速翻过围墙，向外逃去。

此时，盗贼和女人已消失得无影无踪。

“大家都在说，这肯定是进入小野好古府邸的盗贼同党干的。到底还是藤太大人啊。”博雅有些兴奋地说道，“现在宫中可是一直在谈论这件事，晴明。”

“哦，是藤太大人的府邸啊……”晴明若有所思，声音低沉，简直都有些冷淡的意味了。

“只有那盗贼被斩下来的脚和小腿剩下来。但已经够恐怖了。”

“唔。”

“听起来有些残酷，但毕竟是盗贼先闯进来的，稍有不慎，藤太大人恐怕也会丧命。也是迫不得已啊。”大概是受了晴明的影响，博雅的声音也低沉下来。

“黄金丸造成的伤口二十年都不会痊愈，为了避免脚踝的伤口持续流血，恐怕也只能把小腿砍掉了。”晴明说道。

“可是，那帮盗贼为什么非要得到黄金丸不可呢，晴明？”

“这我怎么会知道？藤太大人本人又是如何说的？”

“说是不清楚。”

“哦……”晴明似乎忽然意识到了什么，猛地抬头，“黄金丸？”

“怎么，晴明？”

“小野好古大人，平贞盛大人，还有这次的俵藤太大人和黄金丸……”晴明停止念叨，似乎在努力思考着什么。

“你是不是发现了什么端倪？”

“谈不上发现端倪，只是想到一件事。”

“什么？”

“现在还不好说。目前什么都不清楚。”

“喂，晴明！”

“什么事？”

“别卖关子。”博雅略带嗔怪地说，“摆架子是你一贯的臭毛病。”

“我并没有摆架子啊。”

“你太见外了吧，晴明？”

“不，我是怕你一旦说漏了嘴，事情就麻烦了，那样可太没劲了。”

“晴明，凡是从你这里听来的事情，只要你让我闭嘴，我绝不会告诉任何人。”

“不，事情可远没有那么简单。如果我所料不错的话……”

“可是……”

“再等等，博雅。我就算谁都不告诉，也得告诉你啊。这件事如果要告诉别人，第一个肯定就是你。现在你就饶了我吧。”

“知道了……”博雅绷着脸，似乎还不能接受，但还是点了点头。

“博雅，来了。”晴明说道。

“什么来了啊？”

晴明似乎有意转变话题，博雅却还没有意识到。

“从平贞盛大人那里来了。”

“那件事？”

“啊，来了。”

“也就是说，那一位的进展并不顺利啊。”

那一位，便是指芦屋道满。

“这一点现在还不清楚。不过，在你来之前，贞盛大人那里就派来了使者，让我这两日务必去一趟。”

“也就是说，道满已经无能为力了？”

“明日去看看就知道了。”

“明日去吗？”

“去。”

“可是，连道满也无能为力啊。”

“什么意思？”

“这可是你自己说过的，晴明。你说，但凡你能做到的，道满也能够做到。如果连道满都不行的话，你做起来恐怕也是白搭。”

“这里面有点不一样。”

“怎么个不一样？”

“就是说，如果道满什么也没有做而由我第一个来做，结果恐怕与道满一样。而现在无论我做什么，都已是在道满做过某些尝试之后了。”

“哦？”

“道满一开始做了些什么，对我有什么影响，究竟是好是坏，都还不清楚。”

“过了几天了，晴明？三天还是四天？”

“四天。”

“晴明，你不会是打算一个人去吧？”

“你也要去吗，博雅？”

“去。”

“明白。那就一起去吧。”

晴明点头，继续说：“博雅，我有一事相求，能否帮我？”

“什么事？”

“倒也不难。”晴明说道。

四　疮鬼

明媚的阳光洒落在庭院里。松树上缠满了紫藤，绽放的紫藤花像沉甸甸的果实，一串串垂下来。亦紫亦青的花色令人目眩。

外出的准备已经妥当。晴明坐在木地板上，等着博雅到来。

几只凤蝶在庭院里翩翩起舞，新叶的绿色也日渐浓厚。天气有些热，无风时站在阳光下大概会微微出汗，不过现在微风徐徐吹来，轻轻摇曳着樱花的嫩叶，舒服极了。

晴明的视线追逐着一只凤蝶，它正绕着紫藤花翩翩飞舞。

这时响起声音：“晴明大人。”

晴明转身循着声音望去，身着唐衣的蜜虫正站在那里。

“芦屋道满先生来了。”蜜虫说道。

“啊，我早已知道了。”晴明点点头。

“把他请到这边来吗？”

“不必了。”晴明一面从庭院收回视线，一面说着，“已经过来了。”他抬起右手，伸出纤纤食指，向在院中飞舞的一只凤蝶轻轻一点，那只黑色凤蝶竟飘摇着向他飞来，停在了他的指尖，翅膀一张一翕。

“从昨日起，这只蝴蝶就被放到庭院里了吧。”晴明将指尖移到眼前，对蜜虫说道。

“正是。”随着一声回答，凤蝶轻飘飘地落到地板上，变成折叠起来的黑色纸片，恰似一只蝴蝶。

“什么也瞒不过你啊，晴明。”道满的声音从庭院的方向传来。缠满紫藤的松树上，一个身穿黑色水干的老人正端坐于最高的树枝。

“有事吗，道满？”晴明朝坐在松枝上的老人问道。

“哦，有，有事。”道满在松树上答道。

举目望去，道满的身体轻飘飘地浮在空中。但他转眼间便落到庭院内的石头上，随即下了石头，用脚拨开草丛走上前来。他右手咔哧咔哧地挠着白发，脸上浮起难为情的笑容。

“搞砸了……”他来到晴明面前，小声说道。

“连道满先生也……”

“嗯。”道满不再挠头，注视着晴明，“就算是你去，恐怕也是白搭啊。”

“我知道。”

“哼……”道满似笑非笑，轻哼了一声，坐在木地板边上，“听说贞盛那边来请你了。”

晴明望着刚才还是凤蝶的那张纸片，说：“昨日我和博雅的谈话，您就是用它偷听去的吧？”

“嗯。”道满点点头，“现在就去吗？”

“是。”晴明注视着道满，说道，之后就陷入了沉默。

“你不问吗？”过了一会儿，道满先开口。

“问什么？”

“贞盛大人那里究竟发生了什么事。”

“我若问，您肯回答吗？”

“不会。”

“我就知道会是这样。”

“你最好还是亲耳听贞盛大人说。”

“正有此意。”晴明的红唇泛起笑意，“今日来此，有何贵干？”

“我嘛，就是想观摩一下，看看你究竟如何治那疮。”

“一定是出事了吧？”

“你看出来了，晴明？”道满盯着晴明，像个赌气的孩子。

“是。”说着，晴明又笑了。

“我哪里不对劲了？”

“我看，您还是想说些什么吧？”晴明说道。

“嗯，就算是吧。”道满又用指尖挠起头来。

“愿闻其详。”晴明答道。

“那东西还真有点莫名其妙。”道满答道。

“哦？”

“不像是有什么鬼怪附体。”

“那究竟是什么？”

“我也说不好。反正一不小心，怕是连这座都城也要翻过来了。”

“这么严重？”

“嗯。”道满的声音又恢复了气势。“连都城都要被翻过来。”他乐呵呵地说道，“保宪那家伙，恐怕也意识到了严重性。”

“保宪大人？”

“所以才来求你啊，晴明。但这座都城变成什么样子，与我可没有一丁点关系。你说呢？”

“我说什么？”

“你是不是也抱着就算都城翻个个儿，也不关你的事的心思？”

“我在您的眼中就是这个样子？”

“是。”

“……”

“嗯，那好吧，晴明。”道满起身，再次站到草丛中。黑色的凤蝶又在他周围飞舞起来。应该就是刚才化作纸片落在木地板上的那只。

凤蝶朝晴明飞过来。“你把它带走吧，晴明。”道满说道，“它会跟着你的，若是烦了，你就随意处置。”

“好吧。”晴明点头。

“我等你的好消息。”道满扭过身去，“我会去观摩的。”说完，他拨开草丛走出庭院，不一会儿身子在屋角一晃，踪迹全无。

晴明目送着道满离去，左肩上停着那只黑色的凤蝶。

吱嘎，吱嘎，牛车碾压着泥地驶去。

宽敞的车里坐着两个人——晴明和博雅。牛车碾压土地的颤动从腰部传到背部。晴明和博雅皆沉默无语。博雅想对晴明说些什么，晴明却一直沉默，博雅只好欲言又止。

大约走了一半路，晴明终于开口了：“博雅。”

“什么事，晴明？”一直等着他开口的博雅总算舒了口气。

“得做好思想准备啊。”晴明低声说道。

“怎么回事？”

“我们似乎也被卷入险境了。”

“到底是什么事，晴明？”

“不清楚。”晴明答道，“我也没弄明白究竟会发生什么事。”

晴明盘腿而坐，与平贞盛面对面。跟上次一样，二人之间垂下一道竹帘，看不清贞盛的模样。贞盛坐在竹帘后面云间锦的榻榻米边上，以布蒙头，只露出眼睛。

上一次只有二人会面，这一次却另有三人。与晴明并坐的是源博雅。另外二人则坐在稍远处，似乎观察着晴明这边的情形。

晴明和博雅到达这里时，二人已经在了。一个是六十岁左右的老人，瘦小枯干，缩着身子坐在那里。另外一个是四十岁上下的中年男子，表情僵硬，紧闭嘴唇。

“欢迎啊，晴明大人。”贞盛在竹帘后说道，“最终还是把你请来了。”

“是。”晴明垂首。

“没想到源博雅大人也来了……”

“是我请他一起来的。”晴明说道。

“哦？”贞盛点点头，似乎在期待理由。

“这类事情，博雅非常有见地。晴明不止一次受过博雅的启发呢。”晴明垂首，恭敬地答道。

“如有妨碍，在下会立刻退出。”博雅说道。

“博雅大人特意前来，我却将你赶出去，传出去我贞盛的脸面往哪里搁？今天是我主动请晴明来的，你既是晴明带来的朋友，我怎么能拒绝呢？”贞盛说道，接着转换了话题：“今日，守候在那边的是医师祥仙……”

“在下祥仙。”贞盛引见完毕，老人向晴明和博雅施礼。

“旁边那位，便是犬子维时。”

听到贞盛的介绍，中年男子注视着晴明，也恭敬地垂首行礼，稍后才抬起头说道：“鄙人维时。”

“这疮原本是十九年前生的。此后一直蒙祥仙治疗。”贞盛说道。

“十九年前？”

“当时多亏了祥仙，十日左右便痊愈了。不料到了今年，这东西竟又长了出来。”贞盛的声音从竹帘后面传来，由于蒙着布模糊不清，“关于这疮，我想问祥仙可能更清楚，所以今天把他叫了过来。”

“那么，十九年前，您是如何处置的呢？”晴明向祥仙问道。

“紫雪散一服配水二分，每日三次服下，再涂以鄙人调制的药膏。”

“什么药膏？”

“将硫磺和麻油调和到一起，再附以煎好的八角、附子、苦参和雄黄，涂在患处。”祥仙答道。这的确是疮疡的一般疗法。

“十日之后就痊愈了？”

“是。”

“这一次，一开始也是祥仙先生给看的吧？”

“是。”

“从什么时候生疮的？”

“过年后不久，大人便患了疮，在下便被传来。”

“那么，这一次您又是如何处置的？”

“与十九年前一样。”

“结果呢……”

“丝毫不见好转，而且那疮竟然不断蔓延。在下用尽各种办法，这次竟束手无策。”

“这次的疮，与十九年前有无不同？”

“在我看来，跟从前是同一种疮。这疮不止十九年前患过，此前也曾数次出现在大人脸上，每次都由鄙人诊治。”

“既然此前已治愈过数次，为何这次用同样的疗法竟会失效？”

“这个，这正是鄙人不解之处啊。”

“对了，还没问您呢，究竟是什么样的疮？”

“这……”

“怎么？”

“虽然我现在称其为疮，但实际上，我也不知道究竟是什么东西。”祥仙弯下干瘦的身体，叹了口气，“一般来说，常见的疮从疗疮开始，有癣疮、疱疮、丹毒疮、疥疮、浸淫疮、夏日沸烂疮、王烂疮、反花疮、月食疮、漆疮等种种。瘙痒的则有癣疮、疥疮。至于疗疮之类，碰到衣服会痛。一挠，则肿胀如卵，挠破则出汁，色赤黑，气味臭……”

“嗯。”

“若严重些，有时也会以切开或针刺挤出脓液的方式治疗。”

“嗯。”

“但是，贞盛大人所患的疮却不是这样。”

“那是什么样？”

“这个，我说得再多恐怕也没用。还是请晴明大人亲自查看一下吧，想必自会胜过鄙人千言万语。”

“哦。”晴明点头，“祥仙先生所言极是。”说着，他把视线转向竹帘后面。

“我早已做好心理准备了。”竹帘后面响起贞盛稳如泰山的声音。

“晴明，这边请。”贞盛说道。晴明站起身来，从左侧进入竹帘后面。

“博雅，如果你不介意，也来看看。”贞盛的声音响起来。

“这合适吗？”博雅说道。

“当然。”贞盛说完，又朝一直默默坐着的维时喊，“竹帘碍事，打开。”

维时有些迟疑，不过只是一瞬间。“是。”他点点头，起身将帘子收了。以布蒙头的贞盛终于露出尊容。

“博雅，您今晚要是梦到什么，我可不负责啊。”贞盛声音里透出一丝挑战的意味。他说完深呼吸一下，伸手除去一直蒙在头上的布。

看到布后那张脸的瞬间，博雅差点叫出声来，但还是努力把叫声吞到了喉咙深处。

那是一张诡异的脸。面庞大约有一半已经被瘤子覆盖，每个瘤子恐怕都有鸡蛋那么大，有二三十个……不，瘤子上面又生出了瘤子，数量恐怕要过百了。有些地方，几个瘤子竟挨到一处形成一个大瘤。右眼几乎被瘤子盖住，只剩下一条细缝，好歹能分辨出那里是一只眼睛。瘤子甚至还长到了头上，生瘤的地方头发几乎脱落，只剩头的左半边有头发。或许是多次抓挠的结果，瘤表面已变成赤黑色，有破裂开来的伤痕，甚至流出脓血。

博雅并没扭过脸去，只因为那光景太恐怖了，竟让他的视线僵住，移不开了。

“如何？”贞盛问道。尽管蒙布已取下来，声音依然含混。右嘴角生出的一个似瘤似疮的东西，让他的嘴变了形。

“啊，痒……一遇到风就奇痒无比，真恨不得用手狠狠地挠……”

面对贞盛的这张怪脸，晴明并不慌乱，淡然地在一旁审视。

“贞盛大人。”晴明叫道。

“什么事？”贞盛点头。

“这疮，是不是同时从脸上疯长起来的？”

“不是。”

“最初是从哪里长出来的呢？”

“这里。”贞盛用右手的食指按了按自己的额头右侧。“呃……”他叫了一声，食指弯曲成钩状，呻吟起来，“痒痒……一碰这里，我就想用指头去抠。”贞盛瑟瑟发抖，似乎在用全身力气忍耐着一股从体内涌出来的强烈欲求，勉强把指尖从瘤子上移开。

“请恕晴明失礼。”说着，晴明伸出右手，按在贞盛额头右侧。这里是最大的瘤子隆起的地方，也是脓血结痂最厚的地方。

晴明闭上眼睛，口中轻轻念诵咒语。

“唔?!”晴明停止念咒，睁开眼睛，轻轻念叨着，“奇怪啊……”他的手掌依然按在那里，一脸不可思议。

“怎么？”贞盛问道。

“没什么。”晴明轻轻答道，“这里以前是不是受过什么伤？”

“正是。受过刀伤。”

“是……”晴明正欲开口，手掌下的瘤子忽然蠕动了一下。

骨碌骨碌，瘤子继续蠕动、膨胀，最后终于爆裂开来。刚才连刀刃都插不进去的细缝一下子完全打开，一个沾满脓血的黏糊糊的眼球现出来，骨碌一转，睨视着晴明。

“没用没用。”贞盛说道，“此前的老头不是也弄明白了这些吗？可是不照样束手无策？”这已经不再是刚才的声音了，沙哑而恐怖。贞盛似乎忽然间变成了另一个人。

“你又出现了。”还是那嘴唇说道，却变回了贞盛刚才的声音。

“哦，这次你又求了别处的阴阳师来。”声音又变了，不再是贞盛。

“你借我的嘴究竟要说些什么？”

“没用没用。”

“滚开，妖怪！”

“哈哈哈。”另一个声音笑道。

“喂！”

“呵呵呵呵。”

“滚开！”

“哈哈哈哈哈。”

笑声忽然又变成恸哭声。

“啊，好悲啊。啊，好苦啊。”贞盛的身子扭曲起来。

“来人，快救救我的身体啊。”他拼命地左右摇头，“痛啊，痛啊……”

“哀啊。苦啊。闷啊。”

晴明已经把手拿开，注视着贞盛的声音与另一个声音较量。

“混账，明明是我的嘴唇、我的声音，你休想霸占了去。”贞盛单腿跪在地上，使劲地摇头。

“怎么抢回去？”

“这样抢。”话音刚落，贞盛便用牙齿猛地咬住自己的下唇。

五　牛车问答

吱嘎，吱嘎，牛车碾压着土地向前驶去。

晴明沉默无语。仿佛心有灵犀，博雅也闭口不言。

二人刚从平贞盛的府邸出来，钻进牛车之后，便陷入了沉默。

博雅不时瞥一眼晴明，晴明则毫不理睬，只顾将视线投向虚空。

焦躁起来的依然是博雅。

“喂，晴明。”博雅搭讪道。可是晴明依然盯着远方。

“晴明。”博雅大声喊道，晴明这才终于看向他。

“什么事，博雅？”

“刚才的事。”

“什么事？”

“你弄明白没有，那究竟是什么？”

“不知道……”晴明只答了一句。

“什么？”

“不是一句话就能说清楚的。”

“我也没让你一句话就说清楚啊。”

“话虽如此……”

“怎样？”

“道满大人说得的确没错。”

“什么事？”

“的确是莫名其妙。绝不仅仅是什么东西附体的问题。事情远不止那么简单。”

“你是说无法驱除？”

“从某种意义上说，那也是一个贞盛大人。”

“什么?！”

“贞盛大人自身正在变成那个东西。”

“什、什么？”

“要想驱走，或是除掉那东西，就等于……”

“什么？”

“等于将贞盛大人本身消灭掉。”

“你要放弃吗？”

“我并没有这么说。”

“那你打算如何？”

“有些地方需要仔细考虑一下，两三天后再去一次。”

“你刚才对贞盛大人也是这么说的吧？”

“嗯。”

“刚才，贞盛大人好歹暂时安定了下来，我也舒了口气。”

“是啊。”

“在贞盛大人咬住自己的嘴唇之前，我也不知道会是什么结果。”

“可我担心的是道满。”

“啊？”

“我是说，道满在我之前究竟做了些什么……”

“只可惜没听到。”博雅说道。

虽然恢复了正常，可是由于贞盛死死咬住自己的下唇，血流不止，晴明也就没忍心继续询问。

“今日只是前来查看一下病情，后面的事情改日拜谒时再谈吧。”晴明如此说完，便离开了贞盛府邸。

“也许用不到两三日，运气好的话，说不定还能更早呢。”

“你的话是什么意思，晴明？”

“所料不错的话，我想结果马上就会揭晓。”晴明淡然答道，“先不谈这些，我求你办的那件事怎么样了？”

“哦，那件事啊。”博雅点头道，“让我打听藤原师辅大人和源经基大人近况的事？”

“嗯。”

“打探他们身边有无怪事发生、是否生病？”

“正是。”

“师辅大人还是老样子，没有什么异常。”

“源经基大人呢？”

“这一位倒是有。”

“什么事？”

“似乎是生病了。”

“详细讲来，博雅。”

博雅点头，娓娓道来。

源经基第一次做那个梦，是在两个月之前。据说，他梦见了一个白衣女子，右手拿着锤子，左手拿着五寸多长的钉子，容貌看不清楚。

女人朝熟睡中的经基走来。经基想喊，却发不出声音。情形恐怖，想逃也无法逃。身体如磐石般沉重，怎么也起不来，似有无数只手死死地按住了他的四肢。

虽然事后明白只是一场梦，当时却以为是真的。

女人站在睡梦中的经基脚边，死死盯着他。经基的身体无法动弹，只能眼巴巴地看着女人。

女人用带着仇恨的目光凝视了经基一会儿，然后蹲下身子，用手中的钉子挑起经基的被子，掀开来。

经基的双脚露出。顿时，一阵冷风朝脚舔噬而来。女人把钉子对准经基右腿的小腿骨，然后用手中的锤子击打钉头。钉尖咔哧一声钻进了小腿骨。一阵剧痛传来，但想喊喊不出声，想逃动不了身。

不止是一次，两次、三次、四次……女人用锤子不断击打，每一下都让钉子嘎吱嘎吱地往小腿骨里钻去。终于，整根钉子连头都没了进去，她才站起身盖回被子，俯视着经基，露出优雅的微笑。

“我下次再来……”女人微启红唇，轻轻念叨着，然后转过身悠然地向外走去。

次日清晨。经基醒来之后，依然清晰记得这个恐怖的梦中的情形。再看右腿，当然没有被钉入钉子，连伤痕都没有。但那个位置有些发热。

究竟是做了那个梦才觉得发热呢，还是由于发热才做了那个梦？似乎做这种梦并不稀奇。可是七天之后，经基又梦见了同样的情形。那个白衣女子再次来到熟睡的他身边。这次是左小腿被钉入了钉子。跟上次一样，也是动不得身体，发不出声音。

“我下次再来。”女人说了同样的话后便离去了。

第二天早晨，左腿果然发热。七天前的右腿也在发热。

两次梦见同样的情形，实在是不可思议，但也并非全无可能。经基没有放在心上。可是到下一个七日的晚上，同样的梦境又出现了。

这一次是右膝。膝盖骨上被钉入了五寸长的钉子。

到了这次，经基才终于警觉，怀疑自己的身体是不是出问题了。如果还有第四次，那一定就是再过七天的晚上。果然跟预想的一模一样。那个晚上，女人又出现在梦中，把钉子钉入了左膝。

一定有事。是不是有人在给自己下咒？经基想。被钉入钉子的位置逐渐上移，实在恐怖至极。到了第五次，经基终于请了阴阳师占卜。

“一定是遭人嫉恨。”阴阳师说道。

“对方是谁？”经基问。

“不清楚。”阴阳师摇头。

“若换换地方，或许有效。”阴阳师如此建议。

到了下一个七日的晚上，经基特意搬离女人每次来的地方，在另一个地方过夜。结果，入睡之后，那个女人再次来到梦中。“您居然换到了这里。”女人俯下身子，再次无比优雅地微笑起来，令人毛骨悚然。

女人这次站立的地方不再是脚跟，而是枕边。她把钉子对准经基的额头，挥下锤子。钉子咔哧一声穿破头颅钻进去。此时的恐怖无以言表。女人脸上浮起优雅的微笑，弯下身子俯视着经基。

第二天，经基的头发起热来，而且一直头痛。疼痛从钉入钉子的位置生生钻进头里。

到了下一个七日的晚上，经基让阴阳师整晚都服侍在身边驱赶邪魔，可女人还是出现了。

阴阳师在经基枕边结手印，念诵着咒语，可女人依然若无其事地来到经基身前。阴阳师看不见她的身影。

女人把嘴唇贴在经基的耳朵上悄悄说道：“这么做没用的。”

这一次是耳朵里被钉入了钉子。他全身发热。以钉子钉入的地方为中心，遍体疼痛，甚至无法进宫参上。

“因此，经基大人最近一直在府中卧病。”博雅说道。

“原来如此。”晴明点头。

“晴明，你说，这件事与这次的事情有没有关联？”

“这个嘛……”

“我也觉得，出现在好古大人家的女子与出现在经基大人梦中的女子似乎有关联。”

“不，现在下结论为时尚早。”

“可是，你为什么让我去调查经基大人与师辅大人呢？”

“因为我担心一些事情。”

“什么事情？”

“博雅，其实关于这件事，你我了解的都差不多啊。”

“所以我才问你是什么。”

“如果仔细想想，你也能够推断出来。”

“不，我不明白。正因为不明白才问你……”博雅刚说到这里便被晴明打断。

“等一下。”晴明说。

“怎么了？”

“我刚才不是对你说过吗，结果或许马上就揭晓了。”

“什么事？”

“道满究竟在贞盛大人那里做了些什么。”

“什么？”

“似乎已经来了。”晴明刚一说完，牛车吱嘎一声停了下来。

博雅挑开帘子，查看外面究竟发生了什么事，只见一个女子站在牛车前。她穿着数层蓝色袿衣，头戴斗笠，看不见面容。

“尊驾是安倍晴明先生和源博雅先生吗？”斗笠下，女人的声音传了过来。

“鄙人安倍晴明。”没等赶车人回答，晴明就在里面打起招呼来。

女子步行至牛车旁，止住脚步。“有人要见见晴明先生。”

“请带路。”晴明并不问对方情由，仿佛一切了然于心，欣然答应。

女人低着头，在车前带起路来。“跟上前面的女人。”晴明吩咐道。于是吱嘎一声，牛车再次动了。

牛车折向南面，在罗城门附近钻进一处被土墙包围的宅邸。晴明与博雅刚一下牛车，带路的女人等不及似的催促起二人来：“这边请。”

跟在女人身后的博雅正欲抬脚，却忽然停住脚步，嗅起风中的气息来。风中融着一种难以形容的气味。

“沉香的气味……”博雅用陶醉的声音说。

沉香是从大唐舶来的一种香木。看来，女人的衣服熏染了沉香，这可是平常嗅不到的珍宝。

进入府邸，却不见人影。跟在引路女人身后，二人被带进了里面。

一个男人已坐在那里。晴明和博雅都认识此人，刚刚还见过这张脸。

“特意叫您来一趟，实在抱歉。”男人说道。

此人便是平贞盛的儿子平维时。

“原来如此。”

两个蒲团早已备好，晴明一面坐上其中一个，一面说着。博雅则坐在另一个上面。女子退到一边坐下，除下斗笠。她肤色白皙，看上去三十岁左右，眼角修长，唇涂口脂。

“鄙人平维时。”维时说道。或许是屏退了闲杂人等，只有维时和这女子。

“已经见过面了吧？”晴明说道。

“您注意到了？”维时点头道。

“当时，只闻声音未见尊容。今日一见，一听声音，我便明白是上次那位了。”

“喂，晴明，你在说什么呢？”博雅问道。

“我跟你说起过，上次拜访贞盛大人府邸时，归途中遇到一个在牛车里说话的人，你还记得吧？”

“嗯。”

“原来就是维时大人，今日闻声便知。所以这次回去途中，我就知道您大概要来唤我了。”

“您早就料到了？”

“令尊大人呢？”

“看样子已经安定下来，交给祥仙照看了。”维时注视着晴明说。

“这次所为何事？”

“刚才的那件事。”

“令尊的病吧。”

“是。”

“那么……”

“家父究竟患的是什么病？”维时问。

“刚才还在车中和博雅谈呢，一言难尽啊。我也不大清楚。”

“那个道满似乎也这么说过。”

“道满究竟做了些什么？今日我本想问问这个。”晴明问道。

“明白。”维时点头，“那我就给您讲讲吧。”

维时刚一开口，女人轻声叫了起来：“啊……”

博雅循声望去，只见女人的视线看向空中。

“蝴蝶……”女人念叨着。果然，女人眼前有一道房梁，一只黑色凤蝶正绕梁飞舞。

“您担心这个？”晴明问道。

“刚才，也有一只凤蝶一直在晴明先生车上飞舞……”女子说道。

“您似乎不放心啊。”说着，晴明向空中的凤蝶望去。

“不错。”

晴明对着凤蝶喝了一声，凤蝶便飘摇着飞向屋顶，不久，便飞到外面不见了。

“这下您该安心了吧？”晴明问道。

“是。”女子点头。

“忘记告诉您了。”晴明与女子说完话，维时便说道，“这一位是祥仙先生的千金。”

女人接过维时的话茬，说道：“小女子如月。”说罢便对着晴明与博雅垂首。

“哦。”晴明凝视了那个女子片刻，然后催促维时，“请继续讲吧。”

“道满使了针。”维时欠欠腰，说道。

“哦，用了针？”

“是。”维时点头。

“怎么用的？”

“扎在额头上。”

“那个疮上？”

“不，是扎在无疮的地方。”

“一根？”

“不，好多根。”

“哦。”

“围绕着疮扎，从额头开始，鼻梁、嘴唇、下颌、喉咙，还有头顶、后脑勺……一直用针扎下去。”

“果然。”晴明念叨着。

“莫非您已经明白他做了什么？”

“不，请继续讲。”

在晴明的催促下，维时继续讲述。

扎入的针并不拔出，一直扎在头和脸上面，有一百多根。

扎完针之后，道满嘿嘿一笑。“还不行。”

坐在道满面前的贞盛问：“还不行？”

“是。”道满满不在乎，淡然说道，“光做这些还治不了，但起码可以防止疮进一步扩散了。”说着，他用嘴唇衔住最初扎进去的针尾，口中轻轻念起咒来。念完之后，再咬住下一根针。就这样，道满如法炮制，把扎在贞盛头部的针一一咬着念了一遍咒语。

“那么，”最后道满望着自己所扎的针喃喃自语，“关键就看后面的事了。”他用食指和拇指捏着下巴，俯首沉思。

“很棘手啊……”道满自言自语。

“棘手吧？”这时贞盛说道，但已经不是刚才的声音了。尽管从贞盛之口发出，但变成了别人的声音。

“出来了？”道满嘿嘿一笑，说道。

“嗯。”贞盛的嘴用另外一个人的声音答道。

“要我怎么做好呢？”道满说道。

“随便。”

“反正钱我已经赚到手了。”

“那还不快走？”

“什么？”

“什么也不用干，快滚。”

“那倒也是。”道满点头。一旁的维时和祥仙目睹了这段奇怪的对话。

“可是，我来不只是为钱。”

“哦？”

“是觉得好玩。”

“什么好玩？”

“跟你玩啊。”说着，道满把手伸进怀里，“先试试这个吧。”他掏出一个小布袋，解开扎在袋口的绳结，往左掌上倒。无数比芥子粒还小的黑色东西从袋中落入左掌。

旁观的维时轻轻地叫出了声。只见道满掌中的小东西竟都蠕动着爬起来。那是微小的虫子。道满将爬满虫子的左掌举到贞盛眼前，指尖触着瘤子。顿时，虫子竟一齐朝着那指尖爬，顺着手指到了瘤子上，开始爬动。

“没用没用。”贞盛用另一个声音哈哈大笑。

“是吗？”道满说道，“就要开始了……”

话音未落，虫子便开始从表面的伤痕纷纷钻入瘤子。

一条、两条……虫子不断地钻入。还有的竟游过半干的脓血钻进去。最终，所有的虫子都进入了贞盛右半边脸的瘤子。

“看看结果会如何呢？”道满笑着说。

“唔……”贞盛脸上露出恐怖的笑容，不一会儿便开始低声尖叫。“这、这是什么？”他的嘴唇扭曲了。

道满低声哧哧笑起来。“是虫子在啃食恶疮。”

他转向维时说道：“能否借用一下钵和筷子？”

“马上……”

维时刚要起身，坐在一旁的祥仙站起来。“我去拿。”

祥仙的身影消失在深宅后院，不一会儿便返回，手里拿着钵和筷子。“这个可以吗？”

“足够了。”道满接过来，右手拿着筷子，左手托钵。

“唔唔唔……”贞盛轻轻扭动着身子。

“快了，马上就好。”道满走近半步，眼睛注视着贞盛的疮。疮的表面开始变化，动了起来。脓血中出现了东西，很小，呈黑色。看起来像是刚才的虫子，但好像又不是，比虫子要大。忽然哧溜一声，那黑色的东西竟一下从脓血中钻出大半个身子，它比青虫长，像黑色的蚯蚓。

这只是开始。同样的虫子一条接着一条从疮里爬出。有的从脓里出来，有的则从皮肤较薄的地方破皮而出，一伸一缩，在疮上蜿蜒。那光景甚是恐怖。

道满面不改色，伸出筷子，用筷尖夹住黑色的虫子轻轻一扯，便哧溜一下从疮中拽出一条虫。

虫被夹在筷尖上，不停地扭动着，缠在筷子上。道满便把虫扔到左手的钵里。他不断将黑色虫子从贞盛的额头上夹出来，扔到钵中。

沾满血和脓的虫在钵中堆积起来。

“这究竟是什么，道满？”维时问道。

“我刚才投放的虫子。”

“虫子？”

“在贞盛大人的疮中变大之后，就成了这种东西。”道满一面忙活，一面说道。

“这、这种东西？”

“吃了贞盛大人的疮，就变大了。”道满淡淡地说。

“吃疮？”

“是。”道满点点头，停下手。

贞盛的额头上已经看不见一条虫子。钵里面，数不清的黑虫相互缠绕在一起，结成一团，一条压着一条缓缓蠕动。有的还沿着钵的内壁攀爬，想从钵沿上爬出来。道满一面用筷子将其拨回钵中，一面问道：“您感觉好些了吗，贞盛大人？”

“真是不可思议。感觉头变轻了。”贞盛答道，声音已经恢复了。

“哦，那疮……”维时叫了起来。看起来，因疮而肿胀的右脸缩小了，疮也变小了。

“维时大人……”

“还有什么吩咐？”维时看着道满。

“往桶里倒些热水，拿到这里来。”

“嗯，嗯。”

“还有，再拿块新布来。”

热水和新布立刻准备停当。

“把布在热水里浸湿，擦拭一下疮上的血和脓看看。”道满说道。

“我来吧。”祥仙说。他把布片浸到热水里，给贞盛擦拭疮。

“针不要拔出来。”道满说道。

“是。”

“稍微用些力，尽量把疮里面的血和脓挤出来。”

祥仙依照道满的指示，继续擦拭，不久便好了。

“感觉如何？”道满说道。

或许是疮里的脓血被挤出的缘故吧，疮又缩小了一些。

“拿镜子来。”贞盛吩咐道。镜子立刻送到。

“嗯嗯……”贞盛一面望着镜子，一面低声念叨，他很惊奇，“疮小了不少啊。”

“明天继续吧。”道满说道。

“能治愈吗？”

“这个嘛，得看看明天的效果，现在还不好说，不好说啊……”道满就这样念叨着，离开了贞盛的府邸。

“结果如何呢？”问话的是晴明。

“这……”维时欲言又止，迟疑一会儿之后，才说道，“您刚才已看到我父亲的样子了，结果如何，想必也不用说了吧。”

“那疮又恢复了原状？”

“正是。”

当日贞盛按照道满所说，没有拔出针就睡了。然而次日清晨，贞盛叫喊着睁开眼睛，手指不停地挠着额头的疮。“痒，痒啊……”

原来，那疮一夜之间竟恢复了原状。由于贞盛睡眠期间的抓挠，疮表面的皮肤再度被抓破，血和脓沾满了脸和被褥。那疮甚至还从扎针的狭小缝隙向外扩散开来。

道满再次赶来，念叨着：“看来是不行了。”

“可是，昨天……”维时说道。的确，昨日的针抑制住了疮的扩散，虫子的啃噬也让疮有所缩小。

“可也不能每日每夜都那样做下去啊。”道满用事不关己的语气说。

重新扎针，一根一根衔住念诵咒语，再放入虫子。一整天歇都不歇，能那样继续下去吗？

“再继续试个三天如何？”

这次，回答维时的并不是道满，而是贞盛。

“没用没用，我不是早就说过了吗？”贞盛用另一个声音说道。

“你说得没错。”道满说道。

“没错吧？”贞盛答道。

“那办法只能管到这一步，再继续也无用了。”道满淡然点点头。

“那怎么办？”

“我下场。”道满说道。

“下场？”维时不明白。

“就是撒手不管了。”

“撒手不管？”

“对。你去找土御门的晴明吧。”

“找晴明？”

“你不是一直想这么做吗，维时大人？”道满别有意味地笑了。

“没用。无论是其他阴阳师，还是土御门的安倍晴明，都奈何不了我。”贞盛说道，“不过，若是那个晴明，或许还能搭救我，为我雪恨呢。”他哈哈笑了。

“雪恨？”维时问道。

“维时，这家伙还没有滚出来吗？还在缠着我吗？”贞盛说道。

“父亲大人?！”

“那混账只是在模仿我平贞盛的口吻。”

“什么?！”

“维时，别管他。把这个头给我砍下来，连我的头一起砍下来。”贞盛叫起来。

“哦，砍砍试试啊。”

“砍啊。”

"砍啊。"

究竟谁是真正的贞盛，已经闹不清了。

"去土御门吧。"正当贞盛的两种声音争得不可开交时，道满撂下这么一句话，消失了。

"原来是这么回事。"晴明点头。

"是。"维时俯首道，"晴明先生，道满所做的究竟是什么？"

"摸摸情况吧。"晴明答道。

"究竟是怎么一回事？他摸到了什么情况，晴明？"博雅问道。

"博雅大人。"有人在场时,晴明对博雅说话的口吻总是非常郑重,"他只是用虫子试验一下，看看附在贞盛大人脸上的东西究竟有何本事。"

"那么结果如何？"

"这个嘛……"

"是不是试验之后，觉得对付不了？"

"这些现在还不清楚，博雅大人。"

"可是，正因为道满对付不了，才来找你晴明吧？"

"博雅，道满可不是一般人随便就能猜透的人物。"

"那么，他为什么说要撒手？"

"不知道。只是……"晴明若有所思，语焉不详。

"只是，只是什么，晴明？"

"大概是发现了什么端倪。"

"发现了什么？"

"这个……"低头沉思的晴明把视线转向维时，似乎有意避开刨根问底的博雅，"维时大人。"

"请讲。"

"您要说的就这些吗？"

"是的。"

“还有没有别的什么细节，忘了说出来呢？”

“没有。”

“啊……”晴明微微止住呼吸，又呼出一口气，问道，“维时大人，您知道‘儿干’这东西吗？”

“儿干？”

“对。”晴明注视着维时的面孔。

维时嘴唇一张，又慌忙将视线移到了一边。“不知道。”他支吾着回答之后，才将视线转回晴明身上，“那究竟是……”

“既然不知道，那就算了。”晴明还在审视维时的眼睛。

维时似乎无法忍受那灼人的目光，再次看向别处，随后俯首说道：

“晴明，家父的事情，就拜托您了。”

六　五头蛇

夕阳洒落在庭院里的紫藤花上。花草在柔和的阳光下随着微风轻轻摇曳。

蜜虫备下美酒，晴明和博雅坐在木地板上对酌。

落日的余晖，倾洒在晴明的手指上。那纤细白皙的手指正擎着酒杯。

藤香融入风里，在呼吸间萦绕。把酒杯往唇边轻轻一送，紫藤花香便与酒香融汇到了一起，甚至给人一种美酒散发出藤香的错觉。

“晴明。”博雅开口道。

“什么事，博雅？”晴明一面把酒杯送往唇边，一面注视着博雅。

“道满在贞盛大人身上用的那虫子……”

“那虫子怎么了？”

“虫子吃了疮之后，就会变成别的东西吗？”

“正因为是虫子，所以才会变啊。”

“因为是虫子？”

“嗯。比如蝴蝶，原本不就是些既没有腿也没有翅膀的虫子吗？这样的虫子化为蛹，不久就会变成带有翅膀和腿的样子。虫子还会使人改变。肚里有了虫子，人就会消瘦，就是说，虫子能改变人的相貌。正因为虫子有变化的力量，我们常常把它们用在各种各样的咒中。”

“哦？”

“道满便是这方面的高人。”

“说起那个道满，刚才你没有说，但他是不是真的发现了什么？”

“你指什么？”

“道满如此轻易就撒手。”

“就这件事？”

“你曾说，一定是因为道满发现了些什么，他究竟发现了什么呢？”

“这个啊，当时我不是告诉你了嘛，我不知道。”

“真的不知道？”

“嗯。”

“不会吧。是不是因为当时维时大人和如月在场，你有所顾虑，才没有透露？”

“实在抱歉，博雅。我是真的不知道。”晴明喝干了酒，把酒杯放回地板。

“可是，就算是不知道，起码也会有些想法啊。快给我讲讲吧。”

“那也未尝不可，不过……”

“怎么？”

“就是我刚才已对你讲过的，博雅。”

“什么啊，你刚才哪儿讲过什么？”

“这次的事情，你我二人了解的根本就没有差别。只要稍微动一下脑筋，你一样能想到我想到的。对你说过这个吧？”

“要是我不动脑筋……”

“不，你必须要动脑筋。”

“好吧，我刚才是听你这么说过。可这和道满的事又有什么关系？”

“问题就在这里，博雅。”

“什么啊，晴明？首先，道满未必就了解你我二人了解到的情况。我还是不明白。”

“道满一定发现了一些端倪。他的发现与我的发现恐怕相差无几，但他还是稍稍想到我前头去了。”

“所以才要你告诉我，那究竟是什么。”

“明白了。”晴明点了点头。

“快告诉我吧。”

“我们不是早就约好了吗？我若是要说出来，第一个对象自然就是你。”晴明后背离开柱子，右肘支在竖起的右膝上，“博雅，这次的事件中出现的人物的名字，你还记得吧？”

“名字怎么了？”

“你能否把这些人名列举一遍？”

“可是，你所谓的这次事件是……”博雅迟疑着。

“那些并不盗窃的盗贼，最初进入了谁的府邸？”

“那、那不是小野好古大人的府邸吗？”

“然后呢？”

“俵藤太大人。”

“还有呢？”

“还有？”

“并不偷盗的盗贼有没有说过什么？”

“你是说，有没有说过人名？”

“不，并没有直接说出人名，而是寺名。”

“寺名……对了，好像问过好古大人，说有没有云居寺寄存的东西。”

“没错。”

“云居寺又怎么了？”

“待在云居寺里的人，是谁呢？”

“谁？”

“说起云居寺，那不是净藏大师吗？”

“一点没错。”

“那么，保宪大人到我这里来，让我去一趟的，又是哪里？”

“平贞盛大人府上。”

“还有，我求你办的事呢？”

“哦，藤原师辅大人和源经基大人……”

“这二人之中，每晚做奇怪的梦，身体每况愈下的又是谁？”

“源经基大人。”

“没错。虽说没有发生什么事，但藤原师辅大人的名字，你不是从我口中听到了吗？”

“那又怎样？”

“你把刚才列出的名字排一排。”

“嗯，嗯。”博雅开始排列起那些名字来。

小野好古，俵藤太，净藏，平贞盛，藤原师辅，源经基。

博雅口中反复念叨着六个人名。

“怎么，还不明白吗？”晴明说道。

“说得倒轻巧，光这几个人名又能说明什么？”

“能说明。”

“无论你怎么说，我就是不明白。别卖关子了，快告诉我吧，晴明。”

“等一下。”

“还等什么。说要告诉我的难道不是你吗，晴明？”

“不，并没有说不告诉你。我是说，好像有人来了。”

“有人？”博雅的视线离开晴明，望向庭院。晴明正凝视着那儿。“谁来了？”

晴明并不回答，而是轻轻喊了一声蜜虫，向她使了个眼色。蜜虫心领神会，答应一声“是”，正欲站起，院子里忽然传来说话声。

“迎接就不用了，晴明。”

博雅的目光刚从院中转到蜜虫身上，此时再次朝庭院望去。刚才还不见人影的草丛里出现了一个男人，身穿黑色水干。

“我有话要说。”男人说道。

站在那里的人是贺茂保宪。

“哟，不速之客。”晴明说。

晴明、博雅，再加上保宪，木地板上坐着三个人。

新的酒杯已备妥、斟满。保宪面朝庭院坐着。黑色的猫又沙门从保宪怀里露出半张脸，正酣然熟睡。

“若是为上次那件事，其实您也用不着这么早就过来。我本打算前往拜谒的……”晴明说道。

“晴明啊，”保宪一饮而尽，说道，“有急事了。”

“急事？”

“我想，这件事无论如何得告诉你一声，所以就过来了。”

“什么事？”

“藤原师辅的事。”保宪话音刚落，博雅慌忙探出身子。

“师辅大人出事了?！”刚才还和晴明提到这个名字。

“刚才听博雅说，直到前天还安然无恙……”

“是昨天晚上出的事。”

“昨晚？”

“嗯。”

“出了什么事？”

“遭袭。”

“遭何人袭击？”

“袭击者似乎并非人类。”

“那是什么？”

“蛇，而且还不是一般的蛇。”

“什么蛇？”

“有五个头。”

“五个头？”

“这只是听师辅大人说的，并非我亲眼所见。”

“究竟发生了什么事？”

“我从头说给你听，晴明。”

于是，保宪娓娓讲述起来。

晚上，藤原师辅正朝一个女人那里赶去。

他乘的是牛车，方向是西京。随从数人。车从神泉苑旁边驶过，横穿朱雀大路，走在朱雀院附近。

月光皎洁。三条大路上，牛车吱嘎吱嘎碾压着地面前行。

师辅今年五十三岁，去女人那里过夜的气力还是有的。

正要经过朱雀院，吱嘎一声，牛车停了。随从发现前方似乎有什么东西，于是停住车子。

月光下，一条黑乎乎圆滚滚的东西横亘在那里，像一根圆木。那东西从右往左横躺在三条大路上，阻住了去路。

一名随从手持火把，向那根圆木靠拢过去。

黑色，滑溜溜，有光泽，还有鳞状的东西。在火把的照耀下，“圆木”表面闪烁着青绿光泽，焕发着彩虹般的光晕。

“什么事？”师辅从牛车中问道。

听到师辅的声音，那东西在火光中骨碌动了一下。

“哇——”随从大叫一声，拼命后退。

一屈，一弯，那东西蜿蜒着蠕动。另一头缓缓抬升起来，抬到人脸的高度，然后继续向上升去。

圆木般的东西抬升起来的那一端，并非只是一股，而是分成了好几股，像束得很粗的毛发。共有五股，每股都粗过成人的手臂。

分成五股的那一端抬升到夜空中，在月光中悠悠晃动。点点绿光从空中俯瞰几个随从。那是眼睛。

随从们终于看清了——这是长着五个头的巨蟒，口中吐出瘴气般的气息。

“怎么回事？”师辅再次喊道。

话音未落，五个镰刀状的蛇头便一齐朝牛车扑来，蛇身也哧溜哧溜地朝车的方向飞速移动。

“哇——”

“妖怪！”

随从们纷纷大叫，仓皇逃窜。手持火把者也把火把丢了出去。燃烧的火把碰到蛇身，又滚到牛车下。火苗顿时开始舔噬车底。

“到底出了什么事?！”师辅掀开帘子，第一眼看到的，便是正俯视自己的五个蛇头。

“啊呀！”师辅大叫一声放下帘子，滚回牛车里。此时火焰已经蔓延到了车子上，熊熊燃烧。

牛狂叫一声，正欲飞奔，蛇的五个头已经潜入帘子。

牛拉着燃烧的牛车狂奔起来，师辅的身体却被从车里拽出。他全身寒毛倒立，发出惊恐的悲鸣。五头蛇把他叼在口中，举到了半空。师辅四肢乱动，拼命挣扎。

“住手！”一个男人的声音响起，“放了他！”

随从们也听到了这声音，却辨不清究竟来自何处，发自谁口，也不知是否传到了蛇的感官里。

忽然，师辅的身体从空中跌落。叼着他的蛇竟松了口。

“好孩子。”声音又响起来，“过来，到这边来。”那人在呼唤蛇。

似乎受到了这声音的诱惑，那蛇哧溜一下动起来，穿过三条大路向西而去。

当然，没有一个人去追赶它。蛇很快就消失了。地上只有翻倒的牛车还在熊熊燃烧，牛已经挣脱车子，不知逃向了何方。

滚落在地的火把快要熄灭了，跌倒的师辅在痛苦地呻吟。

“居然会有这种事情……”博雅舒了一口气，说道。

“唔。”保宪点点头。

“师辅大人怎样了？”晴明问道。

“正在府中卧床。”

“就是说，命还是保住了……”

“尽管还活着，可全身都是蛇的咬痕。而且跌落到地上时摔得厉害，究竟能否保住性命，现在还不好说。”说着，保宪从地板上拿起酒杯，送到嘴边。

“您专程跑一趟，莫非此事与贞盛大人的病有关系？”晴明问道。

“哦。”保宪将酒杯放回地板，注视着晴明，“你也在考虑同样的事情？”

“是。”

“你刚才说，我来之前，你们还在谈论师辅大人？”

“是说过。”

“看来，纷纷动起来了。”

“虽然不知道是否与保宪大人的思路一致……”

“正好。”保宪一面用指尖抚摸猫又的脖子，一面说道，“本想过些日子再与你谈，可我还是想听听你对这次事件的看法，晴明。”

“好吧。”晴明点点头。

“我去掌灯……”蜜虫说着站起身来。原来，日已西沉，四下里昏暗起来。

当灯火准备停当，周围变得更暗，庭院的角落已经黑黢黢的了。

“晴明，那件事……”点上灯之后，博雅开口道，“是保宪大人过来之前，跟我谈论的那事吗？”

“没错。”晴明点头。

“既然如此，我也想听听。请继续吧。”

“好吧。”说着，晴明重新转向保宪，注视着他的脸，“保宪大人，这次的事情，我总觉得有些奇怪。”

“嗯。”保宪点点头。

“看来，京城的苗头似乎不对啊。”

“或许是吧。”

“果然如此？”

“或许正如你所想的那样。”保宪说道。

“喂，晴明，究竟是什么事？你能不能讲得清楚一点，让我也明白一点。”博雅终于急了。于是，晴明的视线再次转向他。

“博雅，刚才举出的人名，你还记得吗？”

“啊，记得。”

“他们每个人都与一件事情有着重大关联。”

“一件事情？”

“也可以说是一个人。”

“你说的那个人究竟是谁？”

“二十年前的事，还不明白吗？”晴明用目光启发着博雅。

“二十年前？是，是……”博雅似乎被什么东西噎住了，说不出话来。看他的表情，分明是想起了什么，“啊，啊，原来如此！是那件事啊。原来是那一件——那个人啊，晴明……”

尽管已经明白，博雅仍然张口结舌，说不出话来。

“二十年前，那个人自称是新皇……”晴明说道。

“那、那个人……”

“平将门大人。”晴明说道。

“哦，哦。”博雅叫了起来。

“二十年前，征讨平将门大人的核心人物便是藤原忠平大人。”晴明说道。

“嗯，嗯。”

可是，忠平已不在人世。十一年前，天历三年，他因病去世，享年七十岁。

“当时，参与征讨的有平贞盛大人、俵藤太大人……”晴明说道。

藤原师辅、源经基也是参与征讨的人物。

“净、净藏呢？”博雅问道。

“当时，净藏大师正在叡山的横川，为降服将门而修炼大威德明王法……”

“小野好古大人呢？”

“为讨伐同时谋反的藤原纯友大人，当时被任命为追捕使的不正是小野好古大人吗？”晴明说道。

“什、什么……”博雅惊讶地张大了嘴，大叫起来，“竟然是……”

七　鬼新皇

平将门发动叛乱，是在朱雀天皇时期。

将门身上有皇室血统，尽管微乎其微。他是镇守府将军良持的儿子，也就是柏原天皇的子嗣高望亲王之孙，家住常陆下总国。

> 以弓箭为饰，集猛兵为伴，以合战为业。

其人勇武。其父良持有一弟，名平良兼，任下总介。良持死后，围绕其遗下的庄园，叔父良兼与将门产生了旷日持久的纠纷。良持留下的土地本该由儿子将门继承，良兼却想据为己有。纠纷逐渐蔓延，最终将平氏一族都卷了进去，演变成一族之争，进一步升级为战争。承平五年，将门最终在战场上杀掉了平国香、源扶、源隆、源繁四人。进而又借川曲村之战，大破平良正。

源护惧怕将门，于是向朝廷哭诉："平将门有谋反之意，务必将其召至京城，严加调查。"

于是，承平六年十月，将门应召进京。负责调查的是当时的太政大臣藤原忠平。

将门年轻时，从十六岁到二十八岁，一直居住在京城，在此期间曾侍奉过一位主子，便是忠平。他做过几年忠平的随从，忠平深知其秉性。

“这只是一门之争，而非谋反。”将门辩解道。

忠平也这么认为。他将当时在京城的平贞盛唤来。贞盛与将门属同门，无论在坂东还是在京城之时，二人都是敬慕彼此武德的好友，年岁也相差无几。只是贞盛在京城时，坂东属地之争愈演愈烈，贞盛之父平国香在与将门大战时遇害。

“如何？”忠平问贞盛。

“诚如将门所言，实乃一门之争。”贞盛毫不犹豫，当即答道。

对方虽是杀父仇人，但一件事归一件事。贞盛深知将门并无谋反之意。歪曲事实，诬陷将门造反，贞盛无论如何也做不出这种卑鄙之事。他还是有德行的。

“明白了。”忠平点头。贞盛生父为将门所杀，却亲口说出“将门并无谋反之心”，这比谁的话都可信。

“但是，”贞盛继续说道，“我身为武门血脉，既然将门是父亲的仇敌，终有一日我会与他刀兵相向。到时候还请谅解……”

“唔。”忠平只好点头。

将门于是得以平安返回坂东。但他没有立刻返回。遭人诬陷谋反，却仍以无罪之身平安返回，他无论如何也该在朝廷上下打点一番。将门在京城一待就是半年有余，返回坂东时已是承平七年的五月。

平良兼、良正、源护等人非常不悦。

“朝廷的意思不就是让我们随意处理这边的事情吗？”

“没错。”

于是，东国之争反而愈发激烈。

在此期间，东国来了一个叫兴世王的男人。这个男人的出处是个谜，无人知晓。顺便提一下，历史上唯一记载过兴世王这个名字的文献只有一部《将门记》。所以此人究竟是何家系、缘何血脉，一概不详。若用歌舞伎来打个比方，大概就相当于在故事进展过程中，忽然间鼓声大作，从花道的切穴[①]中忽然现身的与情节毫无关联的妖怪。

天庆元年，这个兴世王被任命为武藏权守，来坂东赴任。共同赴任的还有源经基，他被任命为介。

兴世王一到任，就开始大肆掠夺。

“听说那一家欲对我们图谋不轨。”兴世王故意寻衅，惹起事端，对方若稍有不满，便说：“他要害我等的性命。”于是与经基一起，袭击那户人家，杀男奸女，掠夺土地。

事情到了这地步，经基才意识到这个人有些不对劲。

“经基大人也来试试如何？”一次袭击一家人时，众目睽睽之下，兴世王竟悠然解开衣带，当众掏出裤裆里那直撅撅的东西，强奸起女人来，而那女人丈夫的头颅就滚落在一边。

取胜之后，奸污敌人妻女之事时有，但既然身为权守大人，有看中的女人，完全可以先带回官邸，然后好言说服，使其归服自己。只有杂兵才会在战场上做出这种龌龊事，而且是最下等的杂兵。连最普通的士兵，如果周围有人，也知道将女人偷偷带回家中，或者带到一个隐蔽处才行苟且之事。而兴世王竟若无其事地在女人亲族的尸骸前行奸污之事。

一旦女人的孩子哭喊起来，他便大叫一声“住嘴”，一刀捅进孩子口中，穿透后脑勺，将孩子挑到柱子上，之后再开始悠然地强奸女人。经基曾亲眼目睹这般光景。

兴世王似乎不是这个世上的人，而是异类。

奸污完女人之后，他竟哈哈大笑说：“经基大人，下一次该去抢谁家的土地呢？”

---

①花道，设在观众席旁供演员登场的通道，也是舞台的一部分，花道下叫切穴。

经基打了一个寒战，脖颈的寒毛不禁根根竖立。

兴世王瞄准的下一个对象是足立郡司武藏武芝。与以前的对手不同，这一次是郡司，一旦处理不当，极有可能演变成谋反。

“这合适吗？”经基终于害怕起来，问兴世王。

“没关系。”兴世王答道。

“可是，人们很可能会说咱们谋反啊。”

“这样不好吗？”

“好吗？”

“你害怕了？”

“害怕。”

“不过，照此下去，战争必起。”

“战争？”经基并不感兴趣，“既然如此，何不想个法子？请平将门大人从中调停一下如何？”

此时，将门正处在一族之争最紧张的时刻，谋反的传言经基也时有耳闻。尽管将门是个危险人物，在藤原忠平的庇护下，朝廷最终还是宣布他并无谋反之心。此时，若将门答应从中调停，从而结束争端，也不失为上策。况且将门名震坂东，做调停人完全够格。于是，兴世王立刻派出使者，请将门从中调停。但调停最终还是失败了。

“武芝大人欲对我图谋不轨。”当着众人的面，兴世王对将门说道。

这已不是故意挑衅了。武芝据称是奈良豪族丈部直不破麻吕的子孙，无法容忍兴世王的强取豪夺，此时的确在谋划如何惩治兴世王。

“我的确是在谋划……”这个男人毫不遮掩，简直耿直到愚蠢，“但绝不是什么图谋不轨。”

“你看，还是要向我动手吧？”

“兴世王，这难道不是由你引起的吗？”

“哦？”

“看看你赴任以来那些所作所为，真是惨不忍睹。整顿朝纲，难道不是我这个郡司的本分？”

“你说什么？”

仲裁无果。将门本就身负谋反的流言，而今又在族内争得不可开交，武芝从一开始就不信任将门。兴世王与将门都是一丘之貉——这种想法体现在了他的态度中。

“特意请您来调停，没想到竟污了您的面子。”武芝离去之后，兴世王向将门垂首致歉，“不过，没想到竟通过这种方式结识了您，不失为一种缘分啊……”

兴世王设宴款待将门，二人竟成了惺惺相惜的朋友。

一旁的经基看在眼里，惊恐不已，无论如何也不能与这二人待在一起了。兴世王的目的竟是为了接近将门。如此一来，下一个目标不就是自己吗？难道兴世王与将门合谋，下一步想杀掉自己？

于是，经基仓皇逃回京城，向朝廷报告：“将门大人与武藏权守兴世王合谋，有谋反之嫌。”

将门附上下总上总等关东五国的解文，向太政大臣藤原忠平辩称，自己并无谋反之心。忠平再次为将门之事奔走起来。在忠平的努力下，朝廷表面上认定将门并无反意，却任命了新人做关东诸国的守和介。武藏守为百济贞连。常陆介是藤原维几。武藏权介是小野诸国。

常陆国有个人叫藤原玄明，与新到任的常陆介藤原维几不合。维几欲行严厉税收，玄明心怀不满，拒绝缴纳。

兴世王与新任武藏守百济贞连也处得不好，于是负气出走，投奔到了任下总相马的将门门下。

恰巧玄明也从常陆国赶来，向将门泣称：“维几大人税收过于严苛。”

恰在此时，将门的妻子与儿子被与他相争的良兼所俘，惨遭杀害。其妻人称君夫人，在将门与良兼的人马厮杀正酣时遭袭，藏身于苇津江。后为良兼捕获，奸污后将其杀死。获救的仅侧室桔梗夫人一人。

将门终于行动起来，先以疾风之势，与玄明和兴世王袭击了常陆国的藤原维几，大破维几。常陆国眨眼间便落入将门之手。

虽攻取一国，其过已铸。莫如一并横领坂东，再观其变。

这话是兴世王说的——“既然已经夺取了常陆一国，就已断了回头路。”至此，将门真的被逼谋反了。忠平再也无法为他开脱。

“既然如此，只能先拿下整个坂东。否则朝廷的军队从京城来攻，将无法迎击。先拿下坂东，再看京城的反应。”兴世王如此说道。

我所虑唯此而已。

将门也如此回应。

自东八国始，横领王城。将门苟且，亦为柏原天皇五世之末孙。先夺取诸国印鉴，驱逐受领回京。

将门发出了宣言：先拿下坂东八州，再攻入京城，占领王都。将门本是柏原天皇第五世孙，欲一举夺取坂东八州各国的官印，再将朝廷的官吏悉数赶回京城。就这样，将门攻城拔寨，八国一一落入手中。下野国、上野国、常陆国、上总国、安房国、相模国、伊豆国、下总国，全部成了将门的领地。

将门欲将都城设在下总，左右大臣、纳言、参议、百官、六弁、八史等官职也都确定下来。天皇印玺和太政官印的铸造尺寸和篆刻字体也定了。各国官吏也已任命：下野守为其弟将赖，上野守多治经明，常陆介藤原玄茂，上总介兴世王，安房守文屋好立，相模守平将文，伊豆守平将武，下总守平将为。将门则自封新皇，意即在东方诞生了一个新的国家，那里诞生了一位新的天皇，他的名字就是平将门。

向众人宣告新皇登基时，在场的一个男人忽然神灵附体。“我乃八幡大菩萨之御使也。”男人说道，“现将朕之位授荫子平将门。速奏乐奉迎之。”连神灵都承认了将门的新皇宣言。

原官吏仓皇逃回京城，好歹保住了性命，将此事报告天皇。

将门谋反，不，岂止是谋反，将门已经在东国建立新的国家，自称新皇了。天皇大惊。

“速讨伐将门。可有人前去讨伐？”天皇问计群臣，竟无人应声。将门本就勇武，东国之战中从未尝过失败的滋味，尤其与兴世王联手之后，更是有如神助。

这时，一直缄口不言的藤原忠平终于开口了：“臣以为，俵藤太大人可以胜任。”

俵藤太，即藤原秀乡，东国下野人，年幼时便弓马出众，人望也极高。延喜十六年，因率家族一党在邻近作乱，被判流放京外。俵藤太并未服从，朝廷也没有击败藤太或将其捕获，然后才宣布流放。只是宣布将横行霸道的藤太“流放”而已，是一纸空文。真要实施，必须先抓住藤太，然而没能实现。此事不了了之。

十三年之后的延长七年，同样的事情再次发生。俵藤太再次胡作非为，京城方面仍未抓获他。也就是说，在将门之前，东国已经发生过类似事件。

“将这种人物置于乡野，反倒危险。”当时，也是忠平向天皇进谏，“何不召其进京，给一个合适的官位，予以差使，岂不更好？”

于是，俵藤太被朝廷赐予六品官位，这位稀世人物便在京城住了下来。

时值将门之乱，一如忠平所说，俵藤太立刻被世人想起来了。

只有忠平去见藤太。

“我要给你一国的领地。”忠平首先说道。

“哦，给我一国？”藤太眼睛亮了起来，“是哪一国？”

“下野国。”

“什么？”

“这次任命你为下野国押领使。”

“可下野国……”话没说完，藤太就闭了嘴。东国的情况，藤太素有耳闻。平将门已将东国八州据为己有，自封新皇。下野国当然在将门手中。

“这不等于命令我前去讨伐将门吗？”

“正是。”

朝廷把下野国赐给藤太，意即他必须以一己之力将下野国收回。

藤太与将门是旧识。将门在京城时，二人也常在忠平处碰面。虽然下野下总并不相邻，但二人都来自东国，都有不愿受京城支配的特立独行的性格。

藤太喜欢将门这个男人。将门身长六尺有余，膂力过人，据说徒手就能把马蹄揪下来。

一天，藤太要求“露一手看看”。

“那马岂不是太可怜了？”尽管非常为难，将门还是面露喜色，“露一手别的给你看吧。”

于是，将门把藤太带到竹林中，伸出右手的拇指和食指，若无其事地夹住一株粗大的青竹，口中轻轻“唔”了一声。也没见他怎么用力，那青竹便被捏得粉碎。将门用两根手指接连捏碎了十根青竹，真是神力。

“怎么样，你是不是也露一手给我看看？”将门说道。

“那么，我也献丑了。”藤太说着，从腰间抽出刀来，砍断竹子，当场制作起简单的弓和箭。他将藤蔓削得很细，做成弓弦，做箭十支，然后走出竹林。

“在这里如何？”藤太止住脚步，打量着四周的地面。他把九支箭插在地上，一支拿在右手，弓握在左手，轻松地将箭搭在弦上，嗖地向天空射去。

射完一支又搭上一支，接连不断，转瞬间十支箭已射完。每支箭飞到空中后，又按射出的顺序落了下来，插在地上。

“看看。”藤太将插在地上的箭轻轻拔下来给将门看，每支箭头上竟然都射穿一只蚂蚁。高超的箭术令人惊叹。

藤太和将门成了相互敬慕的好友。忠平也深知二人的关系。

“不。”藤太断然拒绝。

“能够打败将门的只有你，藤太。”忠平说道。

藤太喜欢眼前的忠平。朝廷令他进京他就进了京，也是因为有忠平这个正直的人物。

这次的事件中，他也知道忠平多次庇护将门，非常理解忠平的心境——目前的状况下，他再也无法庇护将门了。即便如此，为何非要自己去讨伐？

“我不愿意。”藤太断然道，“这次的事情，起因原本就在京城对东国的统治过于严厉。课税过重，征收过严，惹得百姓怨声载道。无论将门发动何种叛乱，如果背后没有百姓支持，他断然不会成就大事。这次的叛乱，将门能够将东国八州纳入手中，也是百姓支持的结果。”他将自己的想法一股脑儿倒了出来，“如果可能，我也真想带着弓箭和太刀，加入将门的军队。”

真是一个正直的男人。

没想到，在藤太的睨视下，忠平竟说出另一番话来。

“但是，藤太，现在的将门已经不再是你了解的那个将门了。”

“什么意思？”藤太问道。

“净藏大师。”忠平向后面喊了一声。

于是，忠平身后的围屏后面，一个披着僧衣的人站起身来。此人向前走了几步，在离二人稍远的地方坐下。

“这位是叡山横川的净藏法师。”忠平引见道。

“贫僧净藏。”僧人向藤太恭敬行礼。忠平向他使了个眼色，僧人便说道：“此次，北斗星的周围有异样的星在动。”

“异样的星？”

“将门大人在东国作乱，背后似乎有非人的力量在推动。”

“非人的力量？”

“寻常之人无论如何也敌不过这种力量。”

“您的意思是我能？”

“正是。”净藏点头，“俵藤太大人，还有平贞盛大人……世上强将无数，二位更是强将中的俊杰。如果二位能合起力来……”

“且慢，”藤太打断了净藏的话，“我还没说要去！”

“诚然。”

“这些先不要提，我关心的还是忠平大人刚才的话。您刚才说，将门已经不是我了解的那个将门了，对吧？”

“不错。”

“这究竟是怎么回事？”

“这个嘛，仅凭一张嘴可说不清楚。最好还是用你自己的眼睛去确认一下。”

“用我自己的眼睛？”

“没错。”

“总之，还是要我去东国？”

“嗯。你可以先去东国见见将门。该如何做，到时候你可以自己选择。”

“该如何做？什么意思？”

“是讨伐将门还是加入将门对京城反戈一击，完全由你自己决定。”

“这样做合适吗？”

“合适。”

既然忠平已说到这个地步，藤太再也无法拒绝。

“好，我去。”藤太回答。

“既然您已下定决心，秀乡大人，小僧有一个请求。”说话的是净藏。

“何事？”

“您现在带箭没有？”

“箭？”

“可否借小僧一支？”

“箭倒是带了……”

藤太来这里是带了随从的，随从们应该带着弓和箭。于是立刻唤来随从，要了一支箭，交给净藏。这是一支非常不错的镝箭。

“这个可以吗？”

“可以。”净藏点头，“小僧还有一个请求。”

“什么？”

“可否将秀乡大人的头发给小僧一根？”

“头发？这个简单。”说着，藤太拔下一根头发，交到净藏手中。

净藏接过头发，在刚才要来的镝箭杆上仔细缠绕起来。

“好了。”

“你用那个究竟要做什么？”藤太问道。

“为了秀乡大人。”净藏说道。

“为我？”

“如果大人在东国需要帮助，请念诵‘南无八幡’这几个字，净藏便可以与这支箭一起，共助大人一臂之力。”

“哦？”

“还有，秀乡大人，您下东国时，最好取道势多大桥。”净藏说道。

藤太去下野时，之所以从大蛇盘踞的势多大桥上通过，就是因为净藏这番话。其实，即使没有净藏的建议，从藤太的秉性来说，他也会因大蛇的传言故意从势多大桥通过。

关于净藏这个僧人，有很多逸闻。将门之乱时，《拾遗往生传》里有如下记载：

> 又天庆三年正月廿二日，为降服坂东贼首平将门，净藏于横川修大威德法，限二七日。将门带弓箭立灯明之上。众人皆惊，俄现流镝之声，指东而去，便知降服之必然。依此为修公家仁王会，择大法师为待贤门之讲师也。
>
> 是日将门军入京云云。大法师奏曰：进将门之首而来也。果如其言。

这里所说的，便是在将门之乱的时候，为降服将门，净藏在叡山的横川修炼大威德明王法长达十四日的故事。

净藏在护摩坛上焚烧护摩修法，到了第十四日，灯明之上出现了一个盔甲装束的人影，正是持弓背箭、手提太刀的平将门。

“将门。”众人发出惊呼，净藏却不为所动，继续修法。不久，将门的身影消失。

净藏继续修法，这时，不知何处响起“南无八幡”之声。原本放在护摩坛对面的一支镝箭竟浮到空中，带着风声向东面天空飞去。

不久，净藏站起身来，低声道：“好了，将门已败无疑。”

八　道满暗度

吱嘎，吱嘎。

牛车向前驶去。

晴明和博雅坐在牛车里，随着车子一起摇晃。二人正在去源经基府邸的路上。

“居然会是平将门大人……”博雅说道，“如果你不告诉我，我根本就想不到。”

博雅实在是个正直之人，断不会说“其实我也是如此想的”这种话。

“晴明，保宪大人一开始就明白事情的原委，才来求你吧？”

“唔。”晴明轻轻晃动下巴，点点头。

保宪拜访晴明宅邸后离去，已是昨夜的事了。

“最近，京城发生的诸多事情真令人担心啊。”昨夜，保宪曾对晴明说。博雅也听到了。

“我试着查探了一番，可还是有些不放心。”保宪说道，“因此，才请你也出来查探一下。”

晴明经过一番查探，嗅到幕后平将门的气息。

“看来，我的估计并没有错。”

保宪无法从一开始就告诉晴明将门的名字。一旦说出将门的名字，晴明也会自然而然地将自己的一些发现与将门联系起来。人就是这样。

“所以，我什么也没告诉你。”保宪说道，“倘若你也在这件事中推测出了将门，那就不会错了。你我二人总不会同时犯错吧。”

晴明行动起来，潜藏在幕后的影子必然也会行动。

“我想，如此一来，对手的原形也能看得更清楚一些。”保宪说道。

果如其言，晴明行动起来之后，京城里与将门有关的人物便接连出事，才有了今天晴明和博雅共赴源经基府邸的行动。源经基曾以武藏介的身份与兴世王共同进退。

“晴明。”博雅道。

“什么事，博雅？”晴明问。

外面的光亮透过帘子，照在晴明脸颊上。

“为什么要去见经基？”

“我有许多事情要问他。”

“什么事情？”

“二十年前的事情。”

“哦？”

“将门大人谋反时的事情。”

“可是，经基大人多次梦见那钉钉子的女人，现在正生病呢。”

“那不正是你告诉我的吗？”

“这样做合适吗？”

“他生病不正好可以成为拜访的理由吗？”

“那倒也是。”

“博雅，将门大人的传闻你听说过吗？”

“传闻？”

“就是传说中将门大人身高七尺，一身铜皮铁骨。”

“我是听说过，但那不过是传闻嘛。不会有那么强壮吧？真有那样的身体，他在京城时便会留下一些传闻啊。”

“实际上，博雅，似乎也不能这么说。”

“为什么？”

“藤原忠平大人后来留下一些记录，保宪大人给我看过。”

于是，晴明便向博雅讲述起来。

其相殊非世之常人。身长七尺有余，五体悉为铁。左眼有二瞳。与将门相貌无异之人有六。是以无人可辨孰为将门。

“真的？”

“唔。”晴明点点头，“关于将门大人，我也有很多担心。”

“担心什么？”

“这个嘛……”

“你又要卖关子？”

“不，不是。事实上，我也有很多事情看不透。”

“哦？”

“恐怕净藏大师最清楚这件事了。”

“净藏大师？”

“我想，早晚得去拜访他一下。”

“既然如此，为什么不在拜访经基大人之前，先到净藏大师那里去一趟？”

“不，博雅，净藏大师可不是个容易对付的人啊。”

“不好对付？”

“保宪大人不是把我也拖进来了吗？其实，保宪大人很怕净藏大师。”

“他也有害怕的人？”

“他也是人啊。但凡是人，谁没有弱点和短处呢。”

“那你呢，晴明？”

“我？”

“你有没有弱点和短处？”

“我也是人啊。”晴明的语调跟刚才一样。

“什么弱点？”

“得了吧，博雅。”

“不行。”

“我们还有正经事呢。”

“我就是想知道。”

“净藏大师的事还没谈完。”晴明折回话题，“虽然早晚都要去见见净藏大师，但在此之前还是尽量先了解一下眼下这件事再说。”

“先了解一下？”

“是啊，若事先了解一些情况再去问净藏大师，条理也能清楚些。”

“唔。”

“去净藏大师那里之前，最好也听听藤原秀乡大人和藤原师辅大人的想法。”

“那平贞盛呢？”

“也得去几次。想放也放不下啊。”

“是吗？”

“关于贞盛大人，我还有些担心。”

“如此说来，晴明，我记得你当时还说过一些话。就是那件事吗？”

“哪件事？”

“就是询问维时大人那件事。关于儿干什么的。快告诉我，晴明，儿干到底是什么？”

“博雅，这件事目前还是不说为好。”

“你又来了。”

“如果事情早晚要发生，那你迟早都会知道。如果不发生，那还是不要知道为好。”

“你看，让你这么一说，我更想知道了。”

“请原谅，博雅。这件事关乎贞盛大人的名誉，不可轻易出口啊。”

“名誉？”

“嗯。”晴明点点头，“眼下最重要的，是经基大人的事情。”

他凝望着牛车行进的方向，如此说道。

经基卧病在床。晴明和博雅坐在他枕边。

“啊呀，晴明，您来得正好。”经基并没有起身，仰面说道，声若游丝。他额头上有一块巨大的伤疤，又红又肿。脓水从两耳流出，污了枕头。两眼充血，带着血色的眼泪从眼角滚下。

“您做梦的事，博雅已跟我说了个大概。您老是做噩梦？”晴明问道。

“是啊。昨夜已经到眼睛了。那个女人又出现在梦里，这次是往双眼里砸钉子……”经基闭上了眼睛，声音颤抖，仿佛在回忆那个噩梦，“而且那女人伸出左手翻开我的眼皮，让我无法闭眼……”

然后，她把手里的钉子一下子扎入眼珠，之后用右手抡起锤子，使劲砸了下来。

分明觉得疼，却动弹不得，也喊不出声。醒来之后，明明知道是做梦，可眼睛还是生疼。

全身上下，凡是梦中被钉进钉子的地方都红肿不堪。对经基来说，这不是梦，一半已经变成现实。

“照此下去，不知会变成怎样……”

想不睡也不行，到时候自然就会犯困，无法忍受，而一旦入睡，就会再次做噩梦。

“那能否允许晴明试试，看看有没有办法。”

“哦。”经基叫了起来，“您怎么做都行。求您了，请帮帮我。”

“那么，可否借我一个身强力壮之人？”

“当然可以。”经基使出全身力气喊道：“来人。”

一名随从应声前来。经基吩咐道：“快帮一下安倍晴明先生，一切听晴明吩咐。”

“那好。”晴明站起身来，“拿把铁锹到那边去。”说完，他走到宅外，朝着刚才牛车钻过的门走去，后面跟着拿铁锹的随从，还有博雅。

出门之后，晴明在半间远的地方停住脚步，一面注视着地面，一面不时向右或向左移动一两步，最后站住。

“这里，我脚下踩的地方，用铁锹挖一下。”他对随从说。随从依照吩咐，挖掘晴明脚下的泥土。

“挖一尺左右即可。”晴明说道。

“晴明，这里会有什么？”博雅问道。

“是啊，会有什么呢？”

“怎么，连你都不知道，还让别人挖？”

“对。我并不知道埋的是什么，但下面肯定埋着东西。”

“什么？”

“挖出来就明白了。”晴明话音未落，便听随从手中的铁锹当啷一声，似乎碰到了什么硬东西。

“有东西。”随从继续往下一挖，结果，在地下一尺左右的地方露出一对土器。

“怎么会有这种东西？”随从捡起来，交给晴明。

“哦，竟然挖出了这种东西，博雅。”晴明把手中的东西递给博雅看。

“这是什么？”

“土器。”晴明说道。

两个土器口对口合在一起，为了防止分开，还用细绳捆成了十字形状。摇一摇，里面有声音，似乎装着什么。晴明灵巧地解开绳子，打开对在一起的土器口。

“哦。”凑在晴明肩头往里窥探的博雅不禁叫出声来。

对在一起的土器被打开，里面竟掉出来一根钉子。

“这不是钉、钉子吗？”

而且，钉子上似乎还粘着一层铁锈。

“那是什么？”看到粘在钉子上的东西，博雅问道。

“大概是血。”

“血？”

“嗯。”晴明钻进门，再次走进房中。

“喂，喂。”

“下一个在里面。”

“里面？”

晴明并不回答，径直返回经基的卧室。

“挖出了这种东西。”晴明拿着钉子给经基看。

“什、什么?!”

“下了咒的钉子。”

“咒、咒?!”

“是。”晴明颔首，然后抬起头，打量着自己头顶的空间，喃喃自语，“应该还有一个啊。”

“还有一个？”

“有。”晴明对身边的随从说道，“请爬到那根梁上去看看。”他指着头上的一根梁。

“是，是。”随从点点头，叫来另外一名随从，让他四肢趴在地上，自己则踩在他背上，手搭横梁，轻轻一使劲便上去了。

“上面应该有件东西。”晴明在下面说。

“有钉子。”随从说道。

“钉子？”博雅说。

“正好在经基大人头顶的位置，钉着一根钉子。”

“那钉子能拔出来。”晴明说道，一副先知先觉的样子。

“是。钉进去的只有钉尖，很浅……”

那随从刚才还跨在梁上，两腿耷拉着，说话间便用双手抱住梁木，撅起屁股，向前膝行起来。接着他伸出右手，揪起梁上的某样东西。下面的人看不清他究竟在揪什么，但从姿势来看，应该是在拔钉子。

“拔下来了。”随从右手拿着刚刚拔下来的东西，给下面的晴明看。

“扔下来。”晴明说完，随从便从上面轻轻扔了下来。

晴明用右手接住，注视着那东西。

“果然。”他似乎明白了什么。

博雅从旁一瞅，只见晴明手中拿的是一根四五寸长的钉子，跟刚才那根一模一样，钉子上同样粘着铁锈一样的东西。

“那，也是血吗……”

“唔。”晴明点头，夹着那两根钉子合起双掌，手指扣在一起，然后竖起双手的食指，将夹着钉子的双掌贴近面孔，闭上眼睛，口中开始轻诵咒语。诵完咒语，轻轻向两掌间吹了口气，睁开眼睛。

“了结了。”晴明说道。

“好了？”

“是。”晴明点点头，面带微笑俯视着经基，“现在，您的身体是不是轻松了？”

经基的目光停滞，凝视着空中的一点，过了一会儿，叫了起来：“不、不疼了……”

经基念叨着，视线再次看向晴明。“身体好受了。”

“手、手……”他又从被子里伸出手。随从抓住他的手，他缓缓从床上直起身来，“太、太不可思议了。身体也能动了。”

“已经好了。”晴明坐下来。

“晴、晴明，你是怎么做的？”

“我把下在大人身上的咒给解除了。”

“咒？”

“就是这个。”晴明张开右手，把握着的两根钉子展示给经基看。

“这钉子……”

“有人给经基大人下咒，就在门前埋了钉子，在梁上也钉了钉子。”

“这、这就是事情的原因？”

“正是。”

“究竟是什么人，又为何要这么做？”

“不知道。”晴明轻轻地摇摇头，“经基大人难道没有一点头绪？”

“没有。”

沉默了一会儿。

“应该……没有……可、可是，晴明。”

“请讲。”

“我也曾离开这个房间，躲到另一个地方去睡啊，那女人还是跟到了那里。”

“一旦被下咒，别的事就好办了。”

“什么？”

“您外出时，一定遭人跟踪了吧。”

“跟踪？”

“对，一定是有人跟踪过去，在经基大人进入的房间门前又埋上了这东西。”

“什……”

“既然咒已经被下到您身上，也就无须再在梁上钉钉子，埋在门前就足够了。”

“那么，那个女人……”

“那并不是女人的真身。”

“不是真身？”

“大概是阴态吧。”

“阴态？”

“就是影子一样的东西。真身在别处，以阴态来到经基大人身边。”

“……”

“一般人是看不到的，只有大人本人才看得到。”

“那、那，这样就没事了吗？那个女人会不会再来？”

“暂时不会……倘若再有事发生，就是再次被人下咒的时候了。”

“再次被下咒？”经基的声音中充满了恐惧。

“您如果担心，可让人每日检查一次门前和梁上。”

“只好这样了。”

“这个，可否送给我？”晴明将手中的钉子拿给经基看。

“哦，您若能带走，我感激不尽。这种东西，就是放到天边也会让我担惊受怕。”

“那我就收下了。”说着，晴明掏出一张怀纸，将两根钉子包好，收入怀中，然后又取出另一张折叠好的纸片。

“经基大人。”

“唔。”

“您好好休养一下，睡上五天，就能恢复得一如往常、精力充沛了。”

“感激不尽。”

“只是，不知道会不会再次被下咒。”

“谁会下咒？”

“我刚才已经说了，不清楚。只是为防万一，我给您准备了这个。”

晴明展开纸片，拿给经基看。

“这是……”

纸片上画着一头野兽。

“象？不是……”

但的确跟象非常相似，鼻子很长，眼睛也很细。

“这不是天竺国的大象吗？”

“不是。”晴明轻轻摇摇头。

仔细一看，又确实不像。若是象，不但耳朵太小了，也没有牙。

当时，随着佛教的传入，象的绘图和塑像进入日本，骑在象背上的普贤菩萨、象头人身的欢喜天像之类，经基当然都见过。

“那到底是什么？”

“是貘。”

“貘是什么？”

“吞食梦的一种兽。”

“吞食梦？”

“它所吞食的并不是寻常的梦。”

“哦？”

“这只貘，只吞食噩梦。”

“只吞食噩梦？”

“对。如此一来，再有邪恶之人进入经基大人梦中，这只貘便会将其吃掉。”

“是吗？”

“即使对方的咒法力很强，有了这只貘，也会大大削弱力量。”

“哦。”

“从今晚开始，请您在就寝之前，将这只貘放到枕头下面吧。”

“啊，万分感谢，晴明先生。”

“如果再有什么事情，晴明会再次前来拜谒。请放心就是。”

“有你这句话，我心里就有底了。”经基说道。

“这一件就算了结了，不过，经基大人……”晴明郑重其事地说道。

“怎么，还有别的？”

“有点别的事情，我想请教一二，不知可否？”

“晴明，你只管问。”经基的声音已经恢复了往日的响亮。

“平将门大人的事情。”

“将门……”经基的目光瞬间变得深邃起来，“那个将门？”

“是。”

“你想问点什么？”

“向朝廷奏称平将门有谋反之心的，是经基大人您吧？”

“不错，正是我。”

“您在坂东见过几次将门大人吧？”

“嗯。”

“关于这位将门大人，有些奇怪的传闻。”

“有吧。”

“身体是铁的。长相相似者还有六人，总是跟随将门大人左右？”

“嗯。”

“这是真的吗……”

“你的意思是……”

“经基大人当时亲眼所见的将门大人，是这样吗？”

“不，我见到的将门，虽然身体很健硕，可也与常人无异。”

“身体是铁的？”

“不是。”

“左眼有两个瞳仁？”

“没有。”经基摇头道，“没有这种事。”

“经基大人返回京城奏报朝廷之后，有没有再见过将门大人？”

“没有。”

“这么说，如果那个传闻是真的，将门大人便是在经基大人离开坂东后才变成那样的？”

“或许吧。”经基点头。

“请容许我再问一件事。”

“什么事？”

“兴世王的事情。”

“哦？”经基探出了身子。

黑暗中，红红的火焰在燃烧。

杉林深处，每一棵杉树都十分粗大，树龄都已超过千年。粗壮的树根盘曲着，像缠绕的大蛇。其中有一株最为巨大，树龄估计得超过两千年了。离这株杉树不远的地方，篝火在熊熊燃烧。无论是树干，还是伸展在空中的树枝，都被火焰映得通红，整个杉树林仿佛都要燃烧起来。

五个人围坐在篝火周围，是四个青壮男子和一个老人。

老人背靠巨大的树干，面对着四个男子。四人全都身穿黑色窄袖便服，腰挂太刀。老人须发皆白。

“果然被发现了？”老人低声道。

“是。”四人中的一个点点头。

“经基那家伙，竟然让他逃过一劫。”

“发现我们计划的是土御门的阴阳师。”

“晴明？”

“是。”

“那么，钉子被他……”

“想必是带回去了。”

“一旦他深究起来，事情就有些麻烦了……”

“袭击他？”

“等等。他可不是个好对付的人。本来要钓净藏那老东西出洞，没想到竟先跳出个晴明来。”

“看来是这样。”

“总之，净藏一定隐藏在背后……”

说到这里，老人把视线移向对面最左边的男子。

“右臂还没有找到？”老人问道。

“是。”男子点头。

“算了，早晚会找到的。”老人话锋一转，“不过，我听说师辅似乎也遭袭了，是谁背着我先动了手？”

“没有。”

“谁也没有动手。”

四个男子否定了老人的疑问。

“那就奇怪了……”说完，老人紧闭了口，默默地转头，将视线投向左侧杉林深处的黑暗中，凝望了一会儿。

“喂，还不出来吗？”老人忽然大喊了一声。

“哟，你早就发现了？”一个男人的声音答道。

四人的手立刻伸向太刀，单膝跪立，转脸向身后望去。

一株杉树背后，一个老人挠着头走了出来。身穿褴褛的黑色水干，头发蓬乱，像丛生的茅草，胡须疯长，不知多久没有修剪了。

“你……”

“芦屋道满。”老人站在那里答道，两只黄色的眼珠炯炯放光，“居然在这种僻静地方碰面了，祥仙……”

“呔。”右边的一人大叫一声，抽出太刀扑来，对准道满的天灵盖挥下。

咔嚓，刀劈开道满的额头，深入眉间。道满叫了一声，黄色的眼珠转动起来，骨碌一下转成对眼，瞅着劈在中间的刀刃，翘起嘴角。

哈哈哈哈哈。他放声大笑，红色的舌头在黄牙后面跳跃。

“你?！”刀劈道满的男子跳着退后，两手撒开，连夹在道满额头上的刀都没敢抽出。

“没用。”说着，道满哈哈大笑起来。

另外三名男子也已拔出刀，站起身来。

“且慢。”祥仙冲他们大喊一声，“那是个傀儡。”

“傀儡？”丢下刀的男子咕哝道。

“真身在别处操纵着它。”

“唔。”

“再怎么砍、再怎么捅都没用，那不过是一具木偶罢了。”祥仙说道。

“有两下子，你很明白嘛。”道满笑嘻嘻地走向篝火。那把太刀就嵌在他的额头上，样子实在怪异。

道满来到众人眼前。“闪开。”随着他一声吆喝，四人分站到了两边。

道满悠悠然走过去，隔着篝火坐在祥仙对面。火焰映在他额头的刀刃上，不停地摇曳。

“哦，很暖和嘛。”道满把手伸向火焰，“山里的夜晚可真冷啊。”他望着祥仙，嘿嘿笑了。

“你来干什么，道满？”祥仙问道。

“干什么？”道满凝视着火焰，轻轻说道，“也没什么事。”

“没有事？”

“没有。”

“那来做什么？”

“不做什么，只是前来参观。”

“参观什么？”

“看看你们接下来要干什么，看看晴明会如何出手，我只想参观一下。”

“唔。”祥仙死盯着道满，想知道他的真实意图。

“我的希望，就是但愿你们把事情弄得精彩一些。”道满说道。

“哦？”

“哪怕是毁了京城也无妨。这样也不会让我白参观一回啊。”

“你只是参观吗？”

“如果不精彩，说不定我会出面添一把柴火呢。”

“真是奇人一个。”祥仙微笑着说。

道满与祥仙对视了片刻。稍顷，道满说道：“祥仙。”

“什么？”

“你是不是做了些什么。”

“你什么意思？”

“就是你对贞盛做的手脚。”道满说道。

“你……”

“别装糊涂了。你以为我不知道？晴明大概也察觉到了。”

“哦？”

“最好不要小看晴明，否则就不好玩了。”道满微笑道，“我该走了。”

之后，道满的身体便向前倒在了火焰中，伴随着爆裂的火星噼噼啪啪地燃烧起来。仔细一看，原来是具木头做成的人偶。插在木偶额头的那把太刀在火焰中向上立着，刀尖指着天空。

“有趣的家伙。”祥仙念叨着，发出低低的笑声，“管他是道满还是晴明，我决不会让你们来捣乱的。必要的时候，连道满也给我杀掉。”

他的嘴角浮起一丝带有杀气的微笑……

九　兴世王

俵藤太只身一人迈进了将门府邸的大门。藤太送上求见的书信之后，对方回复说，只身一人赴约才答应会见。

藤太决定去，随从们都上前阻止。

“弄不好是将门之计。”

“若只身一人前去，被将门杀了怎么办？”

“这有何惧，我若被杀，岂不是什么都不用做了？”藤太笑道，“真是到了关键时刻，大不了就是一死。”于是，他只身单骑再访将门，连弓和箭都没带，只带了一柄黄金丸。

见到将门之后，藤太大吃一惊。首先，将门的样貌已经变得与往日判若两人。

藤太坐在蒲团上，与将门相对。左右两边分别是将门的亲族与随从，板着面孔列成长长两排，杀气腾腾。谁都知道藤太身为武士的威名，也都明白他此行并非专为与将门饮酒。在这群人的包围之下，藤太悠然而坐。

与藤太正面相对的便是将门。将门左手边坐着一名肤色微黑的男人，正是兴世王。

"久违了，藤太。"将门说道。

尽管声音变低变粗了，依然是藤太记忆中的声音。与这声音的变化相比，更令人吃惊的是脸形和体型的变化。首先，体型大出许多。从前不是身长六尺吗？六尺就够高了，而今竟又大了一圈，甚至两圈，估计得七尺有余，长高了一尺还多。他肤色黝黑，像铁一样发着黑光。嘴变阔了，牙齿也变长了。尤其是犬齿，长度有原先的三倍多。鼻孔向两侧扩展，眼梢也吊起来。头发鬈曲着，向四面八方疯狂生长。乍一看完全是另一个人，再仔细看看，眼角眉梢似乎还残留着将门从前的影子，嘴角绽开之后，还可以找到从前将门的印象。

"你怎么变成了这个样子，将门？"藤太问道。

"这是我的本性。"将门说道，"因为我逃离了京城的束缚，自由了。"

"自由，什么意思？"

"我第一次觉得自己变成了真正的人。从前的我虽生为人身，却不是人。现在终于变成人了。"

"哦？"

"怎么样，藤太？"

"什么怎么样？"

"你也想跟我一样，反戈京城吗？"

"这话听起来有意思……"藤太话音未落，低低的"哦"声从两列人口中响了起来。

"感觉不错，不受拘束，自由生长。"

这场对话过程中，一旁的兴世王一直闭口不言，只是倾听，凝望藤太的眼神中藏着一股阴森森的杀气。

"拿酒来。"将门一声吩咐，几个女子走上前来，将满壶的酒和杯子摆上桌台。将门、兴世王还有藤太面前都摆满了酒馔。

"请。"坐在藤太旁边的女子手执酒壶，说道。

抬眼一看，是名二十岁左右的美女。女子奉上酒杯，美酒快要从杯沿溢出来了。藤太一饮而尽。

“爽快！”说着，将门也将自己杯中的酒一饮而尽。

“如何，藤太？”将门将喝干的酒杯擎在手里说，“伐得了我吗？”说罢哈哈大笑。

“我给你看样好东西。”说着，将门站起来走过藤太身边，赤足下到庭院。“来人，带马。”

一匹马立刻牵了过来。只见将门双腕抱住那马粗大的脖子，眨眼间便把马撂倒在地，接着左手抓住马的前腿，使劲一拽，右手捏住马蹄，吱嘎几声，毫不费力地把马蹄揪了下来。

马疼痛难忍，号叫着满地打滚，想要逃走，却被将门死死按在地上。将门站起身，丢掉满是血的马蹄。马也站起来，但是左腿只能那样悬着，用三条腿站立，鲜血吧嗒吧嗒从左腿滴落，凄惨之极。

“怎么样，藤太，你不是一直想看看这个吗？”将门说道。

从前，在京城谈起这个话题时，那个言称马匹可怜、改用手指捏碎青竹的将门，现在已不见踪影。

“身为武士，岂能为了消遣让马匹受如此折磨。”藤太说道。

“这是什么话？在京城的时候，你不是一直想让我做给你看吗？”

其实，当时的将门若真要这么做，藤太也会阻止他。而今，自己再辩解也没有意义。将门已经不再是藤太了解的那个将门了。忠平和净藏的话在他脑海里闪过。

“桔梗——”将门喊道。

“是。”坐在藤太身旁的女人垂首应道。

“藤太的杯子空了。”

“是。”被唤作桔梗的女人拿起酒壶，往藤太手中的杯子斟酒。

“请多加小心，藤太大人。”桔梗用别人无法听见的声音在藤太耳边偷偷说，“今晚，将门大人欲置您于死地。”她装出微笑，巧妙地用袖子遮住嘴角，又说道：“这府邸东面便是将门大人赐给小女子的宅院，一旦遇险，可逃去一避。”

藤太既没点头，也没改变脸色，他早有预料。万一遭遇不测就逃走。既然要逃，最好是只身一人，抢起刀杀开一条血路，跳上战马一路狂奔。

即便不能杀死将门，这点小事还是难不倒自己。藤太原本是这么打算的。可是，今天所见的将门大大出乎意料。若跟眼前的将门和如此众多的士兵交起手来，能否顺利脱身？一旦对方用箭乱射，两三支还可以挥刀打落，但如果众箭齐发，能全部挡下吗？倘若在夜间，在黑暗的掩护下逃起来或许会容易些。即使对方想放箭，看不见自己的行踪也无计可施。且等到夜间再说。

藤太决定了。将门若真要杀自己，就给他来个将计就计。眼下装出已然上当的样子，等到夜晚即可。正如这个叫桔梗的女子所说，如果夜里将门故意来唤，反倒是个好机会。但眼前这个桔梗可信吗？

“喂，桔梗，藤太大人的酒杯又空了。”将门说道。

“抱歉……”桔梗连忙倒酒，又悄悄说，“请您务必多加小心。”

桔梗做出一副倒入很多酒的样子，实际上却只往杯里倒了少许。杯中满满的酒，只是最初那一杯而已。

“在京城，什么事都要装模作样，哪会在筵席之上让女人如此陪酒？这才是我坂东的民风啊。”

说着，将门从庭院走上来，回到原先的座位。

“藤太，京城那边是不是要你结果了我？”

“的确这么说过。”藤太面不改色，一本正经地说道。

“纵然明天要成仇敌，你我现在还是朋友。”

“嗯。”

“喝。”将门说道。他拿过酒壶，膝行到藤太面前。

藤太喝干杯中的酒，又接过了将门的酒。

“我一直想找个机会与你比比武艺和力量。”

“我也是。”藤太点头。

这是真心话。二人为对方斟上酒，然后一饮而尽。

将门的个头比先前大了许多，魄力似乎也随之增加了。但藤太想，比起将门来，更意外更难缠的对手，恐怕是坐在一旁默默盯着自己的兴世王——一个可怕的男人，不知他在想什么。

“今夜就住在我府里吧。”将门说道。

藤太和将门相视点头，约定了此事。

被子中，藤太静静地呼吸着黑暗，从鼻孔中吸入，再从口中吐出。仿佛体内已被黑暗灌满，他放慢了呼吸。

他把黄金丸置于腹上，略微抽出一点，做好随时应敌的准备。可是，他放心不下那个名叫桔梗的女人。那个女人是朋友，还是敌人？若是敌人，目的很清楚，便是要将他诱入彀中。杀他不成，再骗他到她的处所……如果是朋友，就难以理解了。这个叫桔梗的女人为什么要帮助他呢？

前思后想，藤太的意识在黑暗中愈发明晰，仿佛被磨砺得寒光闪闪的利刃，异常明快。

咯吱，有声音传来，有重物压在了木地板上。

只有一声。等了一会儿，却没有第二声传来。这甚至让藤太怀疑，莫非刚刚听到的第一声是错觉？

可是，又等了一会儿，咯吱，又响了一声，似乎有人迈出第二步。

藤太气息不乱。过了很长一段时间，依然没有传来下一声。对方非常警惕，或许是在窥探这边的气息。

藤太故意翻了下身。一瞬间，对方的气息紊乱起来。但那紊乱立刻就恢复了正常。一定是被藤太刚才翻身吓了一跳，反而安心了。

咯吱，咯吱。木地板似乎又上来两个人。不仅如此，似乎庭院的黑暗中还有无数的声息在涌动。不止三四人。十人、二十人……还有更多的人在黑暗中窸窸窣窣地动。

有几人已进到房里，又有二人踩上了外面的木地板。人数不少。

“将门，你也太小看我了。”

藤太在黑暗中露出雪白的牙齿，笑了。

偷袭绝不是人越多越好，四五人即可。尤其是在黑暗中打斗，根本不需要更多的人，几名高手足矣。白天不好说，若是夜里，人数多反倒不利。若驾驭不好，就会自相残杀起来，无异于自掘坟墓。

藤太已经拟定战法。眼下并不是在熟睡中遭遇突袭，他有足够的心理准备。

敌方似乎都到齐了，开始行动。进入房内的十余人将藤太紧紧包围，相互间并不说话，看来如何下手都商量好了。外面的人一定是包围了整个房子，防止藤太从某处飞身跃出。

嗖嗖声响起，溜进来的人纷纷从腰间拔出太刀。腾腾杀气覆盖了黑暗，肌肤甚至都能感受到森森寒气。

刀刃逼近。或许推刀向前的人也看不清房里的情形。

窗外有一丝微弱的月光。借着这一缕月光，对方缓缓逼来。

近了！对方的气息似乎都能感觉到！几把利刃正要从被子上戳下！

就在这一瞬间，藤太抢先行动起来。他猛地跳出被子。

“哇！”随着一阵乱叫，利刃齐刷刷捅在了刚刚被藤太踢翻的被褥上。“啊，被发现了。”

那里早已不见藤太的身影。

其实，踢开被子时，藤太已经跃入空中。他纵身一跃，伸手搭在头顶的梁上，轻轻落到了上面。腾跃之际，手中的太刀随着飞起的被褥向上斩去，然后反手一刀，又从空中砍下。第一刀斩掉了一人的下巴，第二刀则斜着斩掉另一人的头颅。

噗——黑暗中传来血柱溅上地板的声音。咕咚——又传来人体重重倒地的声音。

“啊啊啊啊……”被切掉下巴的人直叫唤。

“怎么了？”

“得手了？”

“一人被做掉了。”

“藤太呢？”

眨眼间，对方已得知一个同伴被干掉，又知道还有一人中刀，只是不知另一个究竟是同伴，还是藤太。藤太踢翻被子，挥着太刀腾空跃起时，那些人已经弄不清彼此的位置了。

“怎么了？”

“结果如何？”

外面传来声音。说话间，藤太从梁上跳下，顺势劈倒一人，接着又杀掉一个。

“在那里。”

“还活着。”

“杀！杀！”

藤太变换着声音大声喊叫。

“什么？”

“在哪里？”

“在那里。”

男人们挥起刀来。

大刀相碰的铿锵声，利刃刺入人体的扑哧声，男人们凄厉的叫喊声，同伴间的打斗声……他们都把身边的人当成藤太了，哪知此时藤太早不在他们中间，已猫腰滚到房间一角。

“当心！”

“藤太那家伙装成同伴杀过来了。”藤太又变换声音喊道。人们根本无暇辨别声音的真伪，为保护自己，纷纷向近旁之人挥出利刃。

黑暗帮了大忙。只有藤太心里清楚，除了自己，余者全是敌人，杀哪个都可以。而敌人就惨了。

“慢，且慢！”一人喊了起来，“你怎么砍起同伴来了？”

“藤太呢？”

“不是已经倒下了吗？”

“点灯，快点灯！”

“既然他已知遭袭，不如索性点起灯火。”

循着说话声，藤太挥剑向那人脚下斩去。对方的脚踝顿时被斩断。

“啊……”那人大叫一声，扑通倒在地上。

“还活着。”

“那个。”

同党们再次自相残杀起来。

对方终于招架不住，逃向庭院。藤太也混在其中来到外面。

此时，歹人们已经分不清敌我了。藤太呼吸着外面的黑暗，露出雪白的牙齿，在黑暗中笑了。他的血已经沸腾。

“逃跑了！”藤太又叫起来。

“那一个！”

“哪里逃！”

一人大叫着杀了过来。

“哇……”

“且慢！”

“自己人！”

尽管到了庭院，他们还是自相残杀起来。

这时，火把点了起来。借着火光，他们才终于辨认出各自的面容。

“怎么样？”

“有没有藤太？”

“没有。”

“不是已经杀掉了吗？”

众人互相喊着。再看看倒地之人，全都是自己的同伴。有的已经死了，有的受伤之后叫唤不已。四十余人略一计数，没有受伤的还不到一半。

“我早就说了，从一开始就应该明灯袭击。”

“混账。”

“现在说这些还有什么用？”

“什么？”

众人之间又腾起杀气。

“难道让这个藤太给逃了？”

但藤太早已不在这里了。

藤太已经来到外面。虽然暂且逃离险境，但要说完全脱险，现在还为时尚早。天亮后恐怕还是会被发现，必须有一匹马才行。

藤太本想奔向马厩，看那里点着灯笼火把，便放弃了这个念头。在灯光下，自己立刻会被发觉。

黄金丸已还刀入鞘。手中若握着出鞘的太刀，就会反射出火把的火光或月光，暴露自己的行踪。

夜色中到处是火把，不下百人。而且人数还在增加。

怎么办？

此时，藤太想起了桔梗的话。“这府邸东面便是将门大人赐给小女子的宅院。一旦遇险，可逃往寒舍一避。”

于是，藤太移步向东。

藤太奔到一处房舍。大概就是这里了吧，他想。四下里没有点灯。院落虽然不大，但围墙齐整，月光下现出一道门来。

“进去，还是……”藤太正在犹豫。

“是俵藤太大人吗？”门后传来女人的声音。月光中出现了一个女人的身影。

“是俵藤太大人吗？”声音再次问道。

潜藏在一棵大松树后的藤太于是应了一声“是”，说着便来到女人面前。他早已从声音中分辨出来，这女人分明不是桔梗，或许是桔梗的侍女。

“藤太大人，桔梗夫人正在等您。”女人垂首道，“这边请。”

女人一推门，只微微开了一道缝隙。藤太便与女人一起挤进去。

进到房内，灯已经点上，桔梗正坐在那里。

“等您多时了。”桔梗说道。

“等我多时了？”藤太在桔梗面前坐下，问道。

“是。”桔梗点点头，“我想，藤太大人必会平安无事。”

“多亏你事先告诉我。多谢。”

“不，若是寻常之辈，凭我怎么告诉他，恐怕也无法活着逃出来。正因为是藤太大人，才能全身而退。”

“可是，你为什么要帮助我呢？”

“因为我想请您救救将门大人。”

“救救将门？”

“是。”

“什么意思？”

“如今的将门已经不是从前那个将门。”

“嗯。”藤太点头，“我也这么认为。”

“我是将门的侧室。”

“哦？”

“我本是平良兼大人的侧室带过来的孩子，被将门一眼相中，就在他身边服侍了。”

“那么，桔梗夫人，您又因何让我解救将门？”

“这次事情的起因，原本就是平氏一门的争端。”

“这个我知道。”

"之所以走到这一步，是因为将门受到了教唆。"

"将门受到教唆？是谁？"

"兴世王。"

"那个男人？"

藤太与将门会面期间，那个人几乎一言不发，默默注视着他。

"正是那个男人出现之后，将门大人才发生了变化。"

"的确，将门变化之大让人惊讶，竟是因为那个兴世王……"

"一点不错。"

"可是……"话未说完，藤太闭了口。事已至此，就是想救将门也没办法了。就算加入将门一伙，向京城方面倒戈一击，恐怕迟早也会被剿灭。无论受谁教唆，将门反叛已成事实，无法改变。他已驱走京城钦命的国守，自行任命新的国守，并自称新皇，完全断了后路。

"恐怕无法挽救了。"藤太说道，"要么将门灭掉京城再造新都，要么将门为京城所灭，除此之外再也没有第三条路了。"

"可是，只要除掉兴世王，将门还会变回原先的将门……"

"变回原先的将门？"

"是。"

"就算变回去，也于事无补了。"藤太说道。就算变回从前那个将门，反叛者依然是反叛者。

"绝不会这样。"桔梗坚定地说，"起码可以作为一个人而死。"

"哦？"

"如今的将门已不再是人。"

"听说他的身体如铁一般坚硬，就是拿刀砍拿枪捅，也毫发无伤？"

"是。"

"人们还说，他的左眼里有两个瞳仁。"

"没错。"

"据说与将门一样的还有六个人，再加上将门，就有七人？"

“也没错。”

“性格也变得残忍了。”

“是。”

“你是说，所有这一切都是兴世王搞的鬼？”

“正是。”桔梗点点头，“藤太大人听说过兴世王的事吗？”

“下坂东之前听说过。”经基惧怕兴世王与将门，逃回京城向朝廷报告了一切。这些藤太有所耳闻。

“既然如此，就不难理解了。将门大人的变化就是在结交了那个兴世王之后……”

“唔。”

“当时，为给君夫人和世子们报仇，将门大人在苇津江大战良兼大人……”

“应该是这样。”

“在将门大人最悲伤的时候，兴世王赶来，对他做了些手脚。”

“什么？”

“不清楚。”桔梗摇摇头，“但他做了手脚是千真万确。”

“唔。”

“将门大人上战场时，虽然有七个一样的人，还是有办法分辨出将门真身的。”

“什么办法？”

“影子。”

“影子？”

“有影子的，只有真身而已……”

“哦？”

“还有，虽说是铜皮铁骨，但也有唯一一处仍是肉身。”

“哪个地方？”藤太问道。

恰在这时，那名侍女走了过来，样子十分慌张。“桔梗夫人。”

“什么事？”

“将门大人忽然到来，现在已经过来了。”

桔梗立刻转向藤太。“赶紧找个地方躲避一下，藤太大人。”

藤太已经手持黄金丸站起身来。

“寒舍后拴着一匹备好鞍的马，您找个机会骑上逃走吧。”

“那好。”藤太点头之际，重重的脚步声已向这边匆匆赶来。

“桔梗，你在吗？”将门走了进来。果然是七个一模一样的将门。

此时，藤太已经藏身围屏后。将门四下瞥了一眼。

“这是怎么回事，桔梗？”将门睨视着桔梗，声音恐怖地质问道，“我明明是突然前来，你居然衣着齐整，还点着灯，这究竟是怎么回事？”

“刚才外面一直很乱的样子，我怕有什么事发生，就早早作了准备，或许能助大人一臂之力。”桔梗说道。

“准备？”将门可怕的眼神仔细地探寻着每个角落，“就算如此，还是奇怪。奇怪啊……奇怪啊……”

藤太则在围屏后面观察将门。仔细一看，七个将门中，的确有六个没有在灯火下留下影子，落下影子的只有一个。果然如桔梗所说。

将门身裹铠甲，头戴铁盔。藤太解开黄金丸的鞘口，随时都可以抽出刀来。他早已做好打算，万一被发现，就朝将门猛砍一刀，从后面逃走。可黄金丸能否斩断将门的身体？这不是一般的太刀，它将那只坚硬无比的大蜈蚣的躯体斩断，后来又由在琵琶湖修炼两千年的神蛇重新打磨，是一柄代代相传的珍宝。只要运足力气砍下去，未必斩不断。可对手是拥有异形之体的将门啊……

“顶多豁出去一试。”藤太作了最坏的打算。

“外面的骚乱是怎么回事？”桔梗反问若有所思的将门。

“刺杀藤太那家伙，却没有成功。”将门说道。

“您果然袭击了藤太大人？”

“那家伙就是为杀我而来。”

“他不是被您请来的吗？而且只身一人。”

“这正是那家伙的可怕之处。我必须杀掉他。”

“您变了。”

“什么?！”

“将门大人，您变了。”

“我？”

“若是以前的将门大人，对于只身前来的藤太大人，只会与他单打独斗。”

“桔梗，悲哀和憎恨会改变人的……并非是我愿意变成这样，我是迫不得已。已经无法回头了，这就是所谓的鬼啊。”将门愤愤地说。

这时，啪嗒啪嗒，一阵轻微的脚步声传来，一名身着红色窄袖便服、七岁上下的女童走进来。

“哦，泷子姬。”桔梗并没有起身，一把把女童搂在了怀里。

“父亲大人，母亲大人，你们在吵什么？”女童在桔梗怀中问道，“泷子不喜欢争吵。父亲大人，母亲大人，你们和好吧。”

“哦，女儿，乖女儿，父亲并没有和你母亲吵架。但你现在不能待在这里。”将门回答女童。

“来人，把小公主带走。”桔梗喊了一声。随着一声应答，刚刚把藤太领来的那名侍女便走过来。

“把泷子带走。”桔梗一张口，侍女心领神会地点了点头。

“泷子公主，请到这边来。母亲大人和父亲大人正在谈重要的事情。”侍女说着牵着女童的手，消失在后面。

“桔梗，接着说……”将门刚一开口，脚步声再次响起。

仿佛是从黑暗中钻出来，出现在面前的竟是身裹黑衣的兴世王。他就像黑色幽灵一样，倏地站在了那里。

“桔梗夫人，”兴世王嘿嘿一笑，“有件事想请教夫人。”

“什么事？”

“刚才，我到后面查看了一圈，发现后院拴着一匹马，鞍已备好，似乎随时都可以骑走。请问这是怎么回事？”

“这……”桔梗顿时张口结舌。

“这是真的?!”将门说道，盔甲下垂着的头发一下竖起来。

“是真的，将门大人。”兴世王说道。

“说出理由来！”将门瞪着桔梗，厉声喝问。

“理由就在这里！”随着一声大叫，藤太从围屏后跳了出来，一下抽出黄金丸，冲着将门头上就是一刀。当的一声，将门的头盔被劈为两半，哐啷滚落到地上。

将门依然站在那里。尽管头盔已被黄金丸斩为两半，头仍然完好无损。

“啊——”随着一声怒吼，七个将门同时拔出刀来。

藤太刚才的一刀，的确是誓要斩开将门头颅的致命一击。可是，将门毫发无伤。

“你果然在这里，藤太！”霎时，将门长长的毛发直竖起来，如同黑色的佛光。

发梢触到了灯火。红色的火焰噗噗地燃烧，吱啦吱啦沿着头发烧下去。光景甚是恐怖。但藤太并未退缩。

“是我溜进这房内，胁迫这女人为我备马的。我威胁这女人，敢多说一句废话，就立刻将她斩为两截。既然马已被你们发现，我也无话可说了。”

“藤太大人！”桔梗大叫起来。

七个将门一齐向藤太挥刀。藤太手中的黄金丸一闪，但指向的既非将门，亦非兴世王，而是灯芯。顿时，四下里一片黑暗。

“藤太你个混账！”

奔走的声音，东西倒地的声音，女人的悲鸣……

各种声音闪过耳际，藤太在黑暗中飞奔起来。

“就这样，我好歹逃了回来。”藤太说道。

“原来如此。”平贞盛席地而坐，听藤太讲述。

“不管怎么说，我能保住这条命，多亏了桔梗。”

当时，将门派人伏击藤太的地点是后院。估计藤太很可能赶往有马匹的地方，兴世王悄悄摸到了这里。在黑暗中追击的杀手们也迂回到了这里。

但藤太打了对手一个措手不及。他并没有绕到正面，而是翻墙逃向了宅院一侧，钻进了那里的一片竹林，找到一个人手相对薄弱的地方，杀过去夺了一匹战马。藤太跨上战马，借着月光一路狂奔，才从将门手心逃脱。

“他已经不再是从前的将门了。”藤太向贞盛说道。

“那么，就与我们一起？”

“讨伐将门。”藤太斩钉截铁地答道。

“不过，有影子的将门是真身，剩下的全是假的。看来，这次好歹打探到一个情报啊。”

“唔。”

“那六个将门全不用管，直取有影子的那一个即可。”

“我也下决心了。”

“只可惜没打听到将门肉身的位置，实在是遗憾。”贞盛道。

藤太也遗憾地点点头，而就在这一瞬间，灵光一闪。当时，就在他斩灭灯火，四下变得漆黑前的一瞬间，他看到了桔梗大叫时的情形。当时桔梗叫着“藤太大人”，右手食指指向自己右耳上方——右侧太阳穴一带。将门和兴世王都没有注意到这一细节。

那究竟是什么意思？当时桔梗的话只说到一半，莫不是她在指出将门唯一的一处肉身？

“战！”藤太道。

“好。”贞盛道。

藤太、贞盛的军队与将门军交战数月，过年后也未分出胜负。

坂东军团强悍无比，跨上战马可驰骋千里，握起宝刀便不惜性命。

但是，藤太和贞盛所部的主力也由坂东武士组成，压制住了将门的军队。藤太与贞盛一开弓，敌方的武士便纷纷倒下。敌方的箭矢还没有射过来，他们的箭就到了。箭无虚发，次次中的。

次年一月，参议藤原忠文被任命为征东大将军，讨伐将门。源经基和藤原忠舒被任命为副将军，也加入了战阵。

从此，将门军接连溃败。

二月，藤原玄明和坂上遂高在常陆国战败。平将赖和藤原玄茂在相模国，将武在甲斐国分别服诛。兴世王在上总国战败，被枭首示众。只剩下将门的嫡系。这支将门军骁勇善战，将门其人更是形同鬼神。

无论京城军队的战局如何乐观，只要将门出现，大刀一挥，形势顿时就会逆转。将门军稍作喘息，便会卷土重来。

藤太与贞盛拼命射箭，将门如铁的身体却不断把箭弹回来，在马上哈哈大笑。

“痒啊，藤太。你那样的箭，怎么射也只不过是挠痒痒。”

即使射向桔梗当时所指的地方，由于那里覆盖着坚硬的铁盔，也不奏效。

“纵然只有我一骑，也能驰骋到京城，诛杀天子。”将门在马上一呼，战场上立时呼应万千。

听闻此言，贞盛大喊一声：“藤太！”这是诀别的声音。

“若不能诛杀将门，那就索性将其擒住，掘千尺之坑将他埋葬。”贞盛在马上抽出太刀。

“呀——”他一蹬马肚，飞奔出去。

“呵，贞盛。”

“杀死他！”一群杂兵拥了上来。贞盛一阵冲杀，立马于将门正面。

“来了，贞盛？”将门说道。说话间，周围果然出现六个骑马的将门。

“来了，贞盛？”

“来了，贞盛……”

六个将门纷纷说道。

“没用。”贞盛说道，“我已经知道你的真身。那六个都是影子，只有你才是将门的真身。”说着抡起刀，朝中央的将门砍下去。

将门并不躲闪，泰然接受了这一刀。贞盛得意的一击被弹回。

“来得好，贞盛。”将门说道。

“一对一，一决雌雄。”

“正有此意。”将门在马上抽出刀来。二人操刀厮杀数个回合，每次都是贞盛摇摇晃晃败下阵来。

时近傍晚，贞盛的刀与将门的刀在空中碰撞，火星四射。

贞盛向将门砍去，将门从不躲闪，反而挥刀相向。不需要保护自身，将门一方自然有利。此时的贞盛只有招架之功，已无还手之力。

“喂，你怎么了？”

“什么？”

“气喘吁吁啊，贞盛大人。”

“哼——”

这一切，藤太都看在眼里。远远望去，贞盛似乎眼看就要被将门结果性命。该怎么办才好？

这时，净藏的话在藤太的脑海里复苏。

“南无八幡——”藤太口中不禁念起来。

嗡的一声，天边竟传来镝箭鸣响的声音。藤太抬头望去，只见夕阳西沉的天空中，有闪闪发光的东西飞来，转瞬间便飞到眼前。

“啊。”藤太叫起来，那光已经被吸入右手。低头一看右掌，他大吃一惊。一支镝箭居然握在自己掌中，正是寄存在净藏处的那支。

“原来如此。”藤太左手执弓，右手搭箭，拉开弓弦。

眼前，将门与贞盛正在酣战。贞盛眼看性命不保。

“啊——”贞盛大叫一声，原来是头部被将门击中，头盔被打掉，滚落在地上。

“贞盛，你就认命吧。”说着，将门就要挥下太刀。贞盛身子一缩，想躲开这一刀，却没能躲开，正中右额。

“啊！”贞盛大叫一声，从马上滚落。眼看将门就要砍向贞盛，不能再犹豫了。藤太瞄准将门头部——桔梗所指的右耳上方，嗖地射出箭去。

“扑哧！”随着一声鸣响，镝箭插入正要对贞盛下刀的将门头上。厚厚的铁盔被射穿，箭深深地刺入右耳上方。

将门大叫一声，滚落马下。六个将门的身影顿时消失。

“平将门，藤太终于击败你了。”藤太喊起来。

将门军开始溃败。

“被杀了。”

“将门大人被射杀了。”

顿时，军中纷纷出现叛逃者，最后全军溃逃。骚乱中，藤太手持黄金丸朝将门落马处奔去。贞盛正用手按着额头，要站起身来。

“贞盛大人。”

“我没事。”贞盛拄着刀，站起来。

将门就倒在他脚下。头盔已经裂开，头完全露出来。他身子左侧贴地，躺在那里，右侧太阳穴上插着净藏那支箭。令人惊骇的是他还活着。

“哪里逃？”贞盛抡起拄在地上的刀，架在正欲起身的将门脖子上。刀竟被弹了起来。虽然已被箭射穿，将门不死的身子还在。

“没用，我是不会死的。”将门还要站起来，“我会活着向京城复仇，直到后世……”

“什么？”贞盛又是一刀，还是捅不进去。将门依然想要站起来。

“算了吧，将门。”藤太劝道，“你一人活着，又能怎么样？”

将门单腿跪立，想站起来，但身体瑟瑟发抖。

“不要站了，将门。”藤太温和地说，“梦已经结束了……”他眼中滚出大颗大颗的泪珠。

“你为何哭？”将门仰视着藤太，说道。

“将门，你就是我啊。”

“什么？”

“如果你不做，或许我会做出与你一样的事情。不，是一定会……”

“……”

“说不定还会与你并肩杀向京城。”

“可是，你哪里做了？你做了吗，藤太？”

“没错，我是没做……”藤太说道。

“为什么？为什么不与我一起杀向京城？”

藤太无语，许久才挤出一句：“这是命运。”

“命运？”

“我本以为，或许能与你一道杀向京城，所以才来到这里。这是我的真心话。”

“说得好听。”

“真的。可是你的变化太大了。究竟发生了什么？倘若你还是那个我在京城见到的将门……”

“是又能怎样，你说。”

“说出来也没用了。”

“这可是你说的啊，藤太……”

将门又要站起来，却全身颤抖。

“你就死心吧，将门。”

“哼哼，”将门歪着嘴，笑道，“就、就算我死了，就、就算我化成鬼……”

刚一站，膝盖又瘫软下来，将门喘息着，火一般的气息从口中呼出。“就算化成鬼，也要报仇……”他的牙齿咬得咯吱咯吱响，头发一根根向上竖起，在昏暗的天色中燃起青焰。

“藤太，”将门咬牙切齿地问道，“是你杀了桔梗吧？”

“什么，我杀了桔梗夫人？”

“当时，你要逃走，是不是顺手给了桔梗一刀？因为等再点上灯，桔梗已经倒下了。”

“怎么会呢？”藤太说道。

当时，他的确在黑暗中挥了一下黄金丸，也杀了人，但应该不是桔梗。

当时耳边的确传来了女人的悲鸣，但是，那一刻他并没有舞动黄金丸啊，那绝不是自己的刀干的。

“不是我。”

“是你。”

“我没有杀她。”

“有人看见是你。”

“谁？”

“兴世王。”

“什么?！”

“他说，黑暗中明明看见你用太刀杀了桔梗。”

“胡说。黑暗中他怎么能看见？”

“那个人很特别。”

“特别？”

“还有，你不是也威胁过桔梗，若是说出你在那里就杀掉她。这是你亲口说的。”

“这……”藤太的确说过，那是为了保护桔梗。但即便说出真相，将门也不会听的。

“这……这什么？说不出来了吧。就是你杀了桔梗。藤太……”

“不是。”藤太只能坚持这一句，“桔梗夫人死了？”

“还活着，明日如何就不知道了。我、我要杀死你，藤太。”

将门还想站起来。他的身体在哆嗦，在痉挛，黑白眼仁骨碌骨碌地翻上翻下。

“真碍事，这支箭。”将门用右手握住插在右侧太阳穴里的箭，想拔出来。万一箭被拔出，他的身体或许又会恢复铁一般的坚硬，狂暴起来。

“不行。”藤太挥起黄金丸斩去。

将门手握箭杆的右臂啪嗒落到地上，鲜血喷射出来。

“为、为什么？”将门一瞪眼，“为什么这身体竟然入得刀枪了？贞盛的刀能弹出去，为什么你的刀……”

忽然，将门叫唤起来，似乎明白了真相。“原来如此！是黄金丸啊。这内含神气的刀斩断了我的肉体。”他嘿嘿一笑，“但即使是黄金丸，也给我这铁身弹出过一次。原来是这支箭在作怪。只要拔出这支箭，任你什么黄金丸也入不了我的身。”说着又抬起左手想拔箭。

“住手！”藤太手握黄金丸喝道。

“休想！”将门用左手握住箭杆，想拔出来。

“啊——”

藤太手中的黄金丸闪过，将门的左臂掉在了地上。刚才砍掉的右臂和刚刚砍下的左臂竟还在地上动。将门一面抬头望着藤太，一面把牙齿咬得咯咯响。

“藤太，杀了我，砍下我的头。你若砍下我的头，它就会飞到京城报仇。”

“将门……”藤太已经不忍再看。眼前是早晚要被斩首的罪人。

这样下去，将门只会受苦。

“我会让你好过一些的，将门。”藤太挥起黄金丸，“请原谅。”说着便将他的头颅斩落。

但就在从胴体分离的那一瞬间，头颅竟飞向空中，朝藤太的喉咙咬去。

“藤太大人！”贞盛大叫一声。

“嗨！”藤太抬起左臂护住脖子。将门的头死死咬在了他的左臂上。

“唔——”藤太将黄金丸插在地上，右手揪住将门的头发，硬生生把将门的头从自己的左臂上揪下。左臂上有块肉被咬了下来。

“你没事吧？”贞盛连忙赶过来。若是寻常人，恐怕早已被这恐怖的一幕吓昏，藤太却只是额头冒汗，牙关紧咬。

此时，二人的部下已经打垮将门的军队，汇集过来。

“没事。”说着，藤太把将门的头扔到地上。

将门头上的眼睛骨碌转了过来，瞪着藤太。

士兵们惊叫着往后退——将门只剩下头，却依然活着。

这时，令人更加惊骇的事情发生了。将门倒在地上的身体竟站起来，企图朝京城方向逃走。

“哇——”士兵们大叫一声，向后退去。藤太一下拔出插在地上的黄金丸，咔嚓一声将正欲奔逃的将门的双脚砍下。

哈哈哈，将门的头在地上狂笑。

“怎么样，藤太，怎么样？我就是只剩下头颅，也还活着。”

“将门，你终究还是变成了非人的东西。”藤太说道。

在士兵们惊骇的目光中，藤太用黄金丸把将门还在动的身体斩开，斩为两段、四段。

“把这些肢体分别埋在关八州，彼此分离。”藤太吩咐道，“头颅用盐腌一下，带回京城。”

“哦，这倒是帮了我的大忙，还特意帮我把头带到京城。”将门的头说道。

将门的头颅与平将赖、多治经明、藤原玄茂、文屋好立、平将文、平将武、平将为及兴世王的头颅一起被带回京城，在鸭川河滩示众。

九颗头颅之中，只有将门的还活着，还在喋喋不休。

“我就是化成鬼也要诅咒京城！”

“我的怨气不会断绝！”

人们为此所慑，终于再无人敢去观看头颅。天皇也没有去看，只是让画师把这些头颅画下来，观看了一下画像。

示众十日后，当差役前去收拾时，唯有将门的头颅从狱门台上消失不见了。

“将门那颗头飞走了，飞回坂东去了……”有人说。

“或许是让同党盗走了吧。”也有人如是说。

总之，将门的头颅遗失了。

剩下的人头全被埋在了地下。可是，将门的头颅究竟发生了什么，没有人说得清楚。

十　俵藤太

“原来如此。”安倍晴明点头，“东国居然发生过这样的事情。”

“唔。”马上点头回答的人，是藤原秀乡，也即俵藤太。

源博雅坐在晴明旁边。这里是俵藤太的宅邸。

晴明和博雅来此造访，询问二十年前俵藤太在东国大战平将门的种种细节。先是询问了数日前藤太遭袭的具体情形，之后又问起了二十年前与将门有关的一件事。

至此，藤太的长篇故事终于告一段落。

“将门只剩下一颗头颅，却仍能说话，看来这传闻是真的了？”晴明问道。

“是真的。”藤太点头。

“后来，头颅消失了？”

“嗯。”

“那颗头颅究竟怎么了，您有没有什么线索？”

“没有。”

“传言说，那头颅从京城飞向了东方，落到了坂东之地？”

“这一点我实在不清楚。”

“您的意思是并非落到了坂东？”

“坊间有种种传闻，不止有坂东。那头颅究竟飞向了何地，或者是否真的飞到了空中，都难以说清。哦，对了。”似乎忽然间又想起了什么，藤太抬眼望着晴明和博雅。

“您想起了什么？”

“头颅的事。”

“将门的？”

“不，不是将门的，是一起示众的兴世王的。”

“那颗头颅有什么不对吗？”

“当时我没敢声张，现在应该没关系了。”

“那是当然。”

“有人说，那颗头颅有些不对劲。”

“谁说的？”

“源经基大人。”藤太说道。

于是，藤太便讲述起来。

越是恐怖的东西，人们就越想看。将门的头颅在鸭川河滩示众时，依然在喋喋不休。刚听到这传闻，经基还不相信，转念一想，也不禁半信半疑。

将门全身铁甲，左眼有两个瞳仁。这样一个将门，或许真有怪异的地方。起初经基并不打算去观看头颅，他心里恐惧：一旦去了被将门一顿咒骂，怎么受得了？恐怕一辈子都会做噩梦。但他终究忍耐不住。自己乔装打扮，把脸掩盖起来，穿戴也变化一下，不就行了吗？

反复思量之后，经基最终还是去了，带着随从三人，乘牛车走到一半，剩下的一半路程则徒步而行。

他将布缝成袋状，把整个头套了进去，只留眼睛露在外面。这是特意让下属缝制的。

四人从河堤下到河滩，却没有看到一个人。原来，此时人们惧怕将门的头颅说话，都不敢来看。

河滩上有一个台子，由三尺左右的木头搭建而成，上面摆放着几颗人头。哪一颗是将门的呢?

举目望去，每颗人头都被鸟啄去了眼睛，脸上的肉被撕碎，情形甚是恐怖。每颗头颅都写着名字:藤原玄茂、平将赖，还有兴世王……当看到兴世王的人头时，经基有些纳闷，似乎哪里不对劲。

头发散乱，眼睛只剩下一只，嘴巴……这一切，与他认识的兴世王似乎有些不一样。的确很像，但是像归像……

经基正低头纳闷，位于中央的那颗人头忽然睁开了眼。只有这一颗头没有被鸟啄坏眼睛，还像鲜活的头颅一样。

“你来了啊，经基。”人头说道。那是将门的人头。

“哇——”经基大叫一声跳开。随从中也有人吓得一屁股跌坐在地。

“就算你把脸挡起来，我照样认得很清楚。”

听他如此一说，经基哑口无言。

“怎么，胆怯了？我现在只是一颗人头而已。只有一颗头颅的将门也让你害怕吗？”

经基想逃走，可是怎么也直不起腰来，两腿瘫软，无法动弹。

“啊，将门大人。”

“想来我和兴世王的事情，就是你向天皇进的谗言吧？”说完，他龇着牙，嘿嘿一笑。

经基的忍耐已经到了极限，在随从的搀扶下狼狈逃走。将门哈哈大笑的声音从背后追过来。

“啊——”终于，从经基口中发出一声悲鸣。

“经基大人当天晚上就造访了我。”藤太对晴明说，“经基大人十分恐惧，担心会有事发生，将门的头颅会不会作祟。”

“那您是怎么回答的？”

“我安慰他说不会作祟的，就算前来作祟，我也会用黄金丸将其诛杀，请放心，总算让经基大人平静下来。当时的经基大人……”

“说起过兴世王的人头吗？”

“嗯。”

“怎么说的？”

“在鸭川河滩示众的兴世王人头，总觉得有些不对劲。”藤太说。

“那么，秀乡大人是如何做的呢？”问话的人是此前一直缄口不语的源博雅。

“这个嘛，博雅，”藤太将视线从晴明移向博雅，“怎么说经基大人也与兴世王共事过很长时间，既然他这么说，我也不敢懈怠，就详细禀告了忠平大人和平公雅大人。”

“您也禀报了平公雅大人？”

“因为当时在上总国大败兴世王并将其斩首的，正是平公雅大人。”

“哦。”博雅点头，“那么，二位大人有何反应？”

“公雅大人说，那颗人头确属兴世王无疑。”

“言之凿凿？”问话者是晴明。

“是这么说的。他说，在兴世王下坂东之前，他们二人就相识，他对兴世王的面孔非常熟悉。”

“唔。”

“那颗头颅是兴世王的。”

“之后一直没有怀疑过？”

“嗯。”

“哦，怪不得昨日没有说起这件事。”晴明说道。

“昨日？”藤太问道。

“是的。事实上，昨日我与博雅一起拜访了源经基大人。”

“哦？”

“谈了不少兴世王的事情，不过，人头的事却……”

“没说？”

“是。”

“那都谈了些什么？”

“说是兴世王做事时常判若两人。”

“判若两人？”

“兴世王在东国的所作所为，想必您也听说过吧？”

“嗯。”

“有时会胡作非为，令人恐惧，有时又只是双唇紧闭，仿佛一个木偶，也不知是不是在听别人说话。”

“照此一说，刚才说到的人头，又令人不放心了。”

“正是。”

“那么，他有没有说，被斩首示众的兴世王人头是假的？”

“那倒没说。”

“将门有六个影武士，但它们并无实体，兴世王如果有肉身的影武士……”

“怎样？”

“您的意思是……”

“既然平公雅大人说是真的人头……”

“的确。”

“看来，这件事情似乎很蹊跷啊。”

“什么蹊跷？”

“现在还不清楚，不过，早晚会……”

“你明白了，晴明？”

“嗯，早晚会……”晴明微微低下头，接着又抬起来，注视着藤太。

“可是，晴明，昨日你为何去经基大人那里？”藤太问道。

“听说经基大人疾病缠身，想看看能否帮得上忙，就去拜访了。”

“就为这些吗？”

“您的意思是……”

“你就直说吧，是不是和来我这里的理由一样？”

“是的。”

“其实，我这里也来过奇怪的贼人。”

“有所耳闻。”

“你一定认为这件事很可能与二十年前的将门之乱有瓜葛，今日才来拜访吧？”

“所言极是。”

“眼下京城怪事连连。桩桩件件背后似乎都能看见将门的影子啊……”

“藤太大人是与将门有缘分的人。”

“唔。”藤太点头，“将门的人头就是我用黄金丸砍下来的……”他凝望着远方，叹了口气，“已经二十年了。真是奇怪，我与那个人居然有相通之处……”

“心灵相通？”

“是啊，我很敬佩那个汉子……”

“那么，在他只剩下一颗人头之后……”

“最终也没有去见一面……”藤太轻轻念叨着，“现在我有时也想，若是当时能去见一面，听听将门的怨恨就好了。”

“毕竟后来头颅就消失了。”

“唔。”

“那头颅到哪里去了呢？”

“不知道。我怎么会知道。”藤太抬眼望着晴明，低声说，“我一直喜欢那个人。”

“唔。”

“我觉得，似乎是他拯救了我。”

“您的意思是……”

“如果将门不去做，或许我就会做他所做的事情。其实，晴明，虽然现在住在京城，可我并不怎么喜欢这地方。京城大概不需要我这样的人了。”藤太感慨地说道。

“我实在是不知该说什么。”

博雅说话时，已经在返程的牛车里了。

吱嘎，吱嘎，牛车碾地而行。

“你说呢，晴明。”博雅问道。

“什么，博雅？”

“秀乡大人啊。那样一个人物，竟然也那么孤独。”

“嗯。”晴明点点头，低声应道。

“是真的吗？”

“什么？”

“他说，如果将门不做，他自己或许就会做出那样的事。”

“或许是真的。”

“对秀乡大人来说，现今的京城究竟如何呢？”

“究竟如何？什么意思？”

“是个让人无法安心的地方吧。”

“我不明白。”

“我也不明白。”

“那你呢，博雅？”

“我？”

“唔。”

“我怎么了？”

“你喜欢这座京城吗？”

晴明一问，博雅闭了口，然后一直沉默。牛车继续吱嘎吱嘎前行。

“你喜不喜欢，博雅？”晴明问道。

“我也不知道啊，晴明。”

“不知道？”

“我熟悉的地方，只有这座京城。”博雅一脸迷茫，“其他地方究竟如何，生活又怎么样，我根本就不清楚。因此任凭你怎么问，我也回答不好这个问题。”

“抱歉，博雅。”

“为何要道歉？”

“我的问题太无聊了……”

“也不是。”博雅慌忙说道，“京城究竟如何暂且不论，可是晴明，对我来说，有一桩事令我很感激。”

“什么？”

“你呀。”

“我？”

“就是你也住在京城啊，晴明。”博雅用质朴得有些愚直的话说。

一时间，晴明语塞，沉默了一会儿才开口说：“博雅。”

“什么？”

“其实，你不该如此直接地说出来。”

“为什么？”

“让人难以回答啊。”

“难以回答？”

“是。”

“那不是很好吗？”博雅的声音响亮起来，充满了喜悦。

“太傻了。”

“什么傻？”

“说实话，我也并不是那么讨厌京城。”

“哦？”

“因为有你在啊，博雅。”

“我？”

“是啊，有了博雅，我就不会那么无聊了。”

博雅注视着晴明，脸上浮起喜悦的微笑。

“怎么了？”

“算了，没什么。”

“什么？”

“今天我不生气。你怎么说我都不会怪你，晴明。”

“你今天可真难缠，博雅。”

“是吗？”

“是。”

“呵呵。”

“呵呵。”

二人谈着话，牛车也在行进着。

“是时候了。”晴明忽然冒出一句。

“什么是时候了？”博雅问道。

“我是说，该到净藏那里去一趟了，博雅。”

“去吗？”

“去。”

“什么时候？”

“近期吧。”晴明低低说道。

十一　净藏

杉林中的坡上，两名男子徒步而行。

其中一人身高六尺左右，胸肌健硕，腰悬太刀。

另外一人个头虽不如同伴壮硕，却也体魄强健。蓬发，头上没有戴任何东西，衣衫褴褛。

林子里全是粗大的杉树，粗到三个成人伸开双臂都抱不往，多半树龄已超过千年。尽管是白天，杉林里依旧十分昏暗。头顶上树枝四处伸展，遮蔽了阳光。树荫下几乎没有成片的杂草，只在阳光透下来的一点点地方，稀稀落落地生着几根草和一些熊竹。

空气中带着湿气。夏季尚未来临，阳光一照，本该感到热，这杉林里却依旧那么凉爽，弥漫着深山的寒气。尽管如此，发自身体的热依然使两名男子背上出了薄薄一层汗。

粗大的树根盘曲在地上，到处是裸露的岩石。两名男子脚踩着岩石和树根，向杉林深处攀登。蓬发男子走在前面。

“将门大人，这边请。”蓬发汉子对身后的大个子说道。

纵然说着话，二人并不停步，也不回看身后，只顾前行。

“唔。”被唤作将门的男子应了一声，声音低沉而洪亮，朝走在前面的汉子追去。不久，汉子说道：“就是这里。”

这里的杂草长到齐腰高。汉子用膝盖拨开杂草，继续前行，将门紧随其后。

忽然，森林一下子开阔了，天空露了出来。夏日将至的空中浮着白云。突兀的巨岩冲着天空耸立。汉子攀上一块巨岩，将门紧跟在他身后。二人并立其上。

“将门大人，请看。”汉子手指着前方。眼前是青青的辽阔原野，如海一般。山脉在天空下蜿蜒伸展，山脚再往前就是京城。

“真辽阔……”这是将门说出的第一句话。

“那里就是京城。”汉子指示方位。

远远的，连教王护国寺的五重塔都显得那样渺小。

“怎么样，将门大人？”汉子说道，“您不想要那个吗？”

“什么？”将门问。

“京城。”汉子说道。

“京城？”

“天下。”汉子答得非常简洁。

“天下？”

“我想要。”汉子说道，仿佛望一眼便唾手可得。

“既如此，就拿下呗。”

“那将门大人呢？”

“我不要京城。”

“不要？”

“看上去太憋屈了。”

“憋屈的只是眼下的京城而已。”

“唔。”

“拿下之后，你另造一座不憋屈的京城不就行了？”

“也有道理。”说完，将门又断然说，“但还是不行。”

“为何？”

“麻烦。无论是拿下京城，还是另造不憋屈的京城都麻烦。最主要的是，天下能有不憋屈的京城吗？”

“那倒也是。”

二人笑了。

“但这座京城却妨碍你在东国自由驰骋啊。何不与我共取之？”

“取京城？”

“取天下。”

“天下？”

“你在东面揭竿！我在西面竖旗！”

“如此，天下可得？”

“可得。”

“唔。”

“将门，你做天子。”

“为什么你不做？”

“我召集不起人马。你却可以。”

“那你做什么？”

“我做关白。我辅佐你做天子，自己做关白。我们共同缔造强大的国家。”

“真的？”

“真的。”

“有意思。”

“干不干？”

“这个……”将门在巨岩上伸了伸懒腰。风很惬意，汗已干。

这时，汉子一声沉吟，蓬发在风中摇摆，警惕地查看四下的动静。

“怎么了？”将门问道。

“有人。你没有发现？”

“啊，不清楚。”将门说道。

汉子并没有放松警惕，他微微躬下腰，继续查看周围的情形。

“别疑神疑鬼了，一个人也没有。”将门说道，“有人就有人呗，那又能怎样？”

“那不把我们刚才的话给偷听去了？”

“听去了又如何？我们说的是梦话。”

“不是梦。”

“那你好好奋斗吧。”

“那你呢？”

“不知道。”

“听着，将门，人是有大任的。”

“大任？”

“生而有之。”

“你是说天命？”

“也可以这么认为。”

“你到底想说什么？”

“无论你想不想，你与生俱来的大任都会把周围的人汇集起来，推动你去实现它。”

“真的？”

“到时候你就知道了。”

“是吗？”将门干脆地点点头，“倘若真是这样，那就由它去好了。命若如此，我也不用着急。”

“我可记住你这话了，将门。”

“可我会忘掉的。”

“忘掉？”

“纵然会忘掉，既然是命运，我想，结果仍不会改变吧？”

“嗯。”

“既然如此，忘掉又有什么不可以？”

“倒是在理。”

二人再次放声笑起来。

风从京城方向吹来，掠过广漠的山麓，二人的头发迎风飘舞，仿佛身上的薄汗和彼此的声音也被送到了天上。

“真舒服。”

二人再次笑了。

宽平三年，净藏降临人世，为三善清行第八子。其母是嵯峨天皇的孙女。

某日，其母做了一个梦。有天人从空而降，进入她怀中，于是怀上了净藏。

及至二三岁，性甚聪慧。

《拾遗往生传》中如此记载。

净藏两三岁时就非常聪慧，异于常人。四岁时可读千字文，七岁便喜好出入寺院。

其父清行是精通阴阳秘术之人，一日，为试探净藏，对他说道：“你在这里展示一下灵性给我看看。”

时值正月，正是院子里白梅开始绽放的时节。净藏虽然是个孩童，却已经学会使术，便用护法童子折断了白梅花枝。

“好不容易开放的梅花，你竟……”清行大怒，自此再没试过儿子的能力。

后来，净藏对熊野和金峰山的灵窟神洞产生了浓厚兴趣，经常前去，最后再也没有他不曾涉足的圣地了。

十二岁时，净藏上叡山，受戒成为玄昭的弟子。也是在十二岁时，净藏遇上禅定法皇——宇多天皇巡幸，因此机缘由宇多天皇收为佛门弟子。

在叡山，除了玄昭，净藏还跟大慧学习悉昙[①]。

菅原道真的怨灵出现时，曾附体于藤原时平，便是由净藏施行咒法降服道真的。据说，咒法之下，时平双耳中各爬出一条青龙。

延喜十八年，净藏参拜熊野时做了个梦，梦见父亲清行死去，于是慌忙返回京城，可父亲已在五日前病逝。

“连临别的话都没说……”净藏于是掐诀念咒，结果清行苏醒过来。父子二人作了诀别，清行将遗嘱和身边的琐事都交代给净藏，七日后才再次死去。

此外，在南院亲王亡故时，也是由净藏施火界咒使其复生。亲王也是处理完身后事，于四日后再次死去。

还有，朱雀天皇大病，在净藏的加持护佑下痊愈。“只是明年定会有火灾发生。”净藏如此说道。次年果然发生了火灾，柏梁殿被焚毁。

净藏曾多次预言天灾人祸，悉数言中。

天历年间，净藏进入八坂寺。

“这塔怎么倾斜了？”净藏问道。

八坂寺的塔倾向乾位，眼看就要倒下来。

“不错。大概在六年前，这塔就开始倾斜，一年比一年厉害。就是倒了也不奇怪。”寺中人说。

“好机会，那就由我来扶正吧。”

“求之不得。那么，需要我们准备工具和人力吗？”

“都不需要。”净藏说道。只见他在院中踱着步，捡起一根小树枝，就地坐下，将树枝笔直插在地面上，念诵一阵咒语。

“好了，行了。”净藏说罢站起身来，径直回自己房间睡去。

---

①记录梵语所用书体之一。

入夜，忽有微风从乾位吹来，吹了整整一夜，竟把那斜塔吹回了原貌，笔直挺立。次日清晨，人们看到笔直挺拔的塔，全都惊叹不已。

还有一夜，十数名强盗闯入八坂寺。净藏毫不慌乱，冲强盗大喝一声。顿时，强盗们如木头般一个个僵在那里，动弹不得。

“不用管他们。”吩咐完，净藏便自行睡去。

次日清晨，净藏方放开强盗，强盗们俯首帖耳拜倒在他面前，连连忏悔，然后离去。

再有一日，空也上人在六波罗蜜寺供养金字的《大般若经》，净藏位列名德之座。许多托钵僧和比丘汇集而来，有数百之多。净藏举目远望，看见一名比丘，大吃一惊。

“把那名比丘带过来。”

净藏将那名比丘请至上席，给他一钵米饭。比丘一语未发，将米饭吃掉。再给他一碗，再次吃掉，依旧是一语不发。

比丘离去后，寺中人一看钵中，本已被比丘吃光的米饭竟颗粒无少。

“这究竟是怎么回事？”寺人问道。

“他是文殊菩萨的化身。”净藏若无其事地答道。寺人唏嘘不已。

凡显密、悉昙、管弦、天文、易道、卜筮、教化、医道、修验、陀罗尼、音曲、文章、艺能，悉拔萃。

《拾遗往生传》中如此记载。

净藏是一个天才。

晴明与博雅登上石阶。刚刚萌芽的嫩叶在二人头顶舒展。嫩叶间透下点点阳光，在石阶上形成一串串光斑。

晴明与博雅踏着阳光，拾级而上。二人将牛车停在山下，让随从在那里等候，登上此处。前方便是山门，上悬一块匾额“云居寺”。

“可是，晴明，我们忽然造访，也不知净藏法师在不在？”博雅一面踏着石阶，一面说道。

“在。”晴明说，“我们并非忽然造访。”

“你给他送过书信？”

晴明摇摇头。“我打发跳虫去了一趟。”

所谓跳虫，其实是晴明的式神，原本是栖生在嵯峨野遍照寺广泽池里的蟾蜍，晴明从宽朝僧正那里要来，用作式神。

“那么，有回音吗？”

“虽然没有，但是对方已答应了。倘若不希望我们来，他自会回话。不过，净藏大师虽已答应，我想他还是会设下一些意趣。”

“意趣？”

“唔。”晴明点点头，止住脚步。眼前正巧是山门，门扉开着。

“那就进去吧。”晴明说道。

“嗯。”博雅点头，迈开脚步，却“咦”了一声——明明已向前迈出脚步，却没有前进，依然停留在原来的位置。

“这是怎么了？”说着，博雅再次迈步。同样的事情再次发生。他依然没能前进一步，停留在原地，无法进入山门。

山门处的地上，横着一根粗大的木头，跨过去便能进入，却总跨不过那木头。晴明默默注视着无法进入山门、在原地打转的博雅。

“这究竟是怎么回事，晴明？”

“我要造访的事，明明准确无误地传到了。”

“那怎么……”

“这或许就是大师设下的意趣吧。”

“意趣？”

“唔，一定是净藏大师设下咒语，除我之外，不让任何人进入山门。”

“除你之外？”

“净藏大师的意思恐怕是今日除了晴明，外人一概不见。”

“什么？”

“你且等一会儿，博雅。”

晴明弯下腰，伸手将右指按在木头上，轻轻念起咒语。

“好了。”晴明站起身来。

“什么好了？”

“门开了。”晴明迈出脚步跨过木头，钻进山门。

“喂，喂，晴明。”博雅跟在晴明身后追去。

这一次，博雅也一下就进入了山门。

“咦……”他回头望望，但晴明并不回头，边说边快速迈出脚步。

“快，博雅，净藏大师已经等得不耐烦了。”

小小的方丈室内，晴明、博雅还有净藏相对而坐。

这是净藏就寝的私室。室内异常简朴，让人难以相信竟是如此有名的净藏大师的居所。空间狭小至极，倘若在中央躺成大字，无论向哪个方位翻一下身，伸出手都可以碰到墙壁。一角有张桌案，上面放着三卷经，还有一尊小小的木雕十一面观音菩萨像。净藏背靠桌案而坐。他的左侧，对晴明和博雅而言自然就是右侧，是云居寺的院子，正沐浴在阳光中。伸向庭院的外廊上，几只山雀正在嬉戏。

“我早就知道你要来了。”净藏说道。他头上剃得溜光，眉毛都白了，柔和的皱纹爬满眼角嘴边。在皱纹的衬托下，他的眼睛显得又细又长，时常含着微笑。

“看来您全都知道了。”

“是。”

“您能来此一趟，贫僧就已无比欣喜。”净藏的坐姿很低，看起来恭恭敬敬，连对晴明的措辞都十分礼貌。

“我有一事想请教长老。”晴明说道。

“什么事？”

"这次的事情，其实是净藏大师授意的吧？"

"这次的事情？"

"贺茂保宪大人找到我，让我探察京城里最近发生的种种怪事。"

"贫僧并没有授意，只是出于担心，曾同保宪大人商量过此事。保宪大人的看法也与贫僧一致。"

"那为什么还要找我呢？"

"贫僧与保宪大人活动起来都不方便，正不知如何是好，就想到了晴明先生。"

"是保宪大人提出的吧？"

"正是。"

"净藏大师与保宪大人的想法一致？"

"是的。"

"那保宪大人与净藏大师又是如何考虑的呢？"

"这个，贫僧不便说啊。保宪大人是否对您说了什么？"

"他让我自己调查一下，说要是有什么想法就讲给他听听。"

"哦。"

"倘若我的看法与他的想法吻合，这件事就确定无疑了。"

"这件事？"

"难道保宪大人没有提起过吗？"

"也就是说，现在已经弄清楚了？"

"唔。"晴明点头。

"那么，究竟是怎么回事呢？"净藏问道。

"若我所料不错，想必在不远的将来，京城定有大事发生。"

"或许吧。"净藏点头，"那么，那大事是……"

晴明却并不回答，只是微笑，接着询问起另外的事情来。

"将门发动叛乱，是在二十年前吧？"

"是。"

“之后发生了几桩怪事……”

“是发生过。”

“首先，将门的头颅从示众的鸭川河滩莫名失踪。”

“是。”

“之后，分散埋在关八州的将门大人尸身接连被人盗走。”

“是。”

“至今仍去向不明。”

“似乎是这样。”

“可是，净藏大师，您是不是有什么线索？”晴明问道。

“您为何这么想？”

“首先，是关于小野好古大人。”

“好古大人？”

“小野好古大人宅邸闯入了奇怪的女贼，此事大师听说过没有？”

“嗯。”

“据说，当时女贼问好古大人，有无云居寺寄存的东西。”

“好像是。”

“说起云居寺，自然就与净藏大师有关了。您有没有线索呢？”

净藏年轻时在叡山修行，之后移入八坂寺，现在则在东山的云居寺做住持。

“说起来，已经是十九年前的事了。贫僧曾把护摩坛的灰装入这么大的一个锦囊交给他。”

“这灰，与这次的事情有关联？”

“在回答这个问题之前，能否先让贫僧问您个问题？您认为我知道一些线索的理由，除此之外还有没有别的？”

“二十年前，将门的头颅消失之时，俵藤太大人曾拜访过您吧？”

“的确来过。”

“是请大师用法力搜寻人头的去向吧？”

"唔。"

"'别管它，无须担心'——当时，您是如此回复藤太大人的？"

"正是。"净藏点点头，并不否认。

二人对视起来。晴明注视着净藏。

"将门的头颅，实际上是净藏大师您做了什么手脚吧？"晴明忽然问起一个荒唐的问题。

"喂，喂，晴明，你在胡说些什么……"一直在旁边默默倾听的博雅失声叫起来。

晴明并不理会，依然死死盯住净藏。净藏也默默凝视着他。

晴明的红唇边浮起一丝微笑。

"将门的人头，的确是贫僧偷的。"净藏低声道。

"什么?!"博雅尖叫起来。

晴明似乎早就预料到博雅的反应，并没有开口。

"您为什么要做那样的事？"博雅问道。

"因为那东西不能留在世上。"净藏的语气开始变化，"就是只剩一颗头颅，他也不会死去。头颅还会喋喋不休，会怨恨，会叫唤……那将门根本就不是人世上的东西。如果说死去会化为恶灵，自有相应的法来降服它。若活着成为生灵，也有法可降。但是那将门，一般的法根本不奏效。"

晴明默默地听着。博雅也安静下来，侧耳倾听。

"想来那该是二十五六年前的事……"净藏闭上眼睛，回忆着，"那时贫僧还在叡山修行。一日，贫僧正在山中打坐，游入三昧之境，忽然见两名男子登叡山而来，看不清面孔。贫僧继续打坐，不久便传来两人的说话声。其中一人就是将门。"

从这里开始，净藏的语气不再柔和谦恭。

"那另外一人是谁？"晴明问道。

"不知道。那名男子将同伴唤作将门，贫僧才知道那是将门，将门却始终没有喊出另外一人的名字……贫僧只是听到了他们的谈话。”

“谈的什么？”

“那男子说，要将门大人灭掉京城，再造新都。”

“新都？”

“唔。”

“将门又是如何作答的？”

“说是麻烦……”

“麻烦？”

“将门说，他不喜欢做麻烦的事……”

“另外一人呢？”

“说让将门做天子，自己做摄政关白。戏言而已——贫僧一直抱着这种想法听着。可让贫僧不安的是……”

“什么？”

“那名男子竟察觉了已经从三昧之境游回的贫僧的动静。”

“净藏大师的动静？”

“当时事情不了了之。奇怪的是贫僧竟再也放不下那名男子。本以为不久便会忘掉此事，可数年之后，却不得不再次回忆起来。”

“那时正值将门发动叛乱吧。”

“唔。”

“于是，大师就在俵藤太大人的箭上下了咒。”

“正是。”

“但令您不安的是另一个男人吧。”

“是。”

“经基大人的故事，大师听说过吗？”

“您指的是经基大人说兴世王的人头不对劲吧？”

“是。”

“可是，平公雅大人却说，是兴世王的首级无疑。”

“好像是的。”

“对此，您有什么想法，说来听听，晴明。”

“跟净藏大师一样。”

“与贫僧一样？”

“是。”晴明点点头，微笑。净藏也露出微笑。

“关于刚才那灰……”说着，净藏缄口，似乎在观察晴明和博雅，本就细长的眼睛看起来像一条线。“那是将门头颅的灰。”

“什么?！”这一次，连晴明也失声叫起来。

那不是一般的头颅，是将门的头颅。净藏将其置于护摩坛炉内，周围堆满松木。松木油多，火力旺。

这些全是净藏一人所做，寺中无人知道。净藏只是让寺僧把柴薪搬到堂前，之后就自己动手了。

“你要干什么，净藏？”尽管已被放入护摩坛，将门的人头仍在喋喋不休，“是你在箭上下的咒吧？”

发现自己将要面临的处境，人头说道：“好玩。如果能烧掉，你就只管烧吧。”

净藏点上火。将门的头发顿时在烈焰中燃烧起来。但刚一烧掉，头发又一根根生长出来，又被烈焰烧着，冒出青烟，然后再次一根根地生长出来，再烧……

烈焰中，将门的人头不断哈哈大笑。

“我的人头岂是可以烧毁的，净藏？”

这是第一日。

堂外堆积如山的柴薪全部耗尽，将门的人头仍未烧毁。净藏不眠不休，继续添着柴薪。他一面添柴，一面诵起不动明王咒，向大威德明王祈祷。写满各种咒语的护摩木也添进炉内。

“呜——”将门的人头开始发出惨痛的叫声，是在第三日。

“热啊，热啊……”第五日，人头开始发出这般的声音，但仍未燃烧起来。

“你就烧吧，你就使劲添柴火吧。”第七日，人头如是说。

“嗷——嗷——”人头开始嗷嗷叫，是在第九日。

“咕——咕——”更为惨烈的叫声响起。往里一看，烈焰中，人头的额头一带咕嘟咕嘟冒起泡来。那里的肉已渐渐煮开。整张脸上冒出一粒粒水疱。

“嘎——嘎——”半月后，人头发出这样的声音。脸上的肉开始煮烂。

二十日后，眼珠煮透，开始变得白浊。

“嘎——嘎——”人头大声叫喊着，在烈焰中不断摇晃。

一个月之后，脸被烧毁，几乎无法辨认面容。油脂滴到火焰中，烧得更旺了。

一个半月之后，肉终于掉下来，只剩下头盖骨。

尽管如此，将门依然咬得牙齿咯咯响。

这一段时间，净藏几乎没合过眼，大小便都排在那里。

稍不注意，人头就会从烈焰中滚出来。一次，净藏稍微打了个盹，将门的人头就爬了出来，用牙齿死死咬住净藏的衣襟，原来是想将他拽进火中。

所谓的睡眠一日只有三次，每一次也只有呼吸两三次的时间，如此便度过一日。

其间，入口的只有米饭和水。钵就放在身边，里面有米饭。嚼完米饭后，就将钵丢到外面。当钵再次返回，里面已盛满米饭。

想喝水时，也把钵丢出去。钵飞过空中，落入山谷，便会盛满山泉返回。净藏于是饮用。

尽管如此，净藏还是消瘦下去。

两个月之后，寺中人发现堂内一片死寂，便战战兢兢进去查看，发现皮包骨头的净藏早已倒在护摩坛前，鼾声如雷。护摩坛内火焰已灭，只有炭灰还在微微发红。净藏就这样一连睡了十日。

“真是骇人……”晴明说道。

“感觉连魂魄都要消耗殆尽了。”净藏深有感触地静静说道，“至此，贫僧才明白此前的修行究竟是为何，自己为何要活至今日。或许贫僧就是为了这件事而降生，生命也是为此而存续。”

“好可怜啊……”博雅低声说道。

晴明望去，博雅眼里已滚出泪来。

“博雅……”

“可怜啊，好可怜啊……一定热死了，苦极了。比起这热，比起这苦，还有更难受的吗？”博雅感慨道，仿佛将门的痛苦就是自己的痛苦，“将门为何变成如此一个恶鬼，这中间究竟发生过什么事情？”

晴明默默点头回应。

“将门的人头不能听之任之……”净藏蓦地冒出一句，“俵藤太大人或许也有什么想法，随后便到贫僧处造访，正如晴明所说。贫僧本想告诉藤太大人真相，可是，考虑到他与将门是莫逆之交，最终还是没把花两月时间烧掉人头的事说出来。”

“那么，那灰呢？”晴明问道。

“被盗了。”

“被盗了？”

“贫僧睡眠期间，似乎有人进入护摩坛，把灰盗走了。”

“竟有这事？”

“贫僧醒来一看炉子，灰比预想的少。于是询问寺人，大家都说没有动过炉内的灰，只能认为是遇盗了。”

“那后来呢？”

“我立刻把剩余的灰倒进了鸭川。只留下了一部分，如刚才所说，既没有放在寺中，也没有告诉任何人，而是寄放在好古大人那里了。”

“为什么？”

“听说，将门大人分散在关八州的手足和胴体被悉数盗走。当时为了不让人分辨出将门的手足，埋的时候是和其他人的手足混在一起的，可还是全部被人盗走……”

“原来如此。”

“晴明，你明白其中的意思吗？”

“明白。”晴明点点头，“不过，我还是有不解之处。”

“哪里不解？”

“头灰寄放在好古大人处，大人却对贼人说并不知情。”

“其实，寄放的并非好古大人处。”

“但是，刚才明明说是好古大人……”

“你先等一下，晴明。”净藏的语调变了，“这话后面再说。”

“好吧。”晴明点头。净藏再次与他相视一笑。

“好厉害的家伙。”

“是啊，确实厉害。”晴明又点点头。

“其实也是我太大意了。本该早就发现的。”

净藏朝庭院方向瞥了一眼，晴明也把视线投向院内。

外廊对面是云居寺的庭院，正沐浴在灿烂的阳光中。

“究竟怎么回事，晴明？”博雅问道。

“请看看那边，博雅。”晴明说道。

博雅朝庭院方向望去。“看看庭院？”

“不是，更靠近眼前的地方，外廊附近。”

“外廊？”

“是不是有东西待在上面？”晴明如此一说，博雅朝外廊的木地板仔细看去，只见上面停着一个又黑又小的圆东西。刚刚还在那里嬉戏的山雀已经不在了。

“那是什么？”

“刚才，一只山雀衔来放在那里的。”

“什么？”

“田螺。”

果然，经晴明一指点，再仔细一看，果然像一只田螺。

“想听的话，不妨直接过来听吧。”净藏喊道。

哧哧的窃笑声从那田螺处传来。博雅一惊。

“那就过去了。”田螺中响起人的说话声。

不久，亮堂堂的庭院里现出一条孤零零的影子，有个人悄然现身。蓬乱的白发、发着黄光的眼眸……这位身裹褴褛水干的赤脚老人，不正是芦屋道满？

“久违了，净藏。”道满说道，右手捂住耳朵，接着拿开轻轻一甩。一个黑色石子状的东西便飞出去，滚落在方丈室的地板上，在博雅膝前停下。

一个田螺。

“这是……”博雅抓起来用手一掂，很轻。是田螺壳，里面是空的。

“道满就是用那田螺来偷听我们谈话吧？”晴明说道。

“什、什么？”由于吃惊，博雅话都说不出来。

“不错，是我让山雀衔来田螺，偷听你们的。”道满用右手咔哧咔哧挠起头来。

“谈话太精彩了，不觉竟忘记隐匿自己的行迹，结果让你们发现了。”道满悠悠然走过来，在外廊下面站住。

“是妖怪吧……”净藏忽然说道。

“别胡扯了，净藏。”道满龇出黄色的牙齿，笑了，“倘若我是妖怪，那你也是妖怪。咱们同属一类，不是吗？”

“你来做什么？”净藏问道。

“不做什么。”道满说道，“什么也不做。”

“什么也不做？”

“参观。”道满说道。

“偷听我们的谈话，想必有什么企图吧？”

“精彩的事情一桩接一桩，真是目不暇接啊。我只是在一个绝佳的位置观赏而已。如果硬说是有什么企图，仅此而已。”

“不过来坐坐吗？”净藏说道。

“正因为偷听才有意思。若是坐在那里正儿八经地听，就没意思了。”这是道满一贯的风格。

“晴明。”道满注视着晴明。

“请讲。”

“是时候了。”

“是时候了？”

“不赶紧收拾贞盛的疮，更精彩的事情就要发生了。”

“早知道了。”

“是吗，看来有想法啊？”

“有。”

“既如此，那我就什么也不说了，乖乖地做旁观者喽。”说完，道满嘿嘿一笑，转过身去。

“净藏。”道满背对着三人说道。

“什么事？”

“你布在那山门的结界，真足以解闷啊。”丢下这么一句，道满便走了，头也不回地消失了踪迹。

“奇怪的男人。”道满的身影逝去之后，净藏停顿了一会儿，说道。

“奇怪的男人。”晴明也这么认为。

道满消失后，庭院沐浴着阳光，宽敞而明亮。

净藏收回视线。“晴明，你也早发现了吧？”

“是的。”晴明点头。

“据说，被俵藤太的黄金丸斩伤后，二十年不愈合。”

“是。”

“将门遭黄金丸斩杀，到今年正好是二十年。”

“是。”

“想到这一点，再结合眼下发生在京城的桩桩怪事，答案就不揭自明了。”

“不揭自明。”晴明答道。

“喂，喂，晴明，到底什么不揭自明啊？”博雅说道。

“有人正企图让平将门复活。”晴明缓缓说道。

“什、什么?！”博雅尖叫起来。

十二　泷夜叉姬

火红的烈焰在熊熊燃烧，凹凸不平的岩壁围在四周。

巨大的岩洞只是略加修整，头上脚下都是岩石，洞内高度不一。矮处成人一伸手便可触及岩壁，高处就算五个成人脚踩肩膀叠在一起也够不到顶。洞顶净是钟乳石，一根根垂下来，有粗有细，也有几根聚在一起形成一束，还有的与下面的石笋连在了一起。岩石溶解，在滴落的过程中凝固，便形成了这千奇百怪的钟乳石。

在这个钟乳洞窟深处，有一处巨大的石台。似乎原本是巨大岩块，有人把上部削掉，做成了石台。

石台旁边有一个石炉，像是岩石雕琢而成，内有火焰。

从刚才起，就有低低的说话声从洞窟深处传来。

是咒语。

一个黑色人影正在炉前打坐，念诵着真言。这真言却有些奇怪。

> 娑婆诃，罕罕罕，萨丹巴呀，那刹呀，刹陀罗，萨缚，吡喊唎嗒哪哒，修喊唎，喊唎，唵。

这真言已反复念诵了好几遍。原来是大威德明王大心咒。

三界一切贤圣皆云集。请击退一切怨敌。阻止。摧破。摧破。摧破。叩拜。

大概是这样的真言，黑色人影却将其反过来念诵。

黑色人影身后，坐着一名女子，身穿唐衣，头戴斗笠。

女子沉默。倒念真言的只有黑色人影，声音却在洞内四处回响，听起来仿佛很多人同声念诵着这奇怪的真言。

黑色人影和女子的身影映在周围的岩石和钟乳石上，在火光中摇曳。时时传来柴薪迸裂的声音，与黑色人影的声音混在一起。

在黑色人影面前——烈火燃烧的石炉再往前的石台上，横躺着一样奇怪的东西。

那是一具巨大的尸体。不，不是尸体。因为这具横躺在台上的人身，仿佛与黑色人影的声音相呼应，竟不时在抖动、在痉挛。

人体全裸，竟然没有头和右臂。手臂倒无所谓，可没有人头便无法活过来，因此，躺在台上的便只能算一具尸体。

尽管如此，那肉体依然在颤抖，在痉挛般地动，脊梁也不时挺一下。映在躯体上的火光在摇摆，而不是在动，由此可以断定，的确是那无头残臂的肉体在动。它全身是伤。

“哦。”黑色人影停止了念真言，喜悦的男声响起，“在动，将门大人在动。”

仿佛听到了这声音，缺失了人头和右臂的躯体在石台上扭动着。

“小姐……”黑色人影低声说。

“是。”黑色人影身后，女子的声音从斗笠的绸纱下传来。

“快了。”

“是。”

“新皇就快重返人世了……”说着，黑色人影喜悦地哈哈大笑起来，“泷夜叉姬，我们夙愿得偿的时候终于来了。”

晴明与博雅钻出山门，下了石阶。二人刚刚与净藏道别，头上仍是不停摇曳的嫩叶。

“晴明。”博雅说道。

“什么事，博雅？”

“多么骇人的故事啊。”

“唔。”

“怎么会变成那样呢？”博雅感慨道。

晴明没有回答。二人踏着溢满石阶的斑斑光影，往山下而去。

“将门真可怜……将门、藤太大人，还有贞盛大人，似乎都无法避免争斗。”

“因为他们都是人啊。”晴明忽然冒出一句。

“人？”

“人是不能不吹笛子的。”

“笛子？”

“博雅，你能不吹笛子吗？”

“不能。”

“不能不吹。”

“不让我吹笛子，就等于要了我的命。不吹笛子的博雅是没有生命的博雅。”

“对吧？”

“我不知该如何表达，可是晴明，我大概不是因为高兴才吹笛子。”

“哦？”

“也不是因为悲哀才吹。高兴了吹，悲哀了也吹。发生了什么，或不发生什么，我都要吹。这就是笛子。”

“唔。”

“就像呼吸一样。人并不会因为或喜或悲才呼吸。无论何时何地，人只要活着，就要呼吸。”

“说到点子上了，博雅。”

“说到点子上？”

“只要活在这世上，人就有无法失去的东西。”晴明说道。

博雅还想说些什么，但只张了张口，没有说出来。他与晴明一起默默地走在树荫下。头顶嫩叶摇曳，脚下洒落的阳光熠熠闪烁。

“博雅。”晴明说道。

“什么事，晴明？”

“看来，必须紧急行动起来了。”

“紧急行动？”

“我刚才一直在思考这件事。”

“思考什么？”

“究竟从何处下手才好。”

“什么事？”

“当前，我们必须着手去做的事情有两件。”

“哪两件？”

“一件是小野大人的事。”

“哦，就是净藏大师刚才说的那件吧。”

“嗯。”晴明点头。

之前道满消失后，话题再次回到将门的头灰，净藏究竟交给了谁。

“为贫僧寄存头灰的是小野道风大人。”净藏说道。

小野道风是参议小野好古之弟。

“怎么又是道风大人？”晴明问道。

“当年，贫僧正不知如何处置残余的头灰，道风大人来到当时我在叡山的处所。”

"十九年前？"

"正是。当时倘若没有部分头灰遇盗，贫僧一定会全部倒入鸭川。"

"结果却被人偷了。"

"于是，为防万一，贫僧必须留一点在这世上。"

"唔。"

"话虽如此，可如果继续放在我这里，迟早会被发现。而一旦被发现，早晚会有人来盗取。老衲若在寺中还好说，一旦外出……"

"于是大师就决定藏起来？"

"嗯。"

"因而给了道风大人？"

"对。贫僧以为，交给他比交给某个寺院或阴阳师更妥当。"

有缘，或者说有寄放的契机，于是找到了隐秘的处所。

"道风大人知道那灰的来历吗？"

"怎么可能。"

"那究竟如何寄存呢？"

"实际上，晴明，大概在那一年之前，道风大人希望得到一部《尊胜陀罗尼》，贫僧就抄了一卷给他。"

"呵呵。"

"据说，道风大人将其中的一部分缝入了衣领。"

"之后呢？"

"据称，多亏了这《尊胜陀罗尼》，道风大人逃过了鬼难。"

"什么鬼难？"

"一言难尽啊。贫僧也曾探问，他只回答说是多亏了《尊胜陀罗尼》才逃过一劫。"

"哦。"

"如今，想起当初没有详细询问，我就后悔莫及。其实对方也是有隐情的。"

“隐情？”

“在西京与女人幽会时撞到了鬼，女人被鬼吃掉，道风大人却幸免于难。”

“有这种事？”

“当时道风大人并没有说出这些，贫僧也因将门头灰一事正心烦意乱。据道风大人讲，回到宅邸后，打开衣领一看，发现缝在里面的《尊胜陀罗尼》已经烧焦了。”

“哦。”

“于是，他一面向贫僧千恩万谢，一面要贫僧把烧焦部分的《尊胜陀罗尼》再补上一笔。”

“哦。”

“贫僧就给他写了。”

就在当时，净藏把装入锦囊的头灰也交给了道风。

“如何交给他的呢？”

“除了《尊胜陀罗尼》，贫僧还写了一样东西。”

“什么？”

“《大威德明王大心咒》。”

“呵呵。”

“贫僧告诉他装入锦囊，好生保管。”

“道风大人就没问什么吗？”

“问了。”净藏说道。

但并没有告诉他真相。

“这是保佑持有人免遭鬼灾的东西。外出时将《尊胜陀罗尼》缝入衣领即可，这一样则一定要放在宅院里。”净藏当时便是如此嘱咐道风的，“里面的东西，人不知道时才灵验，一旦被偷看了，便会失去法力。而且，也不能告诉任何人自己保存着这种东西。”

正是在净藏所抄《尊胜陀罗尼》的护佑下，道风才逃过鬼难，保住一条性命，因此，道风对净藏的嘱托深信不疑。

“好好保管，也不要被随从知道，一旦丢失，要立刻前来告知。”于是，净藏将装有头灰和《大威德明王大心咒》的锦囊装进木匣，让道风带了回去。

“晴明，我本以为这样就万无一失了。”净藏说道，“这么做只是为防万一。其实贫僧一直认为，绝不会发生任何事情。”

“可事情还是发生了。”

“唔。”

“就是闯入小野好古大人宅邸的盗贼？”

“正是。”

“可是，那盗贼是如何得知的呢？”

“现在已猜到了。”

“猜到？”

“无论你如何阻止结缘，但因缘始终是因缘。我真是自作聪明。在我始料不及之处竟结下了因缘，正是那因缘……”

“什么因缘？”

“小野道风大人在西京撞见的鬼，似乎与这次的事情有莫大的关联……”

“这次的事情？”

“将门的事。”

“哦，那……”

“一名诡异女子现身小野好古府中，询问有无云居寺寄放的东西，这你应该知道吧。”

“是的。”

“将此事告诉我的是贺茂保宪大人，一听经过贫僧便立刻明白了。或许女人正在搜寻我寄放在道风大人那里的头灰。”

“为什么那些人就认定是小野好古大人保管了净藏大师的头灰？”

“他们派人进叡山察访过。”

“察访？”

“找了解过去的人详细打听这件事，结果察访到一些头绪。”

“什么头绪？”

“三个多月以前，一个六十岁上下的老头前来，详细打听十九年前的事。”

“哦？”

“打听当时有谁拜访过贫僧。”

“因此，好古的名字就……”

“正是如此。”

“但前来拜访的并非好古大人，是道风大人……”

“是车子。”

“车子？”

“道风大人是隐姓埋名，偷偷来拜会我的。当时用的车子……”

“不是自己的，而是好古大人的车子？”

“正是。”

“原来如此。”

“看来，叡山有僧人看见了这车子，于是告诉对方来者是小野好古大人。”

有人偷偷前来会见净藏，如果知道此人就是小野好古，将他认定为头灰的保管者也就在情理之中了。

“也就是说，盗贼从一开始就认为，净藏大师要么是将头灰藏匿起来了，要么是交给什么人保管了……”

“或许吧。”

“果真如此，那可是遇到对手了。”

“正是。”

“恰逢将门复苏之期将近，他们自然惦记起二十年前的头灰了。”

"净藏那家伙或许把将门的头灰藏匿起来了。一旦产生这种想法，对方自然割舍不下，前来察探。"

"打那之后……"

"二十年，其中的意味你明白吗，晴明？"

"大师说的是黄金丸吧。"

"嗯。"

"斩开将门身体的，是俵藤太大人的黄金丸。黄金丸造成的创伤二十年不愈合。因此，若将分埋各处的将门遗体悉数挖出，二十年后再合而为一……"

"惊天阴谋。"

"不过，这种事做得到吗？"

"听说将门是不死之身。倘若真是这样……恐怕能办到。"

"小野好古大人无论在将门之乱还是藤原纯友之乱时都是功臣，认定好古大人带走了头灰也入情入理。"

"唔。"

"一旦没能在好古大人处找到灰，贼人自然会怀疑道风大人。"

"这个无须担心。保宪大人已赶到道风大人处，将头灰取回来了。"

"我还一直以为保宪大人嫌这种事麻烦，不肯做呢。"

"可这一次例外。保宪大人自己也说，只晴明一人，担子太重了。"

"就算贼人不知内情，还是会很快出现在道风大人宅邸吧？"

"问题就在这里，晴明。"净藏说道。

"好。"晴明立刻会心地点点头，"也就是说，保宪大人已经行动起来了。"

"唔。"净藏点点头。

"还有一件，您刚才说过有件事情放心不下？"晴明问道。

"什么事？"

"十九年前，道风大人在西京逃过鬼劫，您说与这次的事情有关？"

“这是保宪大人去见道风大人时打听来的。”

“怎么回事？”

“道风大人在西京的破寺与女人幽会，当时寺内竟出现了一个小小女童和一个黑色人影。”

“哦？”

“接着，便有无数的鬼怪接踵而至。群鬼手里拿的是……”

“什么？”

“四分五裂的人体。”

“哦……”

“黑色人影使唤那女童，似乎要她辨认群鬼带来的尸体，从那无数的尸块中拼凑出一个人的尸体。”

“有这种事？”

“嗯。”

“那么，大师认为这个黑色人影就是近日京城桩桩怪事的幕后黑手了？”

“晴明，这件事你恐怕也知道了吧？”

“是。”

“现在，我的心里已有了一个人的名字。”

“我也有了一个。”晴明与净藏相视一笑。

“这名字，现在就不用说了吧。”净藏说道。

“嗯。”

“分埋在东国各处的将门肢体被盗走，我听到这个传闻时就觉得奇怪。”

将门的身体被俵藤太用黄金丸分割，与其他的尸体混在一起，分散埋葬在关八州各地，就是为了防止别人分辨出来。然而，墓地接连被盗，埋葬的尸块还是遗失了。

“我当时就觉得，这绝不是人干的，一定是非人的东西搞的鬼。

于是，我就在群鬼中打入我的式神做探子。”

“净藏大师的式神？”

“用的是我的拂尘和鸟羽。”

“然后呢？”

“混进搬运将门肢体的群鬼里，走到西京那破寺时，暴露了原形。不过，还是探到了一点情报。”

“什么情报？”

“除了人头，将门的另一部分肢体也被偷走了。”

“另一部分？”

“右臂。”

“哦？”

“究竟是在群鬼掘墓之前就已丢失，还是其后在搬运路上失落的？”

“也就是说，并非净藏大师所为？”

“我所为者，只有那颗头颅而已。”

“那……”晴明闭上眼睛，思绪飞回到十九年前。

一夜，晴明正与师父贺茂忠行一起南下朱雀大路，遭遇百鬼夜行。

独眼的大秃头鬼。

独角鬼。

秃头鬼。

犬面鬼。

鸟嘴鬼……

众多鬼怪各自拿着碎裂的人体……

原来是这件事？晴明睁开眼睛。

“究竟是什么人做的呢？”晴明问净藏。

“不清楚。”净藏说道，语气不像有所隐瞒。

“在小野道风大人身边安插人，一旦发现有人企图接近，就立刻抓起来。”晴明一面下石阶，一面对博雅说道。

“唔。”

“不过，据净藏大师说，保宪大人似乎已经行动起来了。”

“那另一件呢？”

“道满不是已经说过了吗？”

“平贞盛大人？”

“正是。必须到贞盛大人府邸探访一下了。只是……”

“怎么了？”

“或许多少会有些危险，博雅，我们需要一位靠得住的伙伴。”

“有吗？”

“有。”

“谁？”

“藤原秀乡——俵藤太大人。”晴明说道。

晴明与博雅，还有俵藤太一起前往贞盛府邸，维时迎了出来。

“诸位大人特意移驾前来，可家父现在却不在。”维时说道，脸上一筹莫展。贞盛的确不在，维时并没有撒谎，从他的表情也能看出。

“他去了哪里呢？”晴明问道。

“维时不知。”

“不知？”

“今日早晨还在，我还给父亲请了安，后来……”

“就不见了？”

“是。”

“发现他不见是在什么时候？”

“就在刚才。”

“不过，也可能是更早的时候便不见了。”

“唔。”

说话间，三人已经进入府中，在蒲团上与维时相对而坐。

“听说贞盛大人患了疮，病情严重，能单独外出吗？”俵藤太问。

“是的。若只是步行或小跑，还是完全可以的。”维时答道。

“前些时日，我曾问过您儿干的事情。”晴明说道。

“是。”维时坦诚地点头。

“今日，我想提出同样的问题。关于儿干，您是否了解？”晴明问道。

维时闭了嘴，陷入沉默。

“怎么？”晴明催促道。

维时似乎已作出抉择，望着晴明说道：“知道。前些日子我撒谎说不知道，实在抱歉。个中内情实在不便外道，当时就撒了谎。”

“这个我了解。但是，现在不是继续隐瞒的时候了。”

“是。”

“可否为我们讲一下？”

博雅望着晴明，脸上写满了疑惑，但还是忍住没有插嘴。

“好吧，我说。”维时坐直了，“家父一直在做儿干。”

“儿干是什么？”博雅终于忍不住问道。

“就是把未足月的胎儿从母体中取出，吃掉肝脏。”维时说道。

“什、什么?!”博雅太意外了，连话都说不出来。

“家父吃过这种胎儿的肝，最初差点就吃掉了犬子的肝……”

关于武将平贞盛所做的奇怪药物儿干，《今昔物语》中也有记载，以“丹波守平贞盛取儿干语”为题，指名道姓地讲述了贞盛的异事。讲述者是贞盛贴身随从馆诸忠的女儿，所以可信度非常高。

据记载，某时，贞盛患疮。

“这是恶性疮。”医师说道。

“有法治吗？”贞盛问道。

“有。”医师答道，言毕缄口，脸色铁青，陷入沉默。

“到底是什么？既然有法可治，那就快说！”

“不过，这……”医师依然不愿开口。

“到底是什么？”

“是一种无法对人启齿的药物。”

“说！”

“儿干。”

“儿干？”

“将还未出生的婴儿从母胎内取出，将其肝作为药物吃掉。”

“什么?！”贞盛叫了起来。

“除此再无他法。”医师说道。

贞盛咆哮起来。

这本是两年前与将门决斗时，将门的太刀留下的伤口，却怎么也愈合不了。刚要痊愈，伤口就又裂开，再开始愈合，然后又一次裂开。眼看就要痊愈，总会因为这样那样的原因再次崩裂。这种情形一直延续。这期间，伤口周围的皮肤也开始红肿化脓。溃烂逐渐蔓延，就成了疮。右脸的皮肉都已溃烂，仿佛生了蛆虫，连随从都快认不出贞盛的面目了。

“莫非是将门作祟？”

这是将门在被俵藤太的镝箭射倒之前，在贞盛额上留下的刀伤，莫非刀伤里含着将门的怨念？

“难道就没人能治吗？”

四处寻找医师之际，有一人前来，便是祥仙。

祥仙手牵一名叫如月的九岁女童，来到贞盛府邸。

“我来为您治疗吧。”祥仙说道，他取出一种涂抹的药物，“涂上这药后，疮会暂时痊愈。”之后吩咐如月把药涂在贞盛疮上。

涂上药，敷上布，过了一晚，疮竟然小了一圈。再涂药，再敷布，又过了一晚，疮更小了。第三日，疮已缩小一半，第五日时更小，到了第十日，终于完全消失了。

剩下的只有刀伤。刀伤也已愈合，只余下伤疤。

“这刀伤治不好吗？”

“这个嘛……治不好。”祥仙说道。

“十日前你曾说，这疮可以暂时治愈。”

“说过。”

“也就是说，这疮早晚还会长出来？”

“是。”

“什么时候？”

“一年左右，或者更长一些。”

“一年？”

“这一次虽已愈合，可下次复发时，恐怕就更麻烦了。”

“更麻烦？”

“虽说是麻烦，可大人无须担心，一年之后我自会再次登门。”

说完，祥仙便离开了。

果如祥仙所说，时隔一年，那疮再次出现。最初只是伤疤发痒，越来越痒，痒得让人无法忍受。于是贞盛用手抓挠。一开始是轻轻挠，越挠越舒服，可后来就越挠越痒了。挠着挠着皮肤破了，流出血来，但是没法不挠。咯吱咯吱拼命挠，简直连肉都要揪下来了，甚至把指甲掐进肉里。指甲缝里都嵌进了抓破的皮肤和肉，却还是忍不住要挠。

于是，那里再次化脓成了疮，比以前更厉害，想当然地涂什么药物也不见效。医师束手无策。

“非祥仙不可。”

于是寻访祥仙，却不知道祥仙的居所。

那疮日益加重，祥仙终于出现了，依然带着如月。

祥仙看见贞盛的疮，竟然把脸背了过去。“太恐怖了。”

“怎么样，能治吗？”贞盛问道。

“权且让我一试吧。”

跟上次一样，涂黏稠的白色药膏。但那疮只是略微缩小了一点，之后就不再缩小了，任凭怎么涂也不见效。经过一个晚上，所涂的大量药膏消失了，疮的表面沾满了细线头般的干渣。

“怎么，难道就没有办法了？”

“试试儿干。”在贞盛的一再追问下，祥仙如此答道。

“能治吗？”贞盛的问话很简短。

“能。”

祥仙刚一点头，贞盛立刻喊道：“叫维时来。”

维时立刻被唤来，问道：“何事？”

在场的不止贞盛，还有祥仙和如月。

“媳妇正怀孕吧？”

“是。”

“多久了？”

“有八个月了。”

“太好了。”维时刚一说完，贞盛便微笑着说，“快，赶紧葬储。”

贞盛的意思是立刻准备丧事。

维时一头雾水。“究竟是什么事？”

“儿干。”

“儿干？”

“剖开媳妇的肚子，取出孩子，我要吃他的肝。”

“什、什么？”

“祥仙说，要治我的疮就得用儿干。去年就是祥仙治好了我的疮，你也看见了。祥仙可是神医啊。”

维时说不出话来。

“如果找外面的女人，必无法隐瞒于世。”

贞盛的意思是，倘若找外面的女人来做儿干，事情必然会败露。他已下定决心。

“把媳妇唤来。”贞盛大声喊道，“马上就去。”

下人应答一声，匆匆离去。维时脸色铁青，紧咬嘴唇，血色全无。他终于明白了父亲的意思，知道无论说什么父亲也不会让步。想阻止悲剧，除非当场杀掉父亲。可他来不及作出抉择，一切太突然了。

维时死死盯着祥仙，仿佛要将他射穿。祥仙默默地闭着眼睛，紧咬嘴唇。

自己的孩子，还未降生的孩子，就要被人从母亲胎内剖出来，啖其肝脏，完全是疯了。莫非贞盛变成鬼了？

维时喘了几口大气，努力调整自己的呼吸。

若要阻止，只能现在拔刀弑父了。他的呼吸在加速。

“你怎么了？”贞盛说道，“维时，你哆嗦什么？”

的确，维时的身体在颤抖，眼看着就要动手。忽然，一股温柔的力量握住了他放在膝上的右手。

刚满十岁的如月，用双手握住了维时颤抖的右手。

“您没事吧？”如月黑色的大眼睛凝视着维时。顿时，冲动退去，紧张感消失，他的气息也恢复了正常，身体也不再打战。

现在为时甚早。首先应晓之以理，让父亲打消念头。如果他还不让步，到时候就只有……

“我没事。”维时说道。

这时，维时的妻子被唤来，肚子已经很大了。妻子一头雾水的样子，坐在帘子对面，脸上分明挂着不安，从帘子这边也能看得很清楚。

“喂。”贞盛刚喊了一声。

“且慢……”祥仙站起身来，走到前面，钻过竹帘。

“请恕在下无礼。”说着，他把右掌按在维时妻子腹上，接着立刻回到帘外。

“怎么了？”贞盛问道。

“请让维时大人的夫人退下吧。”祥仙说道。他并没有说出理由。

这不是别人，是亲口提出儿干疗法的祥仙的请求。于是贞盛按照他的意思，让儿媳暂且退下。

儿媳离开后，贞盛问道：“怎么回事？”

“那个不能用。”祥仙说道。

“为何？”

“腹中是个女孩。这次的儿干，不能用女孩，只有男孩的肝才有效。”祥仙说道。

“哦哦。”

听到贞盛的附和，维时终于感觉到沸腾的血液冷下来。

“是的。”

仿佛忽然想起了什么，贞盛点点头。“厨下的女人正怀孕吧？”

于是，那名女子便立刻被叫来。

这次，大肚女人坐在了庭院里。贞盛手提利刃站了起来，下到庭院来到女人面前，抬手便斩杀了她，连说话的机会都没给她留下。

剖开女人的肚子一看，里面竟是个女孩。

“丢掉。”贞盛说道。女人和孩子的尸体立刻被处理掉。

最终，还是让人买来了三名怀孕的女子。当然，至于贞盛为何要买这些女人，前去办事的属下也毫不知情。

三名女子被集中到贞盛面前。贞盛亲自操刀，剖开她们的肚子，只有一人怀着男孩，贞盛当场生啖其肝。

在场的只有祥仙一人。维时也是事后才知。

“没想到人肝居然如此可口。”疮愈之后，当着维时的面，贞盛竟如此感慨。看着贞盛的疮日益缩小，维时才恍然大悟，父亲最终还是食了儿干。

此时只有贞盛和维时二人。贞盛忽然压低声音，把嘴凑到儿子耳边说："杀掉祥仙，神不知鬼不觉地埋掉。"

"什么？"

"知道我做儿干的，唯有祥仙一人。谁也不知他会在何时何地将此事传扬出去，现在收拾他最安全了。"

此时，祥仙还待在贞盛宅邸。

维时来到祥仙住处，说道："请赶紧逃走吧。"

"为何？"祥仙问。维时把贞盛的话告诉了他。

"虽然我痛恨你让父亲做儿干这样的邪法，可当时你毕竟挽救了我妻儿的性命。"

此时如月正凝望着飞到庭院内的小鸟，似乎在玩耍。

望着如月可爱的模样，维时继续说："家父一定还会命人杀掉如月。所以，请你们二人赶紧随我出去，离开此地。我则中途返回，报告父亲，就说已经把你们杀死埋掉了。"

"您特意前来告知这等大事，在下感激不尽。但是，倘若维时大人报告已将我们杀掉，后来却被人发现我们竟还活在世上，不知贞盛大人会如何怪罪您。请不必担心，我有一个好主意。"说罢，祥仙站起来，径直走了出去。

"您去哪里？"维时喊道。

"贞盛大人驾前。"祥仙说道。

"在下有话要讲。"见到贞盛之后，祥仙说道。

"什么事？"贞盛问道。维时则在一旁倾听二人对话。

"疮的事情。"

"哦？"

"您的疮虽然看上去已经完全愈合，却并不能说从此就安心了。"

"什么？"

"不定什么时候，这疮还可能复发。到时候，您还用得着小人。"

“真的？”说着，贞盛眼珠骨碌一转，盯着维时。

贞盛命维时除掉祥仙，是刚才的事，也难怪贞盛会怀疑。父亲投来怀疑的目光，维时依然目不斜视，但手心里捏着一把汗。

等贞盛收回视线，祥仙说道：“从今往后，祥仙就不再离开此地，一直侍奉在贞盛大人身边。不止是疮，若是有其他疾病，也能派上用场。”

诚然，祥仙所言入情入理。倘若他哪里也不去，一直侍奉左右，儿干的事情也就不会泄漏出去了。

“明白了。”贞盛点头。

就这样，祥仙在附近建起宅院，成为贞盛的医师。

几年之后，果如祥仙所说，贞盛的疮再次出现。最初还使用以前用过的药膏，可已经无法控制。于是贞盛又开始做儿干。痊愈经年，疮竟再次复发，每一次最后都不得不行儿干之法，并且量一次比一次增加。

“实在是可耻之极。”维时咬着牙对晴明说道。

俵藤太抱起粗壮的手臂，嘴里发出低低的嗥叫。

实在是骇人的故事。博雅也默默无语。

“贞盛大人最后一次做儿干是什么时候？”晴明问道。

“大概是在六年前。”

“那么，这六年期间，疮痊愈了？”

“是。”

“想必您也听说，最近京城到处都在发生怀孕女子遭到袭击的事件。这是否与贞盛大人有关？”

“极有可能是家父犯下的恶行。”维时毫不犹豫地回答，似乎已经做出抉择。

“就是说，这次的疮，也已经服过若干次儿干了？”

“是的。”

“尽管如此，依然没有痊愈？”

“正如晴明所知。”

“贞盛大人不在府中，那么祥仙和如月小姐呢？”

“得知父亲不在，我立刻去了祥仙处，可二人已经不知去向。”维时满面愁容。

“究竟去了哪里，有没有头绪？”

“没有。”

“关于贞盛大人，刚才也已谈及，有无可能是为了儿干外出呢……”晴明刚说到这里，维时“啊”地一声叫了起来。

“您想到了什么？”

“昨日，有个人前来送炭……”

“哦？”

“是个名叫岩介的烧炭男子，平时都是他来送炭。当时，他提过妻子正怀有身孕。”

“怀有身孕？”

“说是已经有六个月了，莫非这话被父亲给听去了？”

“那岩介现住哪里？”

“他在桂川西面的山沟里搭了间棚子,住在那里烧炭。”维时说道。

当晴明一行停下牛车，开始步行的时候，已是傍晚时分。

晴明、博雅、俵藤太和平维时四人吩咐随从在原地守候。

“博雅，你留下来吧。”来时的牛车里，晴明曾对博雅如此说。

“我也要去。”博雅毫不让步，“晴明，我自己置身事外，而让你只身一人涉险，你认为我会做出这种事来吗？”

“知道了。”晴明只好点头。

俵藤太也在，维时也跟着。有这二人在身边，大概就不会有什么意外了。

脚下是山路。两侧茂密的树木遮蔽了狭窄的小道，如夜晚一般昏暗。维时点上火把，擎在手中。四人借着火光登上山。

“就要到了。”不久，维时说道。

山路平缓起来，空气中弥漫着木炭的气味。四人来到一片开阔地带。月亮已爬上山头，火把照不到的地方，借着月光也能勉强看清楚。前面影影绰绰，黑乎乎的似乎有一间小屋。旁边似乎是炭窑的影子。

走在前面的维时停下脚步，拿火把照着脚下。有人倒在那里。

“岩介！”维时喊了一声，便立刻明白那已是一具尸体。岩介仰面朝天，睁着眼睛死去。脖颈被斜着斩了一刀，伤口张得很大，血已经流尽，被身下的土地吸收。

本该挡住小屋入口的席子也落在地上。奇怪的是，那席子中间的部位竟凸了起来。

维时举起火把，掀开席子。一具女尸呈现眼前，腹部已被利器切开。

维时一句话也没有说，这女子是谁，已经不言自明了。

“里面有人。”藤太悄声道，说着从腰间鞘中抽出黄金丸。

藤太在前，维时在后，二人先进入小屋。晴明和博雅跟在后边。

小屋简陋狭窄，泥地中央是石头围起的炉子。炉子对面，一个黑色的影子蜷曲在那里，躬起的背朝外，似乎正蹲在那里做什么。

黑影旁边的泥地上插着一柄太刀，刀刃已被血濡湿。黑影的肩膀和头频频动着。

咕唧，咕唧。吃东西的声音传来，令人毛骨悚然，脖子后面的寒毛似乎都一根根竖起。

黑色人影背朝外，似乎在吃某种濡湿的东西。

“父亲大人……”维时对着人影的后背喊道，声音低低的，有些沙哑。

黑影停了下来。他背着身子说道：“维时？”之后慢腾腾地转过身。

"怎么样，脸恢复过来没有？"那东西说道。

那已经不再是贞盛，甚至不能说是一张人脸了。仿佛咕嘟咕嘟冒着泡一样，那头上到处是凸起的肉瘤，连哪里是眼睛、哪里是鼻子都分不清。只有嘴巴能分辨出来，嘴上沾满了血。

那东西双手还捧着刚才埋头啖食之物——取出不久的婴儿尸体！

"太、太可耻了……"维时血脉贲张。

"哦——"贞盛站立起来，"痒，痒……"

接着，他开始用手咔哧咔哧抓挠自己的脸。指甲掐进肉里，揪下肉来，连头发都揪了下来。

吧嗒，吧嗒。撕烂的肉落在地上。

渐渐地，剥掉脸皮之后，一样东西逐渐显露出来。骇人的一幕在维时火把的照耀下出现了。

"那、那是——"博雅大叫起来。

贞盛原本的脸孔之下，显露出一张人脸。火光中，一张与贞盛截然不同的人脸望着四人，嘴角往上一翘，嘿嘿笑了。左眼中两个瞳仁在闪光。

"那不是俵藤太吗？"那张脸说道。

"将门！"俵藤太叫了起来。

"久违了，藤太。"将门说道。

十三　阴态者

被褥中，小野道风睁着眼睛。

虽然睁着眼睛，眼前能看见的仍只是一片黑暗。睁眼和闭眼结果都一样。可他还是努力睁着眼睛，盯着黑暗。

呼吸无法平静，他受到了威胁——来自那个男人。

贺茂保宪造访已经是昨日之事。

“您这里有净藏大师寄放的东西吧？”保宪说道。经他这么一说，倒也回忆起来了。的确，自己是从净藏那里取回过东西。

十九年前，在西京遭遇那可怕的一幕，眼睁睁地看着与自己幽会的女人被群鬼生吞活剥。多亏自己衣领内缝有净藏所书的《尊胜陀罗尼》，才侥幸逃过一劫。群鬼似乎没有发现他。回去一看，《尊胜陀罗尼》已经烧焦了。

为了让净藏再为自己写一份新的，道风去了叡山。

当时用的并非自己的车子，而是兄长小野好古的。

当时，除了《尊胜陀罗尼》，净藏还给了自己另外一样东西。但并非是寄放之物，而是领受之物。道风一直如此认为。

那是一个比手掌略微大一点的锦囊。

“可以保佑您免受魔障加害。”净藏说道。

只是净藏曾叮嘱，千万不能将持有此物一事告诉任何人。一旦说出来，法力顿失。因此道风一直没有向任何人提起此事。

“有倒是有，但并不是寄放的，而是我领受的东西。”道风答道。

“就是这件东西。”保宪煞有介事，“请返还给净藏大师。”

道风并不想交给他。若是净藏大师亲自前来，那另当别论。可为什么要交给保宪呢？但保宪说自己是净藏的使者。

自己领受净藏物什一事，从未向外人提过，保宪为何会知道？这么说，是净藏告诉了保宪？那么保宪是使者一事就是真的了？若真是这样，便无法不交给他。但净藏说过，这是保护自己免受魔障之害的宝物。一旦拱手送与他人，那以后可怎么办？

正在他进退两难之际，保宪殷勤地说道：“道风大人，那东西已经不再灵验了。”

“什么?！”

“道风大人，方才，你已经将持有锦囊一事告诉我这个外人了。”

啊，道风差点叫出声来。的确，自己已经打破了与净藏的约定，但心里总有一种被保宪欺骗的感觉。

道风从隐秘处取出锦囊，交与保宪。“正是此物。”

保宪将锦囊收入怀中，取出另外一样东西，是一个木符，上面写有莫名其妙的文字。

“这是净藏大师为您写的新护身符。”

道风从保宪手中接过来。

“虽然可保免遭鬼障与魔障之害，还是要请您多多留神。”

“你说什么？”

“这道护身符，可以保您免遭鬼害，却无法保护您免受人祸。”

“什么？”

“就是说，一旦有盗贼闯入，动起刀来，这符可保护不了您的肉身啊。”

保宪所言甚是刺耳。不止如此，离去之际，他竟说出益发刺耳的话。

“没准深更半夜，就有东西为了您刚返还的锦囊前来造访呢。”

“什么?！”道风差点跳起来。他一头雾水，不知保宪究竟在说些什么，不过恐惧得很。

“什么东西会来造访？”

“这个嘛……”

“人？”

保宪并不回答。

“鬼？”

“这个嘛，到底是哪一样呢？”保宪不置可否，“总之，无论什么东西前来造访，也无论对方问起什么，请您都回答不知道。绝不可将锦囊之事说出来。”说完便回去了。

真是一个怪人！就因为他，自己昨夜几乎没有合眼。什么深更半夜有东西来访，真是岂有此理！

被中，道风一面愤愤然，一面害怕。

就在这时，有声音传来。

吱吱嘎嘎……外廊的木地板之上，有重物压过的声音。

“吱嘎——吱嘎——”声音在持续。

道风当然知道什么情况下才会发出这种声音。

有人走在木地板上。

吱嘎，吱嘎。吱嘎，吱嘎。脚踏地板的声音越来越近。

道风抬起头，喊了一嗓子：“谁？”

无人应答。

“什么人？”声音又大了些。无论是谁，这声音都足以传入耳中了。

不是府中人。

抬眼望去,灯火噗地点了起来。光线从板窗的缝隙透入,在移动。

“来人！”道风直起身子，大声喊道，“来人！有贼，来贼了！”

但是无人应答。屋内一片死寂。

“没用。”声音传来，是女子的声音。

随着声音，有人进入卧室，出现在道风面前。那是一位身裹白色唐衣、头戴斗笠的女人。女人周围，五六个黑衣男人如影随形。其中一人手擎灯笼。

“这屋内的人，除了道风大人您，全都睡过去了。”干涩却富有亲和力的女声说。

“谁、谁？什么人？”道风问道，声音打着颤。

“无名。”

“什……”

“实在想叫的话，就喊我泷夜叉吧。”

“泷、泷夜叉？”

“对。”说着，女人径直逼上来。

“什、什么事？”道风一面退缩，一面颤巍巍地问道。

“有件事想请教大人。”

“什么？”

“您这里有云居寺寄放的东西吧？”

听到如此一问，道风顿时明白过来。原来是这件事！保宪不是已经说过了吗？

“不、不知道。到底是什么事，我不知道。”道风像保宪教的那样说道。

他想爬着逃走，可身子还没动，那女子已经迅速伸出脚。

“啊。”道风一屁股跌到地上，摔了个仰面朝天。他两手在空中一通乱舞，慌乱中右手竟扯住女子斗笠上垂下的绸纱。

哧啦一声，斗笠被扯落在地，女子的面容显露出来，十分美丽。

但是，道风的视线在女子面容上仅仅驻留了一瞬，便被她的头发吸引了。发上插着一把梳子。梳背上有雕花，涂着朱，再往上则镶嵌着薄薄的玳瑁片。玳瑁呈半透明，映着朱色，做工精致。

“那，那是……”那梳子看着眼熟，正是十九年前为送给幽会的女人，道风特意请人制作的。梳子虽已送出，可之后不久，女人就在眼皮底下被群鬼活生生吃掉了。

道风亲眼目睹了女人被生吞的一幕。由于他随身携带了净藏所书的《尊胜陀罗尼》，才没有被鬼发现，幸免一死。可女人被生吞时发出的悲鸣，女人的肉身被活剥、血被吸干的声音，至今还在耳边挥之不去。群鬼离开后，道风才逃到外面。至于那把梳子，事后他再也没有想过。如今，梳子却正插在眼前这个女子的头发上。

女子似乎注意到了道风的视线。

“怎么，这梳子有什么不对吗？”女子声音优雅地问道，红唇两端一翘，“你觉得这把梳子眼熟吗？”

“啊，”她又嫣然一笑，露出洁白的牙齿，“您见过这东西吧？”

道风摇着头，腰用力一点点往后挪动。

“不、不知道。我什么都没看见。”

“嘘……”女子轻轻说道，“在那种地方，怎么可能只有一个女人呢？”

“不、不知道。”

“啊，啊，我的模样都被您看去了。”忽然，女子的脸阴下来，眉头紧皱。悲哀好似泉涌，漫上她的面容。

“哦……”女子白皙的右手抓起落在地上的斗笠，“被看见那一幕了，被看见那一幕了。”

接着，她把头深深地遮蔽起来。

这时，外面的众多人影忽然动了。脚步声和武器碰撞声传来。

“把那里给我包围起来。”

“哪里逃！”

男人的声音响起。火把点点晃动。

“官兵！”一名贼人大叫一声。

“检非违使的官兵！”

贼人一齐拔出腰间太刀。火光中，白刃熠熠生辉。

外廊上脚步凌乱。白刃击打碰撞之声响起。

“保护小姐。”

“保护小姐逃出去。”

贼人们大叫着。黑暗中，乱斗开始了。

“终于回来了。”将门说道，悠悠地巡视着周围。

火把照耀之下，晴明、博雅、俵藤太及平维时站在当场。

将门深深吸一口气。“终于可以再次在这个世上呼吸了。”说着，他呼出一口气。

胎儿的尸体就在脚下。

“你到底在做什么，将门？”藤太说道。

将门低头看看被剖开肚子的胎儿尸体。“哦，太可怜了……”

“是你干的。”

“不，藤太。”

“什么？”

“这不是我干的，是平贞盛干的。”

“贞盛难道不是被你控制的吗？”

“是贞盛自己干的。没想到我复苏之后，这人世竟毫无变化……”将门血淋淋的嘴念叨着，看看尸体，再望望藤太，“充满了悲哀和愤怒。”

将门迈出一步。

“不许动，将门。”藤太手握黄金丸。

“干什么，藤太？”将门止住脚步。

“听着，藤太，”将门说道，“人都一样。”

"一样？"

"并非只有贞盛才会这么做。换了你，也会做出这种事。"

"什么？"

"倘若患疮的是你，而眼前只有这一个办法，你敢说不会做出与贞盛相同的事情？只不过你碰巧不是贞盛，也没有患疮。你若是贞盛，一定也会做出同样的事情。而且，你如果是我，今天在这里重生的或许就是你了。你，只不过碰巧不是我将门……"

"唔。"藤太的手依然按着黄金丸，却没有拔刀。

的确如此。藤太内心还是赞同将门的。假如将门不做那件事，或许自己就会去做。他咬住了牙。

"不要听他的蛊惑。"在他身旁，晴明开口了，"俵藤太大人就是俵藤太大人。不是将门。"

"呵。"一口气从藤太口中呼出。

"怎么样，藤太？"将门说道，"跟我一起灭了京城如何？与我共同起兵。"他的声音像魔咒一样注入藤太的耳朵。

"不要听他的蛊惑，藤太大人。"晴明的声音响起来。

将门的眼睛骨碌一转，望着晴明。

"你叫晴明吧？"

"是。"

"在贞盛那里见过。"将门望着晴明，朝插在地上的太刀走近一步，伸手向刀柄抓去，"是阴阳师吧？"

"不要动，将门。"藤太躬下腰。

"哦？"将门手按刀柄望着藤太，"我动，你又能怎样？"

"斩！"

"斩得了我吗？"

"把我逼急了的话……"

"有意思。"将门笑了，"好久没与你过招了。今天要再与你一较高低。”他作势要拔刀，却忽然停下来，“呜”地叫了一声，似乎身体动弹不了。

将门体内似乎蓄积着一种力量，手臂、腿脚、全身的筋肉都鼓得如瘤子一般，身体却无法动弹。或许是用力过猛，他的身体哆嗦起来。

“晴、晴明。”博雅说道。

“怎么了？”

“你是不是做了什么？”

“没有。”晴明答道。

“快，快，藤太……”声音响起来，发自将门之口，却不再是刚才将门的声音，“斩！”

“父、父亲大人……”维时叫道。

将门的相貌在发生变化，一半已变回贞盛的脸。

“斩下我的头颅，藤太！”贞盛叫道。

“哇——”藤太抽出黄金丸，朝将门斩去。

“当啷——”剧烈的金属碰撞声传来。黄金丸被弹到一边。

将门右手握着太刀，站在面前，贞盛的影子已消失。

“可惜……”将门低语着。

原来，是将门拔出插在地上的太刀，挡开了藤太挥来的黄金丸。

“喂，这里。”将门用左手食指指着自己的脖根，“从这儿往下是贞盛的身体。不用黄金丸也能斩断。”说着一阵狂笑。

将门抡起太刀。藤太用黄金丸挡开。

火星四射，刀与刀咬在一起。将门与藤太正面相向。将门被压了下去。

“用贞盛的身体，怎么拼得过你？”

藤太一面挥舞太刀与将门缠斗，一面保护着晴明和博雅。

“晴明、博雅，这里危险，快到外面……”

维时手擎火把看二人决斗。

虽说长着将门的脸，可那不久前还是自己的父亲。脸是将门的，身体却依然是父亲的。刚才父亲的脸还曾变回来，尽管只有一瞬。

"博雅，到外面去。"晴明说道。

"那你怎么办？"

晴明并不回答，忽然叫道："快！"

"明、明白。"

未等博雅躲到外面，晴明就从怀中取出一张符咒，左手持符，右手指尖按在上面，口中念念有词。

此时，博雅已退到外面。藤太一面打斗，一面向外退去。他并非被对方压制住，是想自己退出小屋。

他身后是晴明。

"晴明，快。"藤太说道。

晴明一面念诵咒语，一面退向外面。维时也退至外面。接着，藤太与将门也来到了月光下。

晴明念完咒语，朝手中符咒呼地吹了口气。符咒便在月光下飘飘摇摇飞了出去，贴在了将门的额头。

"啊？"将门叫起来,脸上再次发生变化。脸颊和额头的肉抽动着，模样也变化起来，渐渐出现贞盛的脸。

"还等什么，维时！"那张脸说道，"砍掉我的头！"

"父亲大人！"维时丢掉手中的火把，抽出太刀，双手握着刀疾奔过来。

这时，黑暗中不知何方飞来一支箭，带着风声从侧面将贴在将门额头的符咒射穿，符落了下来。

那箭带着符咒，插到了旁边一棵树的树干上。

"父亲大人——"维时大叫一声，挥刀斩了下去。

夜晚的二条大路，西向。一驾牛车正在行驶。

虽说是牛车，拉车的却不是牛，而是巨大的黑蜘蛛，身大如牛，八条腿有一条已残。蜘蛛用七条腿着地，向前疾驰。

月光泻在蜘蛛拉着的车上。黑暗中，蜘蛛那八只红色的眼睛发出可怕的光。

车轮飞快地旋转。车内，斗笠深盖的女子咬牙切齿。

“为什么会被发现？”女子在轻轻地自言自语。

今晚去小野道风家一事，怎么会被发觉？

思来想去，这绝非偶然。难道对方早已潜伏，单等着自己前去？抑或不止是今夜，那些官兵一直就守在他的府邸？自己悄悄潜入时怎么没有发觉？纵然在黑暗之中，如此多的官兵也不可能不露痕迹地潜藏起来，己方一定早就被察觉了。

是谁呢？一个强大的对手已经抢到了前面？

净藏?！这个名字从女人脑海中一闪而过。抑或是——

“晴明？”女人低声念叨。

不管对手是谁，总之同伴已帮助自己逃了出来，他们也该各自逃出来了。

难道他们还在继续打斗？有人惨遭官兵毒手或者被捕？尽管如此，总算成功脱逃。几名官兵欲上前追击，被同伴们挡住了，自己才得以只身逃出道风府邸。

“奇怪啊……”女人又自语起来。哪里不对劲呢？

对，就是现在逃跑一事，逃得也太容易了。倘若官兵们早就得知小野府上要遭袭而潜伏，自己岂能如此容易就逃掉？这也太奇怪了。难道是故意把自己放出来，然后跟踪？如此一来，自己的居所便会被发现？

女人一面随车颠簸，一面留意身后的动静，不得其解。

车速很快，车的摇晃和噪音使她无法详察身后。女人将一支小竹筒含在口中，轻轻一吹：“噼——”

车速顿时放缓，不一会儿停了下来。女人挑开车帘，向后望去。

月光中，白亮亮的二条大路伸向远方。无人追来。

多虑了？想到这里，女人忽然醒悟：不是后面，是前面。

女人看向前面。月光下，车前站着一个黑黢黢的东西，似虎踞，如龙盘，它不是两条腿，是四条。两束金绿色的光芒在黑暗中浮现，注视着这边。那是兽类的双眸。

是巨大的黑猫。月光下，它翘起的尾巴分成两股，轰隆轰隆地发出低低雷鸣般的咆哮。

猫背上横坐着一人。

“似乎让你发现了。”那男人微笑着说。

女人戴着斗笠，缓缓下了车，问道：“你一直跟在我后面？”

“是。”男人点点头。

“什么人？”女人问道。

“贺茂保宪。”男人答道，依然横坐于猫背上。

“阴阳师？”

“正是。”贺茂保宪点点头，反问道，“我倒想问问，你究竟是什么人？”

“与你何干……”

“泷夜叉姬？”

果然，这男人到过道风府中，因此才偷听了那番对话。否则他怎么会知道自己的名字呢？

“你想干什么？”

“想请你给带个路，看看你究竟将去往何方。”保宪说道。

“不可能。”

“我有的是办法。”听口气，倒是自信满满。“如果你不嫌弃，最好是乖乖地亲自带路。”

正在这时，一个声音传来：“她不是说不可能吗？”

不是女人的声音。

女子和保宪循声望去，只见一侧的黑暗中现出一个老人。褴褛的水干，茫茫的蓬发，发着黄光的双眼。正是芦屋道满。

“啊呀，原来是芦屋道满。”保宪说道。

“久违了，保宪。”道满说道。

“您来做什么？”保宪问。

“误会，我可没打算来打扰男女幽会啊。”

“是从道风宅邸一路跟来的吧？”

“不，偶然。”

“偶然？”

“也不是。”

“哦？”

“是这家伙，也真奇怪，近来闹腾得很。”道满稍稍一扭头，指着身后。

举目望去，道满身后的黑暗中，有东西正高擎着镰刀形的头颅。头顶上有十个闪着青光的点在摇晃，似乎是五对兽眼。

噗，噗，噗，噗，噗……那东西向空中喷吐着瘴气。定睛一看，那竟是一条巨大的蟒蛇，有五个头。

“这家伙从饲养的地方溜出，片刻不停地追了过来。上一次就是这样撞见了师辅。这家伙嗅觉灵敏得很，这一次竟又遇到了你们。”

“哦。”

“似乎正巧来对地方了。”

“来对地方？”

“唔。”

“什么意思？”

“正在考虑。”

“考虑？”

“究竟加入哪一伙，事情才会更好玩呢。”

“你还是老样子啊。”

“性情使然。”

“那么，你想怎样？”

“这个嘛……”道满手托着下巴，低头想了想。保宪从猫又背上徐徐下来，立在月光中。

“哦，有准备啊？”道满问道。

“不。我这沙门并不擅长打斗。”

“沙门？”

“这只猫又的名字。”

“哦。”

“沙门专吃妖怪。只要在我身边，似乎总能找到食物。你看，我们相处得多融洽。不过，它可不擅长打架。”

咻咻咻，道满笑了。“那好。”

“好什么？”

“决定了。”

“决定了？”

“嗯。”道满点点头，望望女子，低声说道，“走吧。”

“走？”女子满眼狐疑地看着道满。

“走吧。这男人不会再追你了。”

“不追了？”女子眼里再次充满了怀疑。

“我已经决定了。若他硬要追，只要有我阻止，他就追不成。这个人还不至于愚蠢到白费力气。”

“你看出来了？”保宪挠挠头。

“走。趁我还没有改变主意。”道满催促道。隔着斗笠的白纱，女子仍用狐疑的眼光注视着二人。

“还不快走！”保宪开口了，“我也不想瞎折腾。既然有理由可以不追，我还省心了呢。”

女人一面观察保宪和道满，一面再度乘上车。

一声笛音。车子吱嘎一声动了。蜘蛛的脚呼啦一下动起来，车子加快了速度。

月光下，女子的车子向西驰去。

道满目送着牛车，说道：“不好意思，保宪。”

“没什么。”保宪也不在意，“反正办法有的是。”

“倒也是。”道满愉快地笑了，只是笑声停留在喉咙里。

“那么，告辞。”道满说道。

“好吧。”保宪点头。

道满悠然走了。旁边，那巨大的五头蛇蜿蜒着身子，高擎着镰刀形的头颅哧啦哧啦向远处游去。

“多么可怕的一个人，沙门。”

目送着道满离去的背影，保宪轻轻念叨。

不久，女子的车与道满的身影都融入月光和黑暗中，不见了。

咔嚓一声，刀刃劈在贞盛的额头上。可是太刀并没有将头劈为两半，只是停在贞盛的额上。贞盛的脸再度变回将门的脸。

“真遗憾。”将门笑道。

“那头斩不动。要斩就斩身子。”手持黄金丸的藤太大叫着，跑上前来。

已变成将门的人手中太刀一挥，朝维时横扫过来。

虽然维时察觉，往后一跳，还是迟了。将门横扫过来的太刀正中他的身子。

“啊——”维时大叫一声，仰面倒地。将门随即跑走。

藤太正要追赶，可维时还有气息，他只得止住脚步。

“维时大人。”晴明也赶到维时身边。

“轻伤而已。别管我，快追家父——将门。”维时按着肚子，直起身大声喊着。

此时，将门正欲钻入森林。借着落在地上还在燃烧的火把，能看见他的背影。

就在将门跑进森林的一瞬间，他站住了。

森林中，一男子左手持弓，来到将门面前，腰间悬着一柄太刀。刚才用箭射落晴明符咒的看来就是此人。

“祥、祥仙?! ”维时说道。

手持弓箭从林中走出的人正是祥仙。虽然长着祥仙的脸，眉目间却毫无慈善之意，简直判若两人。他双眸放着妖异的光芒，嘴角挂着狞笑，右手拔出太刀，手起刀落，把将门的人头从贞盛脖颈上砍下。

血迸如柱，将门的人头重重跌落在地。

祥仙收起太刀，捡起人头抱在怀里，注视着晴明三人。

目光对上，藤太叫出声来：“你、你……”

“久违了，藤太。”祥仙说道。

“兴、兴世王?! ”藤太凝视着祥仙，喃喃说道。

“怎么会这样，不可思议……”

“这个世上，到处都是不可思议的事情，藤太大人。”

“什么？”

“将门的人头，归我兴世王了。”

“什么，你是兴世王？”被抱在怀内的将门人头说道。

“将门大人，在下等候您多时了。”兴世王说着蹭了蹭将门的脸。

藤太端着太刀，犹豫不决。

“眼神不要那么可怕嘛，藤太大人。”兴世王说着背过身去。

藤太刚要往前踏出一步，兴世王又说道：“如果弃之不理，维时大人必死无疑。”

“祥、祥仙，从一开始，你就……”

“这不是很自然吗？”兴世王边说边退，“为了让将门的人头复活，只好借用一下贞盛的人头了。”

“那，如、如月，如月小姐……”

“原本就是我的搭档。”兴世王抱着人头正欲逃走。手握黄金丸的藤太赶了上去。“哪里逃。”

可藤太却向前跌去。他急忙停住脚步，一看脚下，一样东西抓住了他的左脚踝。

失去人头的贞盛伸出左手，死死抓住藤太。

“啊！”藤太一挥黄金丸，斩掉了贞盛左腕。失去人头和左腕的贞盛竟站起来，欲挡住藤太的去路。

“贞盛！”藤太向贞盛的身体斩去。

咔嚓，黄金丸在贞盛胸口斜着斩了一刀。可他仍未倒下，却用剩下的右手向藤太抓来。

藤太的黄金丸将贞盛的胸膛斜着割开。可贞盛的身体还是袭了上来。

“藤太大人！”晴明喊道，“贞盛大人的身体已被操控了。”

“什么？”

“博雅，这里就交给你了。”晴明抱着维时，手按在他受伤的肚子上喊道。

“明、明白。”博雅点头，向这边奔来。

晴明站起身，向还在移动的无头贞盛奔去。他绕到贞盛的背后，伸出右手一点，贞盛的身体便停止了移动，当的一声重重倒地，不再动弹。

“呼——”藤太长舒一口气。

兴世王早已消失得无影无踪。

“还是让他逃跑了。”

藤太的目光移向晴明的右手，一张纸片正握在手里。

“这是……”

“贴在贞盛大人后背的东西。请看。”

晴明把纸片凑到地上的火把附近，火把还摇曳着微弱的火焰。

纸上写着三个字：灵，宿，动。

“一定是刚才斩掉人头时，兴世王贴上去的。”晴明说道。

这时，微弱的声音传来。藤太与晴明循声望去。

“父亲大人……”

维时在博雅怀中注视着贞盛的尸体，牙齿咬得咯咯响，啜泣起来。

“我决不会放过你，兴世王！”

他从喉咙里挤出声音。

十四　幕后皇帝

夜已深了。

吱嘎吱嘎，牛车碾压着泥地向前驶去。

晴明和博雅刚刚从平贞盛宅邸出来，默默地随着牛车颠簸。

一日之内发生了太多事情。

晴明、博雅与俵藤太一起，将维时抬下山，命候在山下的随从送回府中。维时的伤很浅，加之晴明处理及时，血已经止住。

“到底还是藤太大人啊，在那种情形下依然临阵不乱。”博雅说道。

“唔。”晴明点头赞同。

藤太成了各种杂事的主管，命人烧水，准备床铺，安排人手。贞盛的无头尸体也不能就那样放着，还有被贞盛杀死的烧炭夫妇的尸体。所有这些，藤太都替维时作了安排。

“这种时候，还真需要一个干练的人啊。”博雅满怀感慨。

吱嘎吱嘎的牛车声再次淹没了二人的声息。

“维时大人真是可怜。”博雅念叨着。

父亲贞盛一直在做儿干，连出入宅邸的烧炭夫妇都给杀掉了。为贞盛贴身治病的祥仙竟背叛了他。如月从一开始就是祥仙的同党，这实在让人难以接受。

“维时大人似乎爱慕如月吧。”博雅并非向晴明求证，而是喃喃自语。晴明也明白。

“喂，晴明。”博雅忽然说道。

“什么，博雅？”晴明应道。

“那祥仙竟是兴世王？”

“唔。”

“可是，为什么兴世王要混进贞盛大人的府邸？”

“是想要贞盛大人的人头吧。”

“为何？”

“为了让将门大人的头颅复活。”

“能做到吗？”

“已经做到了。你不也亲眼目睹了吗？贞盛大人额头的伤是将门留下的。但凡有缘之人，法术就会奏效。他一定是利用那伤口的疮，以抹药为名给涂进去的。”

“涂进去？涂什么？”

“当然是将门头颅的灰了。”

“什么？”

“有人从净藏大师那里盗走了将门的头灰，对吧？”

“嗯嗯。”

“盗灰之人便是祥仙。祥仙花了十九年的时间，把将门的头灰掺入贞盛大人头里。”

“十九年？”

“嗯。”

“为什么要用十九年……”

“你仔细想想，博雅。”

“想什么？”

“斩下将门头颅的是什么？”

“不是俵藤太大人的黄金丸吗？”

“一切不就明白了？”

“是啊，黄金丸造成的创伤二十年不愈合。”

“对。”

“那为什么又……”说到这里，博雅不禁惊叫起来，“不会吧，不会吧！晴明，兴世王要接上将门的人头……”

“一点没错。就是你说的那个‘不会’。”

“可是，就算人头复活了，身体又怎么办呢？”

“早就准备好了。”

“但是，将门的身体已经四分五裂，被埋葬了啊……”

“将那分散的身体收集起来不就行了？”

“兴世王？”

“这个嘛……”

“可让人费解的是，兴世王让将门复活，究竟想要干什么？”

“将门一旦复活，坂东诸国未必不会重新汇集到他旗下。”

“什么?!”

“我只是说说而已。结果究竟如何，尚不得而知。说起费解，兴世王身上也有一些不解之谜啊。”

“什么？”

“俵藤太大人不是已经说过了吗？”

“什么？”

“当时，带走将门人头的乍一看是兴世王，可仔细一想，又有一些地方不像……”

事情发生在返回贞盛府邸之后。

安排完毕，终于可以喘口气的时候，晴明发现藤太似乎还带着疑虑。

“莫非还有事让您放心不下？”

晴明问起时，藤太就作出了上述回答。

整体感觉、动作、说话方式，毫无疑问都是藤太熟知的兴世王的做派，可是，那表情总觉得不对劲。

“与我了解的兴世王不太一样。”藤太说道。当时原本就是夜晚，火把落在地上，光线变得更加昏暗，无法完全看清对方的容貌。

“藤太大人，此前您见到的兴世王是什么样？”

“下坂东会见将门时首次见到。此前从不知兴世王是何许人也。”

这时，贞盛府中有人报告：“贺茂保宪的使者求见晴明先生。”

与使者一见面，对方便说：“今夜，我家主人请先生去敝府一趟。”

“既然是保宪先生约见，怎能不去。”晴明点头应允，“告诉你家主人，立刻就到。”

“遵命。”使者立刻离开了贞盛府邸。

“博雅，你怎么办？”

“什么意思？”

“你也去吗？”

“嗯。”

于是，晴明和博雅便出了贞盛宅邸。

“经基大人曾说，那头不是兴世王的，而平公雅大人则说是兴世王的首级无疑，对吧？”博雅说道。

“嗯。”晴明点点头，“我与藤太大人持同样的观点，总觉得不对劲。可究竟是哪儿不对，也说不清楚。”

“奇怪啊，晴明。”

“什么？”

“刚才听你一说，我想起一件事来。”

“什么，博雅？”

“也就是说，认识去坂东之后的兴世王的人，都说他不对劲，不是吗？要么是头不对劲，要么是之前我们遇见的装成祥仙的兴世王不对劲，但每种情况的结论却都一样，即那根本就不是兴世王吧？看到人头后，认定是兴世王的只有平公雅一人，而公雅大人并不认识坂东的兴世王，对吧？”

“嗯。”

“觉得兴世王可疑的是……”

“经基大人、藤太大人。”

“还有……”

“谁？”

“将门啊。只剩一颗人头的将门，看见兴世王后不也这么说过吗——‘什么，你是兴世王？’”博雅模仿着将门当时的口吻说道。

听到这里，晴明的眼中顿时浮现出喜悦。“你太棒了，博雅。”

“你怎么了？”

“多亏你，现在我终于弄明白了。”

“什么？”

“此前我一直放心不下的东西。原来如此啊。”

“别一个人瞎高兴了，晴明。快告诉我。”

“抱歉，博雅。但说起此事，你和我了解的其实完全一样。更确切地说，你已经先于我了解事情的真相了。”

“什么事啊？”

“想想便明白。答案只有一个。”

“可我还是不明白。快告诉我，晴明。”

“我会告诉你的，不过，你得再等等。”

“为何？”

“我们似乎抵达保宪的府邸了。”

晴明刚说到这里，吱嘎一声，牛车停了下来。

洞窟中，低低的男声在回响。

娑婆诃，罕罕罕，萨丹巴呀，那刹呀，刹陀罗，萨缚，吡喊唎嗒哪哒，修喊唎，喊唎，唵。

声音恐怖。许多钟乳石像无数条蛇，从洞顶垂下。

火焰熊熊燃烧。红色的火光映在垂下的岩石上，摇曳着。那蛇阵般的钟乳石群看上去仿佛在空中蠢蠢欲动。

有个男人端坐火焰前面，一直在念诵大威德明王大心咒，还不用寻常方式念诵。本来应该是从“唵，喊唎”开始，到“罕罕罕，娑婆诃”结束，那男人却在倒着念诵。洞窟中到处都是念诵相同真言的人，与男人相和。

男人面前的火焰并非在洞窟中燃起的篝火。一块巨岩被切割成炉状，火焰便在那石炉中燃烧。

火焰后面有一块巨大的岩石，上部已被削平。一具巨大的人体仰面朝天躺在那里，却没有头和右臂。

本来，这具人体只能称为尸体，却没法这样说，因为他在动。随着洞内回响的真言，那人体的腿和臂也在一颤一颤。

念诵真言的男人后面，站着一个戴着斗笠的女子。

此时，男人站起身来，口中还在念诵着真言。相和的声音也越发响亮起来。

“娑婆诃，罕罕罕……”

“娑婆诃，罕罕罕……”

“娑婆诃，罕罕罕……”

站着的黑衣男人手中，抱着一颗人头。是将门的人头。

黑衣男人高擎起那颗头颅。念诵真言的声音愈发高亢。

黑衣男人高举着人头，从右侧绕过火焰，向祭坛般的岩台走去，口中还在念诵真言。

“哦……”男人手中的将门叫了起来，“我的身体，我的身体，我的身体在那里。”

随着将门的惊叫，岩台上，那身体的律动加速，膝部抬起，腿也抬了起来，发出声音重重磕在岩台上。背向上挺起，弯成弓状，与岩石之间现出了空隙。

“哦，我的身体在欢跃，我的身体在欢跃。”

“娑婆诃，罕罕罕，萨丹巴呀……”黑衣男人大声念诵着，走向人体，将人头合向它本该在的位置，然后按住人头，继续唱诵真言。

足足一刻的工夫，男人与相和的声音都在高诵。

而后，黑衣男人停止念诵。于是相和的念诵声也停下来。

静寂。

静寂中，只有火焰在噼啪作响。

男人的肩膀在剧烈地起伏。大概是刚才念诵用力过大，用气过猛。

此时，男人将按住人头的手放开。人头并没有脱落。

一步，两步，黑衣男人向后退下。

众人的眼睛都凝视着仰面躺在台上的人体。

缓缓地，人体的左手动了一下。不同于此前的痉挛，左手缓缓抬向空中，张开的手指也在动，仿佛在空中摸索什么。而后，手指攥在了一起。

“哦……”呼声响起。将门缓缓直起上身，左手抚摩着自己的身体：腹、胸、肩……还有头。

“哦，我的头……”将门转动头颅，从台上环视着周围，望见了黑衣男人。

“是你啊……”

“您终于回来了，将门大人。”黑衣男人说道。

“我又回到这个充满哀怨的世上了……”将门说道，双眸中蓄满了泪水。

“原来如此……”

贺茂保宪低声说着点头。

坐在保宪面前的晴明，刚刚将这一日发生的事情讲完。

贺茂保宪的宅邸燃着两盏灯火，已是深夜。再过一会儿，东方的天空就该泛白了。

这一日发生了太多的事情。首先是到云居寺探访净藏，顺便去了趟藤太宅邸。接着，又与藤太一起赶赴平贞盛的府邸。然后添上了一个维时，一起渡过桂川，摸索到烧炭人岩介所住的山中，在那里目睹了将门复活的骇人一幕。现在又到了保宪府中。

晴明与博雅抵达时，这里早已坐满了旧识。

首先是主人贺茂保宪，还有云居寺的净藏、参议小野好古，以及俵藤太。藤太刚刚才在贞盛的府邸与他们分开，怎么会提前一步跑到保宪宅邸了呢?

事情是这样的。藤太刚回到自己府中，保宪就派来信使：“请移驾敝府，可否？”于是，藤太只身一人催马赶到，比乘坐牛车的晴明和博雅先到一步。

“那么，这边的事情也不能不讲。”

保宪指的是自称泷夜叉的女人袭击小野道风一事。

净藏与小野好古似乎已听过这事，保宪这话主要是对晴明、博雅还有藤太讲的。

“哦，道满……”听完，晴明点点头。

“嗯。”

“那五头怪蛇实在令人不放心啊。”

“袭击藤原师辅大人的那条怪蛇，也有五个头。”

保宪刚说罢，博雅便问道：“那么，是道满操纵那怪蛇，袭击了师辅大人？”

“不，危急之际曾有一个声音传来，叫住了怪蛇，师辅大人才保住性命。”

晴明的口气非常郑重，周围有人的时候，他总是这样。

“可是，道满为何要救那个叫什么泷夜叉的姑娘？”博雅问保宪。

“这个……”保宪思索着点点头，对博雅说道，“对于这个人，我想，我们无须深究。”

“无须深究？”

“因为此人是自然之人。”

“自然？”

“与风、雨、水一样。风为什么会吹？雨为什么会下？水为什么会流呢？对这些自然之事，要是深究起来，有时恐怕会妨碍我们作出判断。”

“什么意思？”

“以根本就没有答案的问题去猜度那个男人，恐怕会陷入彀中啊。”保宪说道。

“虽然有意思，却是个难缠的人物。”一直沉默的净藏冷不丁冒出这么一句。听他一说，晴明的红唇浮出微笑。

“有什么不对吗，晴明？”净藏问道。

“曾几何时，道满也用同样的话说过净藏大师。”

“说我难缠？”

“是。”晴明点头。

“呵呵呵。”净藏笑了。

“无论如何，最让人担心的，还是道满放走的那个女人……”博雅说道。

“她究竟是什么人呢？”净藏念叨着。

“莫非是……”

“莫非是谁？”保宪向博雅问道。

“莫非是服侍贞盛大人的祥仙之女如月——”博雅住了嘴。

“这个嘛，眼下先放一放吧，博雅。”晴明说道。

“唔，唔。”博雅点头。

仿佛在请求博雅原谅自己插话，晴明恭敬地向他垂首。

“那么……”晴明转向保宪，“保宪大人，今夜，在这么个时辰，您将我们这些人汇集一处，究竟有何见教？”

“事情越来越紧急了。这次事件的幕后操纵者到底是谁，我终于想到了。”

“是谁？”

“名字嘛，待会儿再说也不迟。晴明，我想你大概也猜到了吧？”

晴明并未回答，只是嘴角浮出一丝微笑。

藤太则抱着手臂，倾听大家的对话。

“小野大人。”

保宪使了个眼色，此前一直沉默的小野好古两手拄地，伸伸腰，正正身子。他是擅长书法的小野道风的兄长，已七十七岁，在宫中算是最老的一人，比七十岁的净藏还要年长七岁。

“晴明，”好古说，“今夜为何老朽也在场，你不会不明白吧？”

“大致知道吧。”晴明点点头，说道，“最近有些话，我也一直想到贵府请教。”

“那好。如此一来，你奔波的时间也都省下了。今夜，有许多事情要在这里讲，连老朽都来了。其中一些细节，想必也是你想知道的。”

“是。”

“许多人已经不在世上了。了解二十年前那件事情的人，已经寥寥无几。”

说着，好古望了望净藏，又望望俵藤太。

“而且，其中的源经基大人、藤原师辅大人，都如你了解的那样，尚卧床不起。”

经基虽然刚刚让晴明为其驱除了被人下的咒，却还没有恢复到能够外出的状态。

师辅被怪蛇啮咬的伤口还未痊愈，依然动弹不得。

“而今平安无事的，就只有在场的诸位了。”好古深有感慨地叹了口气，“忠平大人已经故去。”

藤原忠平直到最后一刻依然爱护着将门，遭遇怪蛇袭击的师辅便是他的儿子。

“非常重情义的人。”

对好古的评价，俵藤太默默点头。

“忠文大人也不在了。”

藤原忠文也是将门一案中站在朝廷一边的人。

“橘远保大人也早早离开人世……”

好古凝望着远方，视线在天空中徘徊。几乎被皱纹埋没的眼中，噙着晶莹剔透的东西。

“他们全都是二十年前承担了大任的人物……”

二十年前，几乎在将门谋反的同一时期，西国也出现了举兵造反之人——藤原纯友。

他是大宰少贰藤原良范之子，身上流淌着长良流藤原一族的血脉。这纯友在承平二年被授予伊予掾一职。

恰巧在此时，濑户内海海盗出没，大肆掠夺。受命镇压的便是纯友。

纯友很快就镇压了海盗，平定了濑户内海。但不久之后，他自己竟变成了海盗头目。

将门在东国叛乱时，纯友也举起了反叛的大旗，时间是在天庆二年。纯友以伊予日振岛为基地，组织濑户内的海盗掠夺公私财物。

备前介藤原子高父子欲将此事报告朝廷，结果遭到纯友袭击遇害，播磨介岛田惟干继而遭袭被抓。

此时，被任命为山阳道追捕使的便是小野好古。好古采取怀柔手段，与朝廷谋议，授纯友从五品下的官职，使其归服。

接受朝廷官位之后，一时间，纯友看上去果然变得老实。但濑户内的平静只维持了数月。天庆三年八月，纯友再次起兵，短时间内就掳掠了伊予、赞岐、阿波三地，烧毁备中、备后的兵船。十月，大败大宰府警固使的官兵。十一月，焚毁周防的铸钱司。十二月，决战土佐八多郡。长门国府和丰前宇佐宫也遭其袭击。

将门之乱起初只是一族之争，纯友起兵从一开始就是叛乱。

此时，被新任命为追捕使而加入小野好古阵营的，便是镇压将门有功的源经基。

纯友本想攻上京城，却没能实现。因为在东国起义的将门已经被俵藤太等人镇压了，京城方面集中兵力讨伐西边的纯友即可。

纯友率兵船一千五百艘与小野好古等人大战，到了第二年——天庆四年，赞岐之乱的祸首藤原三辰被斩首，之后，次将藤原恒利向朝廷军投降。

纯友赶赴大宰府，将其占领，在博多津与追捕使展开决战。结果战败，纯友逃往伊予。就是在这里，纯友与儿子重太丸一起，被伊予警固使橘远保俘获，枭首示众。

此时，为镇压将门而被委任为征东大将军的藤原忠文，再次被任命为征讨纯友的征西大将军。可是，不等忠文上战场，纯友便已被远保正法。

就这样，两大叛乱都被镇压了。

平定将门是在天庆三年。镇压纯友是在翌年，即天庆四年。

“当时，倘若没有藤太大人讨伐将门，恐怕京城现在已是这二人囊中之物了。”好古对藤太说道。

“东西之乱虽已平息，可是，自平息之日起，短短的时间内，参与征讨的人却相继死去……”

捕获纯友父子，将其斩首示众的橘远保，于三年后，即天庆七年亡去。再三年，原征西大将军藤原忠文去世。又过了两年，忠平离世。

远保是在从宫廷返回途中遇袭，惨遭杀害，身体被乱刃分尸，头被砍掉，横尸路边。忠文在自己府中熟睡之际，遭到贼人袭击，头颅被砍掉，滚落在一旁。忠平也死在自己府中。前一日还非常康健，次日早晨却没有起床，随从前去查看，结果发现他竟已死在床榻上。

其他镇压将门之乱和纯友之乱有功的人，也有数位死亡。

“如今平安无事的，就只有在场的三位了。”

这三人就是小野好古、净藏，还有藤太。原经基和藤原师辅仍卧病在床。

“我觉得有些情况必须告诉大家。把真相说出来，是我这个风烛残年、时日无多的老朽的义务，所以我今日来到了这里。”好古注视着藤太、晴明和博雅说道。好古究竟要讲什么，保宪和净藏似乎已了然于胸。

“远保大人砍下的纯友的人头——或许是假的。”

好古刚一说完，博雅惊叫起来：“什么？有这种事？”

“或许。”

“那么，好古大人，您是凭什么作出这种判断的呢？”晴明问道。

“我曾好几次见过活着的纯友。被正法之后经过腌渍的纯友人头，我也见过。”

“不一样？”

“像，的确很像。但是，那人头与我了解的纯友不太一样。”好古轻轻摇着头，继续说下去，“很难用言语表达。怎么说呢，那人头，看上去有些寒酸相，总觉得似乎面露惧色。”好古若有所思，点了点头。“没错。那纯友的人头面带惧色。而我了解的纯友，就算在被杀头的那一刻也绝不会害怕。他可能会愤怒，会憎恨，但在临死之际绝不怯懦。这才是我熟悉的纯友。假如那人头面露笑意，我倒可以立刻断定是纯友无疑，那颗头颅却面露惧色。”

“原来如此。”

“可是，大家都没有提出异议，乍一看又是纯友，我也没再多想。纵然不惧生死，可真要死到临头了，说不准也会流露出这种表情。当时正值东西两边的叛乱被平息，就算我说这不是纯友的人头，恐怕人们也会以为我有心病。不，或许事实就是这样。”

“您一直是这样想的？”

“唔。”好古点点头，“我一直在担心，但也一度放下心来。因为再也没有听说过纯友还活着，或者又起兵造反之类的传言，压根儿就没有。所以，我决定让这件事烂在肚子里。”

“可是，如今这念头却改变了？”

“昨日，保宪来拜访我，告诉了我很多事。于是我想，一定要亲口将这些话说给该了解真相的人听。”说完，好古用舌头润了润嘴唇，“倘若纯友还活着，就是他躲在幕后操纵这桩桩件件，那么，远保大人和忠文大人的死，经基大人、师辅大人，还有我自己身上发生的事，似乎就能找到解释了。”

“就是说，利用贞盛大人的头，使将门头颅复活的也是纯友？”

“正是。”好古点点头。

“您的想法，我完全清楚了。”晴明深深颔首。

与听罢好古之言难掩惊讶的博雅相比，晴明似乎对好古所言之事早就了如指掌，毫不意外。

晴明望望净藏，再望望保宪。“关于假人头，还有一点必须要考虑。”

“兴世王的人头？”保宪说道。

“是。”

“你怎么看，晴明？”

“在京城示众的兴世王人头，疑其有假的是经基大人。”

“唔。”

“信誓旦旦，认定这就是兴世王人头的是平公雅大人。”

“是这样。”

“假设正如经基大人所言，这是颗假人头，那么，我们刚才谈到的一切就能连贯起来了。”

晴明指的是祥仙从贞盛身体上砍下将门人头时，藤太冲祥仙大叫了一声“兴世王”那件事。如若示众的人头有假，便可以认为，兴世王还活着，并且化名为祥仙接近贞盛。

“可是……”晴明随即又对自己的判断产生了疑问，“之后，藤太大人曾告诉我，虽然当时那一瞬间，祥仙看上去很像兴世王，可与兴世王似乎还是不一样……”

仿佛在寻求确认似的，晴明看了藤太一眼。

“正如晴明所说。”藤太点点头，“那动作、那语气、那神态全是我在坂东见到的兴世王的样子。可仔细一看那脸，却似乎与我了解的兴世王判若两人。”

当时是在夜间，时间又过了二十年，也不能排除容貌变化的情况。就算兴世王还活着，也已经过去了二十年。倘若把所有因素都考虑周全，再判断那是不是真正的兴世王……

“不清楚。”藤太说道。

“那么，对于这一点，究竟该如何理解呢？”等藤太说完，晴明扫视所有人，说道。

“你是不是有什么发现？”保宪问道。

“有。”晴明调整了一下姿势，“无论是二十年前示众的兴世王头颅，还是现在的祥仙，对象虽不尽相同，有一点却是一致的，即迄今为止，已有三位大人质疑兴世王的真伪。”

“嗯。”

“其中，一口断定是兴世王的，独平公雅大人一人。认为或许不是兴世王的，是藤太大人和经基大人——尽管二位大人看到的对象并不相同，经基大人看到的是头颅，藤太大人看到的则是祥仙。”

“然后呢？”

“无法断定是否是兴世王的藤太大人和经基大人，初见兴世王，其实都是在坂东。所以，究竟此人是不是兴世王，说到底，二位大人做出判断时的依据，其实只是在坂东所见的兴世王。”

“唔。”

“这也就意味着，平公雅大人并没有见过坂东的兴世王，断定那颗头颅的依据，其实是赶赴坂东之前的兴世王。”

“哦。”保宪意味深长地叫出声来。

“其实，让我意识到这一点的是博雅。”晴明说道。

“晴明，也就是说，在赶赴坂东前后，兴世王已被换作他人？”博雅说道。

“正是。”

“只是，死后示众的兴世王，又被换回了原先的兴世王？”

“正是。”

“连经基大人和藤太大人都无法断定，这岂不正好可以理解为，那原本就是完全不同的另一个人？”

“您说得一点不错，博雅。”晴明说道。

“但是，这样一来岂不是让人越来越糊涂？”

“是的。”晴明点点头，“终究有一天会真相大白。现在，我们就暂且让真相隐匿在草丛里吧。”

净藏倾听着晴明的分析，不住点头微笑。“总之，将门终于又在这个世上复活了。”他朝藤太说道。

“是啊，看来是这样。”藤太颔首，低声应道。

“二十年前，我在那支箭上下了咒，然后由您射中将门，斩下其头颅……”

“是啊。”

“在焚毁将门头颅之前，一切都还好……”

“灰却被人盗走了。”保宪说道。

“但不是所有的灰都被盗了。从炉子里拿走将门全部的头灰，原本就是不可能的事。”

剩余的灰倒入了鸭川，一部分则被净藏自己留下，藏匿起来。

“无论盗灰者使用什么方术，仅凭偷走的那部分头灰，也不可能让将门的头颅完全复活。”

“就是说，净藏大师认为，现在复活的那颗头颅还不够完美？”

“恐怕是的。”

“理由是……”

“因为对方需要还保留在我们手里的残灰。”

“高见。”晴明微微一笑。

“欲让将门复活的那些人，究竟出于何种目的？”博雅问净藏。

“灭掉当今的京城，缔造新都，不是吗？”说罢，净藏喉咙深处震颤着，笑了，“在此之前，对方还有一件事要做。”

“什么事？”

“向那些还活在世上的人复仇。”净藏说道。

“复仇？”

“要么是我净藏，要么是藤太大人。”

“或许，还有我吧。”小野好古添上一句。

“就是说，这家伙要来收拾我们之中的一人了。”藤太的声音很低，但丝毫没有慌乱。

“报了二十年前的仇，将碍事的人从这世上清除掉，顺便再将剩余的头灰弄到手，嘿嘿，世上再也没有如此便宜的好事了。”净藏的声音中没有惊恐，反倒有一种好事者的喜悦。

“可是，藤太大人。”等净藏说完，晴明向藤太问道，“有一件事，此前我一直想问大人，却苦于没有机会。”

“什么事？”

“关于将门大人身边的桔梗夫人。”

“哦？”

“藤太大人说过，将门大人与桔梗夫人生有一个名为泷子姬的女儿，那么，在将门之乱遭到镇压后，这二人去向如何？”

“那我就给您讲讲吧。”

听完晴明的问题，藤太正襟危坐，注视着晴明讲述起来。

“叛乱被镇压之后，叛乱的主要人物多数被抓，其中就包括桔梗夫人和泷子姬。”

多人受到处罚，其中也不乏被判死罪者。至于如何处置桔梗和泷子姬，有人提议将其处死，藤太却救了她们的性命。

尽管负了伤，桔梗还活着。

“我能够活到今日，全凭桔梗夫人搭救。”藤太向京城请愿，请求饶恕二人性命。二人幸免一死，也几乎全仗藤太之力。

死罪逃过，活罪难免，二人被命出家。于是，桔梗和泷子姬就进入甲斐国的仁王寺做了尼姑。泷子姬法号如藏尼。

可是，二人入寺刚过一年——

“如藏尼从寺中消失了。”

“消失了？”

“消失的只有泷子姬。”

“那桔梗夫人呢？”

“死了。”

“啊?!”

“泷子姬消失了，只留下了被残忍杀害的桔梗夫人的尸体……”藤太沉重地说道。

“再往后呢？”

“仅此而已。泷子姬究竟去了哪里，结果如何，无人可知。”

“是否有人拐走了泷子姬？”

“不知道。我什么也不知道。”

藤太咬得牙齿咯咯直响，懊悔地握着拳头。

“既然已说到桔梗夫人，有一件事我不得不讲。”藤太将置于膝上的两手握成拳头，压低声音说道，“本来，我想一直将此事埋在心里。今日却是一个披露出来的好机会。”

“什么？”问话的是晴明。

“将门变成铁鬼的原因。”

“上次，据藤太大人说，那完全是兴世王所为。这话是从桔梗夫人那里听来的……”

“唔。”藤太点点头，直直腰，“我要说的是之后的事。叛乱平息之后，我去探望了即将赴甲斐仁王寺的桔梗夫人。当时，从桔梗夫人那里听来一件事。”

“您说过，桔梗夫人并不清楚兴世王用了什么伎俩将将门化为鬼。”

“正是。不知使用了何种法术，但事情的大致经过还是知道的……”

“什么经过？”

“这就是我要讲的。”

仿佛在回忆一件梦魇般的往事，藤太眉头紧蹙，开始叙述那个怪异的故事。

藤太造访大内山南麓的仁和寺时，正是桔梗出京赶赴仁王寺的前日。桔梗与女儿泷子暂住在仁和寺。

在库里[1]，藤太见到了桔梗。

仅此二人，其他人全被屏退。泷子也没有露面。

---

①住持与其眷属的住所。

对泷子而言，藤太是杀死父亲将门的仇人。她还无法理解藤太与将门，以及与桔梗之间的微妙感情。自己的母亲与杀父仇人相会，这意味着什么呢？

藤太与桔梗相见，话题不免要涉及将门。倘若泷子在场，自然就会明白眼前之人便是杀父仇人。没让泷子同席，是出于这种考虑。

“我的性命是你救下的。”藤太说道。

“不，我什么也没有做，全凭藤太大人一己之力。”

当桔梗的声音传入耳中，藤太才终于意识到潜藏在内心深处的情感。自己今日前来，原来是因为一直想见这位女子啊。不为别的，只为再次听一听她的声音；只为在同一个地方，呼吸一下这个女人呼吸过的空气。致谢不过是为了见她而找的理由。

听到那声音，看到那容颜，藤太才终于发现自己内心深处的秘密。

藤太与桔梗的谈话并不算热烈。谈得越多，藤太越觉得眼前的桔梗是个聪慧的女人；待在一起时间越长，越觉得她是个有心之人。怪不得连将门都被迷住了。

将桔梗纳为侧室？藤太也曾动过这种念头，也完全有这个条件。他是讨伐将门的最大功臣，当时胜者将敌方的女人据为己有的情况屡见不鲜。只是有好几次话到嘴边，藤太硬是咽回了肚子——不能这么做。自己是杀死将门的人，对桔梗与泷子来说是将门的仇人。况且桔梗已经削发。于是，藤太悄悄将心思隐藏起来。

“给你的礼物。”

藤太将手伸入怀中，取出一样东西。那是一支银簪。

“这是……”

“收下吧。为送给你专门让人打造的。虽然用不上了，若是遇到紧急情况，也可卖掉换些银钱……”

藤太终于将话说了出来。

不久，二人的谈话几告结束。藤太就要告辞时，桔梗忽然说：“有一件事我必须告诉您。”

“什么事？”藤太立刻心跳加速。

桔梗说的并不是藤太想象中的事情，而是另一件。

“关于将门大人。”桔梗郑重其事地说。

可是，这个话题今天已经谈得够多了。藤太说了自己与将门在京城交往的那些日子，还有其他种种闲事。他觉得最好还是谈这些。

“这件事究竟该不该说出来，我也非常犹豫。毕竟对将门大人来说，这是件不体面的事。的确，将门大人是谋反了，最后被斩首示众，事已至此，您或许会认为他根本谈不上什么体面与不体面。可是，为了将门大人的名誉，大人生前自不待言，就是到了死后，我也一直守口如瓶。”

桔梗停住，用犹豫的眼神注视着藤太。

“请继续讲吧。”

在藤太的催促下，桔梗这才开口，继续讲述起来。

“这件事实在是龌龊之极，令人难以启齿。倘若藤太大人心里对将门大人还存有一丝怀念与怜悯，恐怕听了这段故事之后，连这点感情都会荡然无存。”

或许是口干，说话间桔梗几次停下来，咽一下本就不多的唾液。

“但听完我的故事后，您或许会有明确的判断。其实，这次谋反之事未必出自将门大人的真心。”

“当时桔梗夫人也说过，或许将门大人是受了兴世王的调唆吧？”

“是的。关于这一点，我还要讲一些细节，到时候您自会得出结论。”

于是，桔梗便详细讲述起来。

自从君夫人与世子们一起被平良兼杀害之后，将门大人的情绪就低落到了极点，实在让人生怜。要么茶饭不进，整天对着神佛祈祷，要么每天像野兽那样号啕痛哭。

我也只能干着急，一点忙都帮不上，每天只是惶惶然坐卧不宁。

我这么说，是因为我也曾与泷子一起潜藏在君夫人遇害的苇津江。君夫人等人被良兼发现，抓了起来，我们母女侥幸逃出。

得知君夫人等人被搜出，并遭到杀害，是在被将门大人救出之后了。发现君夫人与孩子们尸体的并非旁人，而是将门大人自己。这也是从他口中得知的。

他们被杀害的情形惨不忍睹。孩子们全被挖了心，砍了头，君夫人则在遭到数名男人奸污之后，被戳穿喉咙致死。

我与泷子幸存下来。我感到羞辱之极，想自杀了之，还是大人阻止了我。

“倘若连你也失去，那我也活不下去了。”将门大人涕零如雨。

多亏大人劝阻，我放弃了轻生的念头。可是，我能拿什么话来安慰将门大人呢？唯一能让大人打起精神的，恐怕就是与泷子待在一起的时候了。

“喂，乖女儿，父亲就只有你一个了，只有你了。一定要好好活下去，不要像父亲这样。”

将门大人究竟是如何熬过那漫长而痛苦的日子，只有我心里清楚。

大人日渐消瘦，相貌俨然换了一个人。如果过度悲哀，人也会死去的。望着大人，有时我甚至这样想。

我并不是说大人会哀极而自杀，而是说由于哀恸至深，或许他会死于悲伤。如此下去，将门大人也时日无多了。

我正心急如焚，那个男人——兴世王来了，可怕的事情便开始了。

只是，我要强调一点，倘若没有兴世王，恐怕将门大人会一直消瘦下去，直至衰竭而死。

“啊，将门，将门啊。”兴世王对大人说道，“可怜的王啊，你真的要悲哀而死吗？不愧是伟大的将门，其情至深，其悲亦切，伟大之极。以己之悲灭己之身，能做到这点的，非将门莫属。”

兴世王当时的话语，我至今记得一清二楚。当时的兴世王看起来十分高兴，笑呵呵的。

“将门，我是来试你的。”兴世王说道，“倘若试验成功，你会继续活下去。若失败，那么死去的也是将门。听天由命。”

在我看来，当时的兴世王简直不像这世上之人。那是非人的东西，是穿着人皮的妖物。

“将门，要活下去，就要舍弃悲哀。悲哀之火会把身体烧焦。请把悲哀化为憎恨和愤怒吧。悲哀会毁掉人的身体，而憎恨和愤怒有时会挽救人。”

兴世王将嘴巴贴到将门大人耳边。

“这样下去能行吗……”兴世王窃语道，“听着，将门……”

但是，将门大人只是凝望着虚空，并不回答。

“可是，良兼却还活着啊。”兴世王把这些话从将门大人的耳朵灌入内心深处，“强奸并杀死你的妻子、夺走你孩子性命的平良兼，还好好地活着。”

本已消退的火花这才开始点亮将门大人的眼睛。

“听着，将门。”兴世王继续将嘴巴贴在将门大人耳朵上，说道，“我为你准备了一样好东西。”

兴世王将嘴巴移开，把手放在将门大人肩上。

“在距此不远的艮位的蛇林中，有一座六角堂。那里放着我为你准备的东西。今天晚上，你最好点上一盏灯火，去那里查看一下。但只能一个人去。”兴世王说道。

“不想放过良兼，你就必须去。”丢下这句话，兴世王扬长而去。

当夜，出于一种不祥的预感，我阻止将门大人前去。将门大人不听，坚持要去。他站不稳，几乎连走路都不会了。

“既然非去不可，我也没办法。但最起码也要由我陪着去，如果大人讨厌我，最好也要带一个头脑灵活的人。”

我一再建议，可将门大人无动于衷。

“我自己一个人去。”

结果，将门大人只身去了蛇林。

我很犹豫。该不该跟下人打声招呼，让其尾随大人追去？可是，该让谁去呢？我又犹豫起来。如果我真那么做，一旦派去跟踪的人在蛇林发现什么的话……

思来想去，我下定决心，自己尾随将门大人而去。幸好泷子睡了。

恰巧外面是一轮望月，很明亮。

我穿上男人的窄袖便服，一身轻装，连灯火都没带，就跟在将门大人身后。若手持火把追去，立刻就会被发觉，什么都不带，就不会被大人发觉了。

若在平常，我一个女子，即使跟在将门大人身后也追不上他。可是将门大人身体虚弱，手里又擎着火把。我朝蛇林方向匆匆赶去，不一会儿，就看见了手持火把的大人。

我放缓脚步，尾随其后。

不久，一片黑黢黢的树林出现在眼前，那是蛇林。

火把和将门大人的身影进入了森林。我也跟在后面。

这林子原本因为蛇多，才被叫作蛇林。林子又深，倘若是不熟悉的人，一旦迷路很难出来，甚至会被困死在里面。这种传闻并不鲜见。我曾从这林子附近穿过，有时出来采摘野菜也顺便往里走一点，但从来不敢深入。踏进这片林子十步以上，还是头一次。

在这种人迹罕至的林子深处，真的有什么六角堂吗？将门大人是不是让兴世王算计了？六角堂是否真的存在，我半信半疑。就算有，位于林子深处，一般也找不到。这是不是一个圈套，把将门大人诓骗到夜晚的林子深处呢？

但令人吃惊的是，那六角堂果真存在。

走着走着，林中豁然开朗，六角堂那可怕的影子黑黢黢地、若隐若现地耸立在眼前。

我此前一直是借着前面火把的微光，摸索着前行。那空地上建起的六角堂，也是借着大人手中的火把好不容易才看到。

兴世王没有撒谎。

正面便是楼梯，将门大人踉踉跄跄登上楼梯。楼梯尽头是外廊的木地板，两扇门扉立在大人眼前。将门大人右手擎着火把，左手推门而入。他进去之后，门自动关闭了。

我蹑手蹑脚，悄悄靠近，并没有登梯，只是走近外廊。

这时，一阵恐怖的嗥叫声从六角堂内传出，像野兽一样。那声音太恐怖了。

我差点晕过去，勉强定下神来。因为我立刻发现，事实上那并非野兽的吼叫，而是将门大人的声音。

嗷嗷嗷嗷嗷……嗷嗷嗷嗷嗷……

心被撕裂般的悲痛声音。灵魂被啃噬殆尽般哀恸的声音。

哭声不止。还有别的声音。

啊啊啊……嗷嗷嗷……

听声音就知道，将门大人正倒在地上打着滚，在黑暗中号啕痛哭。

将门大人究竟看到了什么？兴世王准备的东西究竟是什么呢？

听着大人的痛哭声，我真想闯进去，默默地将大人拥进怀里，可不能这样做。我害怕进去后看到兴世王准备的东西。那一定是不能看的、与常人无干的东西。

还有，将门大人也说过，他要一个人去，不许我跟着。一旦我闯进去……而且，一旦大人用那种声音痛哭的样子被我看见，他会作何感想？将门大人原本就不喜欢将软弱的一面暴露在他人面前。想到这些，我的脚步就再也无法向前迈出。

除此之外，我还有一个顾虑，将门大人随时可能从里面出来。万一现在出来，立刻就会发现我，明白我违背了他的命令跟踪至此，还偷听了他那恐怖的痛哭声。于是，我决定离开那里。

究竟是如何钻出那林子的，我几乎不记得了，只记得来的时候，曾隐藏在枝叶间、不时透下几缕光亮的月亮是挂在左上方的，回来时，月亮已转到了右侧的天空。

尽管没有将门大人火把的指引，我还是幸运地逃出了林子。

那天晚上，我一直未眠，等待着大人回来，可将门大人迟迟不归。他终于回来，已经是黎明时分了。

“让妾身担心死了。”我终于放下心来，说道，“那林中究竟发生了什么？”

“什么也没有。”将门只是如此敷衍了一句。

后来，任凭我怎么问，他也不回答。不可思议的是，与外出之前相比，也许是我多心吧，将门大人的脚步稳健多了，甚至比先前还略微精神了。

从那以后，每天晚上天一黑，将门大人就外出，回来时必定是黎明时分。

“大人去了哪里？”我每次问，将门大人总是那一句“蛇林”。可是，如果再问一句“去做什么了”，大人就不再回答了。

奇怪的是，尽管跟往常一样几乎没有进食，大人却日复一日地康健起来，肤色也恢复了光泽，瘦弱的身体逐渐恢复旧貌。再过不久，仔细一看，原本就健硕的大人，体形似乎比以前还大了一圈。

莫非将门大人在那蛇林的六角堂里吃了什么东西？一想到这里，我顿时毛骨悚然，全身打战。但不这么想，大人的变化就无从解释。

可是，吃了什么呢？

日子一天天过去，将门大人的措辞也逐渐粗暴起来。后来有一次，我发现了一件怪事。

大人的左眼中竟有两个瞳仁！

从将门大人初入蛇林算起，那时过了将近一个月。那天晚上也是满月，所以正好一个月了。

我决定再次跟踪将门大人。虽然害怕得要命，但我更无法忍受大人逐渐变成另外一个人的事实。

和上个月一样，我一路尾随，看到将门大人再次进入林子，同样来到六角堂前。

将门大人手持火把，登上楼梯，推门进到里面。

我也轻轻登上楼梯，站在门前。

“嗷——嗷——”分不清是野兽的吼叫，还是人的痛哭，再次从六角堂内传出。

“等我多时了吧。”是将门大人的声音。

“良兑。”

“将国。”

“景远。”

“千世丸。”

将门在呼唤人的名字。竟是在苇津江与君夫人一同遇害的孩子们！

“沙月……”接着，将门大人呼唤早已死去的君夫人的名字。

再接下来，传出的声音恐怖之极！

哧溜，哧溜，牙齿咬住东西的声音。

咯吱，咯吱，频频嚼东西的声音。

咔哧，东西被咬断的声音。

嘎嘣，嘎嘣，牙齿与牙齿相碰的声音。

咀嚼东西的声音。

吞咽的声音。

哧溜，哧溜，吮吸的声音。

咯吱咯吱，嘎嘣嘎嘣，牙齿咬碎了坚硬的东西。

将门大人在六角堂内吃什么？

我并没有逃走。遇到过分恐怖的事情，似乎反倒会镇定下来。我没有因恐惧而逃走。正是因为恐惧，才窥探了六角堂。

门扉上，几处本该钉着木板的地方脱落了，留着几道缝隙。我站起身子，把眼睛贴到一处缝隙上，向里面窥视。

我看见了将门大人正在吞吃的东西。但一开始，我并不明白那究竟是怎样一番光景。

墙壁上有正好可以插入火把的铁托，火把插在那里。在火光的映照下，可以看清六角堂内的情形。

我看到的景象令人毛骨悚然。将门大人身前，躺着几块奇怪的东西，透过门缝飘出异臭。

我强忍住呕吐，定睛向六角堂内望去。

“将国，这次该是你的左臂了吧。”

“景远，你该是肚子的肉吧。”

“千世丸，愿意让我吸掉你的眼珠吗？”

“沙月，愿意让我吃掉你脸上的肉吗？”

原来，将门大人所嚼的，竟然是从土中掘出的君夫人与四个孩子的腐肉和骨头！一共五具尸体！

将门大人一面吞咽着腐肉，一面簌簌落泪。

“哦，将国……”将门捧起那幼小的尸体，向脖颈处啃去。

这就是兴世王为将门大人准备的东西。原来如此，将门大人就是哭着吞吃他们的尸体，然后变得强壮，变成如此巨大的身躯。

啊——

我在心中呐喊起来。

请嘲笑我吧，藤太大人。原来，对于正哭泣着吞食尸体的将门大人和被吞食掉的君夫人，我一直心存嫉妒。

将门大人吃了君夫人和孩子们的身体，就变成了那种样子，正如藤太大人亲眼所见。

左眼有两个瞳仁，或许是因为吸食了千世丸尚未腐烂的眼睛。

将门大人身高超过了七尺，本就强悍的膂力也增长了一倍以上。

“你终于回来了，将门。”兴世王对将门大人说的这句话，我至今记得一清二楚。

在那之前，将门大人的确是在与平氏一族争斗，谋反之事他压根儿不曾想过。就算想也是后来的事，是受到兴世王教唆之后……

“将门，你把这个国家灭掉、踏平，你做皇帝。”兴世王对将门大人说道，“你若成了一国之主，什么平氏一族之争，顷刻间就可以平定。这也是为了祭奠死去的君夫人和孩子们。”

于是，在兴世王的怂恿下，将门大人真的开始考虑平定坂东等事。至于后来的事情，已经尽人皆知了。

藤太大人，缘分让我遇到了您，我想，除了您再无人可以拯救将门大人。但是，我已经反复强调过数次，将门大人最终变成那种样子，完全是兴世王耍的把戏。将门大人一直被兴世王操纵。真正可恶的人是那个兴世王。

我无法预料后世会如何评价将门大人，但我说的这件事，哪怕只留在藤太大人一人心里，我也能感到一丝安慰了。

虽然我已抛却红尘遁入佛门，藤太大人却毫不嫌弃前来造访，我实在喜出望外。能与大人您相会，实在是一件幸事……

“这，便是我见桔梗夫人的最后一面。”或许又回忆起当时的情形了，藤太感慨地说道。

桔梗与藤太分别一年多，便在出家的寺院遭人杀害。

“准确地说，桔梗夫人去世是什么时候的事？”晴明问道。

“我与桔梗夫人在仁和寺会面，大概是天庆三年的五月。”

“那么，她去世时是天庆四年的……”

“七月。”藤太说道。

“啊。”晴明点点头，望着小野好古，“道风大人目睹的那桩怪事，同行的女人被鬼吃掉，好像是……”

“天庆四年，十九年前的七月。”好古说道。

“哦。”晴明脑海中顿时又浮现出百鬼夜行的情形。

手持人的碎尸夜行的群鬼。

贺茂忠行的牛车。

遭鬼袭击，被生吞的随从……

那是贺茂忠行出京时的事情。当时似乎正是天庆四年的七月前后。

“怎么？”好古问晴明。

“没什么。”晴明轻轻摇摇头。

“时光过得真快，十九年的岁月转瞬即逝。”晴明并没有刻意提及十九年前的事情。

“莫非兴世王使用了外法邪术？”净藏似乎早已迫不及待，插入一句，“保宪，让人啖食人尸将其变为鬼，这是什么法术？”

“上至《春秋左氏传》《列子》《庄子》等道家典籍，下至《山海经》，我都阅尽，可就是想不起来。”

“唔。”

“本来，人变为鬼并非不可能。思念过度或悲哀过度，人心无法承受时，人就有可能变为鬼。”

“可是，变成将门那样的铁躯……”

“请恕我打断一下。”出声的是晴明。

“怎么了，晴明？”保宪说道。

“关于这个问题，听了藤太大人的叙述，我倒是有一点看法。”

“哦？”

“这岂不是蛊毒吗？”

“蛊毒?！”保宪重复着晴明的话。

蛊毒与厌魅之法并立，是诅咒人的妖术。

在人偶中放入诅咒对象的指甲或毛发，然后用钉子扎刺，以这种手段致人患病或死亡，便是厌魅。

蛊毒则主要是使用毒虫。捕捉大量的蛇、蟾蜍、蜘蛛、蜈蚣、老鼠等，密闭在巨大的壶中，封好盖子，让众毒物在壶内互相蚕食。有时只用蛇来做，有时则混入几种毒物来做。放置一个月或者两个月，然后启开封盖。壶内留下的就是经过互相蚕食剩下的最后一只，便将这一只用作式神，施予诅咒对象。由于所有同类的精气都集中到身体里，它便成为强大的咒物，变成式神了。

本来，保宪也对蛊毒之术十分熟悉，但他依然不解晴明的意思。

“晴明，你所说的蛊毒……”说到这里，保宪若有所思，“唔唔唔……是这么回事啊。”

“高见。”净藏也不住地点头，“多么恐怖的兴世王！给将门投入蛊毒，活生生将其变为式神，用来攻击京城。”

“正是。”晴明点头。

“晴明，您究竟在说些什么呢？刚才的话，我怎么一点都听不明白啊。”小野好古说道。

“晴明，我也是一头雾水。”博雅也说。

“蛊毒之类，我也偶有耳闻，可将门究竟和这蛊毒有什么关系，我还是弄不明白……”

“博雅。”晴明再次转向博雅，“兴世王是把坂东之地当作一个壶，用这个壶来施蛊毒之术。”

“什、什么?！”

“让将门在坂东之地与平氏一族相争，再让残存下来的将门啖食亲骨肉和君夫人的尸体……”

“让他们自相残食？”

“对。”

“怎么会，怎么会做出这种事……”

“已经做出来了，不是吗？”

“兴世王?！”

“对。”晴明点头。博雅惊讶得一句话也说不出来。

“晴明，”藤太说道，“既然将门已复活，我们该怎么办才好？”

“是啊。”晴明点点头，并未当即回答藤太的问题，却反问，“藤太大人，假如将门重返坂东、号令东国，结果会如何？”

“坂东武士不可能全部一应而起。平氏一族中，多数与将门动过干戈。”

“有多少呢？”

“大约一半。”

“就是说，还不足以威胁京城？”

“可是……”

“可是什么？”

“难以出口啊。”藤太摇着头。

“你想说陆奥吧？”晴明说道。

一瞬间，藤太大惊失色。“既然连这一点都被您看破，我也没什么可隐瞒了。正如晴明所想，陆奥是不服归化之众居住的地方，比坂东有过之而无不及。一旦将门起兵，陆奥武士定会悉数呼应。我若是将门，必先圈占陆奥，平定坂东，然后攻打京城……”

“哦。”小野好古失声道，“也就是说，绝不能让将门去东国。”好古的腰已经直起一半，差点整个人都要站起来。

“是。”

“刻不容缓，必须马上找出将门的下落。”好古一把抓住净藏说道。

“那灰，终于可以派上用场了。”晴明对净藏说道。

“什么？”好古的视线从净藏移向晴明。

“只要有将门头颅的灰，我们就可以做许多事。查出他的下落也是其中之一。”晴明说道。

“管用？”

“管用倒是管用，就是危险了些。”

“危险？”

“灰就在这边的秘密，也会反过来被对方获悉。”

“哦，哦……”好古发出几串喉音。

“可是，晴明……”博雅说这话时，已经在归途的牛车中了。

“什么，博雅？”

“你刚才似乎面露喜色啊。”

“刚才？”

“就是说到将门平定陆奥，拿下坂东，然后攻打京城的时候。”

“是吗？”

“我看是。”

“其实，你没看错。”

“什么?!”

“对我来说啊，博雅，这座京城是天皇的地盘，还是将门的领地，我一点都不感兴趣。”

“什么？”

“说不定，将门会建造一座更精彩的京城呢。”

“慢，等等，晴明。”博雅连忙四面看看，仿佛查看一下牛车里有无旁人，“这话可不是随便说的。”

“我说的是真的。”

“胡说。你听着，晴明，你的心情我也不是不明白，但这种事情，除了我，你在任何人面前都不能乱讲。”

“正因为是你，我才说啊，博雅。”晴明红唇含笑。

“你总是不经意地说些不着边际的事。听你说话，总是提心吊胆。”

“不着边际的事？”

“刚才也是。你不是还说将门是式神吗？”

“那又怎样？”

“虽然起初我很惊讶，不过你说的也的确在理，令人信服。”

“既然如此，那不挺好吗？”

“不好。”

“为何？”

“当时我没有说出口，但如果说兴世王把坂东当壶施行蛊毒……”

“唔。”

“也就是说……”说到这里，博雅闭上嘴唇，轻轻摇摇头。

“也就是什么？”

“算了，这话可不该说出口。”

“说说又有什么关系。”

“不行。”

晴明注视着不敢开口的博雅，说道：“那我就替你说了吧。”

“替我？”

“就是你刚才不敢说的那件事。”

“你胡说些什么，你怎么能明白我心里在想什么。”

“明白。”晴明点点头，若无其事地说，“你说的是那个男人吧？”

“什、什么那个男人……”博雅惊慌失措。

“怎么了？”

“我始终不明白，为什么你总把天皇说成那个男人？”

“看看，自己坦白了吧？”

“什么?！”

“我只是说那个男人，压根儿就没提天皇啊。”

“什……”

“倘若把坂东看作蛊毒之壶，那日本国也是一个蛊毒之壶了。你想说的是不是这个啊，博雅？”

“你怎么……”

“你说得没错。”

“我可什么都没说哦。”

“得了吧，博雅，这里就你我二人。日本的天皇也是一个咒，一个用日本国这个蛊毒之壶生出的咒……”晴明说道。

博雅默然。好大一会儿，只有牛车碾压地面的声音阵阵传来。

“晴明，一和你说话就觉得头晕目眩，天地似乎都让你翻了过来。有时原本真真切切的一个东西，被你一说，就完全变成了另外一样。”

“这不挺好吗？”

“你说好，就姑且算是好吧。但像今日这样，如果任由你胡乱讲下去，还不知会发生什么事呢。我都不知道自己的心该放在哪里好了。”

“……”

“或许你是对的。可是要接纳这些，有些人要花时间，比如我。”

“唔。”

“我有自己的速度。不要催我。一催，我就会走错道。”

“你说得没错，博雅。”

“你看，你不是也承认了吗，晴明。”

“天皇与蛊毒之事先放在一边吧，咱们现在谈的是复活的将门。”

“唔。”博雅点头，再次注视着晴明，“可是，你打算怎么办？”

“什么怎么办？”

“就是那灰。”博雅的视线落至晴明膝上的布袋上。

“这个吗？”那是从净藏处分来的一些将门头灰。

“是啊，怎么用呢？”

“快告诉我。”

“我还没有决定。”

“什么？”

“刚才不是已经说了吗？这灰有很多用途。但究竟该怎么用，我还在考虑。”晴明说道。

身高七尺有余、身躯巨大的全裸男人立在洞窟中，健硕的身体映着红红的火光。二十年后复活的平将门缺了右臂。

将门用左手摸摸头，摸摸胸，摸摸肚子，摸摸臀部，摸摸脚。抚摸过的每一处，都布满了蚯蚓似的红色筋脉，连头上也是。

“久违了，我身体……”

一步，两步……将门向前走去，步伐还不灵活。

“似乎连走路都忘记了。”

将门身边围着的男人们，全都单膝跪地。还有两人站立在将门面前，是那黑衣男人和罩着长纱斗笠的女人。

“二十年了，将门大人。”黑衣男人说道。

“兴世王？”将门拿开正在抚摸头颅的左手，望着那个男人。

黑衣男人点了点头。

“二十年？”将门问道。

“是。”

“那之后结果如何？我将门部失败了？”

“没有失败。”兴世王说道，“您看，将门大人不是又复活了吗？”

将门矗立在那里，贪婪地打量着四周，之后仰起头，望望洞顶。

“二十年……”他念叨着。

“可敌人还活着。”

“敌人？”

“净藏、俵藤太、小野好古、源经基……”

“嗷——”将门吼叫起来。

“平将赖大人、多治经明大人、藤原玄茂大人、文屋好立大人、平将文大人、平将武大人、平将为大人统统被斩首。”

“什么？”

“连桔梗夫人也亡去了。”

“桔梗?！”

“战后削发为尼，入寺出家，朝廷却派人袭击了寺院……”

“你是说被杀了？”

“是。”

“噭——”将门左手按在头上，揪着长长的头发，“噭噭噭噭——”他拍打着脸，疯狂扭动身体。

“将门大人，既然您复活，慕名投奔者必会越来越多。眼下正是我们再度起兵，一雪二十年前耻辱的时刻。”

“啊。”将门猛舒了几口气，摇摇头，视线停在一个戴白纱斗笠的女子身上。

女子取下斗笠，一张白皙娇美的脸露出来。她眼里噙着泪水，深情地注视着将门。

“你是……”

“泷子。”女子用颤抖的声音说。

“泷、泷子——是阿泷？”

“这么久了，终于再次见到您了，父亲大人……”

“哦，是泷子，泷子姬。原来你、你还活着，还活着啊……”

“能再次见到您，女儿十分欣慰，父亲大人。”泷子一步步向将门走近。

“您还要战吗？”她在将门面前止住脚步。

“泷子……”将门眼中也溢出了眼泪。

“我已经厌倦了，已经厌倦了战争。”泷子凝视着将门，说道。

“将门大人，”兴世王说道，“尽管大人积攒了许多心里话要说，可那边已经准备好，请大人先更衣。之后，我再把此前发生的桩桩件件详细讲给您听。”

兴世王走上前去，把手放在将门肩上。“将门大人，请您先用点水，休息一下。”

"只是，如月小姐令人担心。"牛车里，晴明说道。

"如月小姐？"博雅问道。

"道风大人说过的话，你还记得吗？"

"唔。"

"就是十九年前，奇怪男人指使群鬼收集碎尸的事。"

"兴世王收集起来的碎尸块，不就是将门的身体吗？"

"应该是。"

"那又怎么了？"

"当时，有一个女童在场，这你听说了吧？"

"啊。"

"由那女童挑选收集来的身体碎块，不是吗？"

"嗯。"

"若那名女童便是当年从仁王寺失踪的泷子姬，又说明什么呢？"

"唔。"

"兴世王将泷子姬从仁王寺带出，让她挑选被分尸的父亲将门的身体。是不是可以得出这样的结论？"

"唔。"

"也就是说，当时遇害的桔梗夫人……"

"你是说，是被兴世王杀害的？"

"真相还没有大白。目前只是我的猜测。"

"哦……"

"若兴世王即是祥仙，那么与祥仙一起的如月小姐便是……"

"泷子姬？"

"唔。"

"那么，致使源经基大人患病，又溜到藤太大人处盗取黄金丸，还有这次出现在道风大人宅邸的那名女怪……"

“便是泷子姬——如月小姐了。”

“晴明，的确如你所说。事实上，我刚才也意识到了这一点……”

“虽然没有说出口来，可净藏大师、保宪大人似乎都明白了。”

“这一点我明白了。可你刚才说担心如月小姐，又是怎么回事？”

“或许这一次，如月小姐有性命危险。”

“危险？如月小姐？”

“因为对于复活的将门来说，泷子姬是其唯一的弱点。”晴明说道。

“什么？”

“明日必须得去。”

“去哪里？”

“平贞盛大人府邸。”

“干什么？”

“见维时，有一件事非求他不可。”晴明点点头，问博雅，“去吗？”

“我也去？”

“唔。”

“去，去。”博雅点点头。

“那就去。”

事情就这么决定下来了。

十五　借尸还魂

晴明与博雅造访平贞盛府邸，已是次日午后时分。

由于准备贞盛的葬礼，府内一片忙乱。

办葬礼也要视死法而定。贞盛生前一直在做儿干，项上又没了头颅，当然不能大张旗鼓地举行葬礼。因此，维时打算在一日之内草草办完。

“葬礼结束之后，我还要把知悉的一切上禀朝廷。”当着晴明与博雅的面，维时说道。

看来，朝廷已经从保宪口中知道相关的事情了。官差还没有踏进这座府邸，或许是由于保宪和净藏的斡旋。

尽管如此，今日之内必须赶赴皇宫一趟。幸好维时腹部受的是轻伤，走起路来也不需要腹部用力，短距离的路程，只要缓慢移动，伤口倒不至于裂开。看来，晴明做的临时处理还是起了作用。

“那么，今日移驾敝宅，所为何事？”维时问道。

此时，葬礼即将开始。

“今日想求维时大人一件事……”晴明说道。

“十万火急之事吧？”

今天是贞盛的葬礼，这一点晴明当然清楚。他是有意今天赶来的。对方自然察觉到必有急事。

“是。”

“什么事？”

“这，实在是难以启齿。”

“请只管说。父亲一事，晴明和博雅先生一直费心。昨夜又差点让二位搭上性命。今日能为父亲举办一个如此体面的葬礼，也是多亏了晴明先生。请尽管讲吧。”维时直了直腰，说道。

“今日葬礼结束之后，我想借样东西一用。”

“什么？”

“贞盛大人的身体。”

晴明的话意外之极，维时竟没能反应过来。

“您刚才说什么？”

“晴明想暂时借用一下贞盛大人的遗体。”

“借用父亲的遗体？”

“正是。”晴明盯着维时的脸，说道。

维时没有回避，直视晴明。

“明白了。”他终于下定决心，点点头，“究竟用来做什么，我最好不要问，对吧？”

“对。”

“我也知道，倘若我问，也会毫不隐瞒地告诉我，对吧？”

“是的。”

“那就请用吧。通过这次的事情，我了解晴明你的为人，提出这种要求必然是万不得已。看来父亲的身体还可以派上用场。我也知道，你不会为了一己之私提出这种要求，是为他人而用吧？”

“是。”

“想起父亲的所作所为，维时实在无法拒绝。倘若父亲死后，身体仍有一些用处，想必他也能安心一点。请尽管使用。至于怎么用，您不讲也可以。”

“多谢您的体谅。”

“不过，在此之前，有一件事我必须要向晴明先生申明。”

“什么事？”

“我父贞盛，原本并非做得出那等事情的人。我从来都不认为父亲是故意做出食儿干那种勾当的。如果要沦落到去食儿干，父亲宁愿选择死。”

“是。”

“人的心灵原本就很脆弱。当然不能说父亲压根儿没动过那种心思，但就算想过，他也会扼杀这种念头，选择人道的一面。”

“是。”晴明再度点头。

“父亲做出这种糊涂事，是因为被人抓住了心灵的弱点。每个人心底都存有弱点，有人却故意引出了父亲的弱点。”维时潸然泪下，“人是脆弱的……”

“是的。”晴明轻轻点头。

“我绝不放过这个乘人之危的家伙。”维时直视着晴明，嘴唇紧闭。

“祥仙……”他念叨着这个名字。

“还有，我也不认为如月小姐是出于真心为虎作伥。如月小姐也是受了兴世王的操纵……当年我要亲手杀死父亲时，正是年幼的如月小姐的一句话，才使我放弃了那个危险的念头。时至今日，如月小姐的声音仍萦绕在耳边，是她的声音拯救了我。”

终于，维时举起衣袖，擦拭眼睛，但眼泪已经流干了。

夜晚。云居寺内。

四面用帷幕围起，净藏和保宪在中央相对打坐。二人之间放着一个木台，台上放着一个铜炉。红红的木炭在燃烧。

没有灯光，只有那木炭的火光和天上洒下来的月光。

几乎没有风。寺内的树叶也不再沙沙作响，一片静谧。

用帷幕将四面围起来，是为了不让一丝风吹进来。

“好时机。”净藏看了看四周，确认没有风之后说道。

“是。”保宪点头应答。

每隔一小会儿，净藏就把握着念珠的手掌合起来，轻轻移动。念珠响动。净藏闭上眼睛，唇中滑出低低的声音。是孔雀明王真言。声音静静地振动着夜间的空气。

夜色吞噬了寺院，真言融入这夜色，让黑夜都微微地振动起来。

铜炉旁边放着一把小壶。保宪将右手伸入壶中，用手指抓出一些东西。

那灰白的粉末，是将门头颅被焚毁后的灰烬。

保宪将灰烬捏在指尖，朝炽热的木炭上撒了一点。

净藏只顾念诵真言。天竺之神——孔雀明王的真言传向四方。

炉中升起一缕轻烟。没有风。烟柱笔直地直冲九霄。

净藏念诵真言。保宪则继续从壶中撮出灰来，簌簌地撒在炭火上。

尽管保宪手上的动作微微搅乱空气，烟柱还是笔直地向天上升去。

净藏和保宪继续着这番举动。不久，炉上三尺多高的烟柱微微晃动起来。

“来了。”保宪说道。

为了不影响烟柱，保宪说话时刻意调整了呼吸。声音很低，净藏勉强听到。

保宪没有慌乱。他继续撒灰，不敢加快手上的动作，以免搅乱空气。升起的烟柱在炉上三尺的位置明显发生偏转。并非风力所为，是另一种外力，使烟柱有如细蛇般爬向一个方向。

“巽位。”保宪说道。

净藏继续念诵真言。

“也就是说，将门在巽位。”

保宪说话的时候，烟柱已经改变了方向，飘向了另外一个方位。

有风？保宪移动视线，查看四周情形。帷幕没有动，树叶也没有动。那么，烟柱为什么会移向他方？莫非是将门也在移动？

尽管如此，还是不对劲。

“变动太快了……”保宪说道。

倘若将门身在远处，即使轻微地移动，烟柱的方向也不会改变。而现在烟柱继续变化着方向，仿佛将门就在周围徐徐环行。

“就在附近。”保宪的声音尖锐起来。

烟柱还在偏转。

“嗷啊啊啊啊啊啊啊啊啊啊……”

低沉的猫叫声在夜色中回响，是沙门。

保宪的式神猫又沙门在正殿的屋顶上嗥叫起来。

烟柱偏向艮位，并停在这个方位。

保宪不再撒灰。他单膝着地，半蹲着身子查看动静。

“嗷唠唠唠唠唠唠唠唠唠唠……”

沙门又嗥叫起来。

“将门就在这附近，净藏大师。”保宪说道。

净藏停止念诵真言，睁开一直紧闭的眼睛，低声道：

“有意思……”

月光中，端坐在草丛中的晴明在念诵咒语，低低的声音乘夜风而去。

这里是晴明宅邸的庭院。他背后的木地板上坐着博雅，正注视着他所做的奇怪仪式。

博雅旁边盘腿而坐的人是俵藤太。他将黄金丸抱在怀中，刀柄倚着自己的肩。

晴明面前放着一张八角桌，摆放着几件法器。有像两片张开的树叶似的蛤蜊，有切割成两块的小石子，还有上写“人”字再一分为二的纸片。

八角桌对面的草丛里，横躺着一具没有头颅、全身赤裸的尸体。

那是平贞盛的尸体。上面有大量晴明所写的咒文。那既不是大唐的文字，亦非梵文，博雅无法解读。在他看来，那莫如说更像图案。没有头颅和左腕的全裸尸身，密密麻麻写满了这种文字，甚至连肌肤都看不出来了，这光景实在是不祥。

“你就别看了。”

晴明这么一说，博雅只说了声“没关系”，并没有离开。

晴明念诵着咒语，伸出右手，将放置在八角桌上的蛤蜊壳合上，继续念诵咒语，不久又把一分为二的小石子合在一起。

这时，原本躺在草地上的贞盛的尸体竟然一哆嗦，脊背反弓起来。

“哦。”晴明身后，博雅叫起来，“动，动了。”

晴明仿佛没有听到博雅的叫声，继续念诵咒语。

一哆嗦，又一哆嗦，贞盛的身体痉挛着。晴明把一分为二的纸片合起。分为两半的文字变成了一个“人”字。

贞盛尸体的颤动益发剧烈，终于，他直起了没有头颅的上身。

博雅惊骇之极，连声音都发不出来了。

贞盛右手拄地，膝部立起，直起上身，似乎要站起来。腰却支撑不住又倒下去，一只膝盖跪在了地上。似乎由于死去的时间较长，身体已经无法自由活动了。尽管如此，他依然在挣扎，努力要站起来。

晴明念诵咒语的声音越发高亢。终于，贞盛的身体站了起来，在如水的月光下立了一会儿，开始移动。

晴明也站起来。“去吗，博雅？”

“哪、哪里啊？”

“去找贞盛的头颅，也就是将门的落脚处。所有东西我都备好了。”晴明轻轻拍了拍怀里。

贞盛缓缓地摇晃着身子走了起来。

“藤太大人？”晴明喊了一声。藤太立刻手持黄金丸站起。

“走吧。”

“走。”藤太从木地板下到庭院。

“我、我也要去。”博雅跟在藤太身后下到庭院。

“怎么去，晴明？”博雅问道。

“跟在贞盛大人身后。”晴明说道。

贞盛已经缓缓朝门外走去。晴明等人追到了门外。然而，外面还有一个人——平维时。尽管在月光中，还是能看到维时面色苍白，注视着从门内走出的贞盛的无头尸体。

“维时大人……”晴明打着招呼。维时没有回应，含混不清的呻吟从喉咙深处发出。

贞盛一摇一晃从维时面前走过。维时睨视着父亲的身体。

“晴、晴明大人……”维时终于开了口，“原、原来是这样。您一直想这么做吧？”

“是。”晴明静静点点头，“为了找到将门的下落，无论如何也需要贞盛大人的身体。”

维时的视线随着已死的父亲的身体移动。全裸的尸体在月光下行走，这光景实在残酷又诡异。

让死者的身体如此行走，真的有必要吗？维时的眼神中分明充满了这种疑问。

他转向晴明，从口中吐出的却不是责难。“晴明，请把我也带去吧。将门的落脚处，或许那个人也在。”

那个人，便是如月。

“或许吧。”

“无论如何，我要再见那人一面，对那个人、那个人……”维时哽咽了。

“怎么？”

“我不是去说些仇恨之语，也没打算责问她为何背叛我，更没有报仇之类的想法，说什么把我骗得好惨，我要杀了你之类。没有……”

“那……”

“我必须见她一面，向她道歉。”

“道歉？”

“她待在我身边不知有多么痛苦。明明知道早晚有一天必须背叛我，还是在我身边忍受煎熬。所有这一切，我从来就没有体察到……我必须为此道歉。”维时语气坚定。

“您的伤怎样？”

“很轻。”

“既然如此，我也没有理由阻拦维时大人，而且……或许如月小姐还有性命之忧。”

“怎么回事，晴明？”

“路上我再告诉您吧，但愿是我杞人忧天。”

说话间，贞盛的身体已然远去。

“追吧。”晴明再次迈开脚步。博雅、藤太、维时紧随其后。

贞盛的身体向东走去。

“这……”晴明边走边嘀咕。

“怎么了，晴明？”博雅问道。

“贞盛大人奔去的方向……”

“怎么了？”

“不正是云居寺的方向吗？”晴明说道。

洞窟中，篝火熊熊燃烧。火焰的颜色映在洞顶和岩壁上，诡异地摇曳。仿佛每一块凹凸不平的岩石里都寄藏着一只红色小鬼，跳着恐怖的舞蹈。

篝火前面，兴世王和如月相对而坐。从刚才起，二人就在谈话，而如月的声音越来越高亢。看来二人之间似乎存在龃龉。

“那么，照您的说法，是不清楚父亲的去向了？”

“不知道。”与如月稍显焦虑的声音相比，兴世王的声音沉着冷静，“不过，倒是能猜测出来。”

“这么说，您还是知道？”

“我并没有说知道，只是说可以猜到。”

“好，就算是猜测也没关系。究竟在哪里？”

“或许在云居寺。”

“云居寺？”

“我对将门大人说，净藏就在云居寺，他或许还留有大人的头颅灰呢。但我既没有命令他去那里，也没有吩咐他去干什么。”

“这样跟命令他去有什么分别？”

“你说什么？听你的意思，似乎我命令什么，将门大人就会按照我的意思去干。谁敢向将门大人下命令，什么人敢去操纵他？没有一个人敢这样。将门是按照自己的意志而生的。”

“兴世王，您可是早就跟我约好了的。正因如此，我才帮助您去做那些事，您不会忘了吧？”

“没错。”

“父亲既已复活，我想和父亲一起离开京城，找个地方隐居，这是我的夙愿。”

“只有将门希望如此才行……不管你希望做什么，如果将门不希望那样，一切都没用。”

“父亲的愿望与您的可不同。他并不想消灭这座都城。”如月轻轻地摇着头。

“哦？”兴世王一边的嘴角微微翘起。

“父亲只是受了您的诓骗。倘若变回原先的父亲……”

“变回？变回去又如何？变回原先的样子就能忘记吗？杀妻之恨、杀子之仇，一家人都被杀掉的仇恨能一笔勾销吗？”

“这……”

“如月，你究竟是怎么了？正是这座京城里的人杀了你的兄长们啊，他们还杀害了你母亲桔梗夫人。”

“这已经是过去的事了。”

“你忘记了？你的意思是你忘记了？母亲被杀，将那个在母亲身旁哭泣的女童拉扯大的，可是我兴世王啊。你疯了？”兴世王说道，“迷上贞盛那个儿子了？那可是敌人的儿子。”

“维时大人并没有杀掉平家的任何人。”

“将门那些死去的幼子做了什么？你说是谁杀了谁？他们什么都没有做，却一个个被杀死。”

听他如此一说，如月刚要张开的嘴闭上了。她不知该如何回答兴世王的质问。

“将门是我一生的杰作，是我历经千辛万苦培育出来的鬼，是鬼中之鬼。”

“说到底，还是您……”

“没错，是我把将门变成那样的。”

“您……”刚说到这里，如月似乎忽然想起什么，闭了嘴。一片疑云浮现于脑海，顷刻间膨胀起来。

“不会是……”

“不会是什么？”

“不会是……兴世王，当时是您……”

“当时？”

“君夫人和孩子们潜藏时，将其藏身之处密告敌人的，不会是、不会是兴世王您吧？”

“是又能怎么样？”

“果然是您告的密？”

被如月一问，兴世王沉默了。看样子他并非一时失口，仿佛在思考什么。不久，他似乎下了决心。

“是我干的。”兴世王嘴里蹦出几个字。

“为什么？为什么要这样做？”

“为了制造出天下无双的鬼雄。为了完成我在坂东之地炼成的蛊毒之法。”

“什么？”似乎有了新发现，如月的视线逼向兴世王，“杀害我母亲的难道也是……”

“是我。”兴世王一口应承。

“既然这样，那你就是我母亲的……”

“敌人。”说着，兴世王缓缓站起来，“那个女人放走了俵藤太。当时若不是她放走藤太，将门也不会被杀死。当时我就想杀掉这个女人，可惜只让她负了轻伤。于是，我再一次夺走她的性命。她的死终于派上了用场……”

兴世王向如月逼过去。如月也站起来。二人在火焰前怒目相视。

“杀掉那个女人，再嫁祸给朝廷，你也就乖乖听我的话了。”

兴世王再次逼近。如月不由得后退一步。

“为什么你连这些都告诉我？”她边退边问。

话一出口，如月自己点了点头。已经不用再问，刚才的沉默就是答案。刚才兴世王沉默的时候，就下了决心，连她也要杀掉！

“你似乎也明白了。”兴世王笑道，“如月，你已经没有价值了。对我的大计来说，你现在是一块绊脚石。”

“……”

“将门还不完美，还缺一条右臂。我利用带着将门刀伤的人，也就是与将门有缘的贞盛才使他的头颅复活。将门头颅烧成的灰，我抹了十九年啊。可是，制作头颅的灰并不够。你在世上，将门未必不会听你的，所以，你最好给我从这个世上消失。”

兴世王又逼近一步。如月再退后一步，却已经无路可退。几个黑衣人已站在身后，挡住洞窟的出口。

“我早就想这么做了。杀掉你，再嫁祸朝廷，将门就不得不起兵。”兴世王嘴角挂着狞笑，又往前逼近一步。

就在这一瞬间，如月身子一纵，擦着男人们的手心跳到一边，向洞口奔去。

“追！”

就在如月眼看要被抓住之际，洞窟内回响起低低的笑声。

“呵呵呵呵……哈哈哈……呵呵……呵……”

如月，还有追赶她的人，一瞬间都停了下来。

一个衣衫褴褛、白发白髯的老人从洞口附近的岩石背后悠然现身。

“你是当时的……”兴世王话还没有说完。

“芦屋道满。”老人自报家门。

“你想捣乱，道满？”兴世王说道。

此时，由于几个男人的阻止，如月已经无路可逃。

“前天晚上我刚刚搭救过那女人。被贺茂保宪追击时，是我横插了一杠子，救下她的。”

“那又怎么样？”

“道满好不容易才救下她来，你却想在这里杀死她，岂不是欺负我道满没本事。”

“什么？”

“这个女人如果现在被杀掉，就不好玩了。”

“什么意思？”

“从贺茂保宪手中救下一次的女人，今天要从你手中再救回来。这样就扯平了。”

“什么?!”

“怎么，不想做个交易吗？”

“什么交易？”

“你难道不想要将门的右臂吗？”

“右臂?!”

“你一定没有吧。好不容易才让将门复活，倘若没有右臂，这东西怎么好干活呢？”

“你是说，右臂在你手里？”

“嗯。”

“怎么可能？”

“十九年前，朱雀门前，我遇到了百鬼夜行。当时，我捡到一件群鬼遗失的东西。”

“你捡到了将门的手臂？”

“正是。刚才的话我听到了。倘若你杀了这个女人，我会替她把话全说出去。”

“我若将她交给你呢？”

“我会静观一阵子。”

“叫我如何相信你？”

“道满说一不二。”

“好吧。那我就权且相信你一次。不过，这却是第二个选择。”

“那第一个呢？”

“第一个？就是今天连你一起杀掉，就再无后顾之忧了。”

“哦……”道满眼中放出光来。

这时，兴世王的背后，洞窟深处似乎有东西蠢蠢欲动，仿佛一团移动的黑暗。盘踞在洞穴深处的黑暗张牙舞爪，伸缩着长长的黑色手脚，想爬出来——是一只巨大的黑蜘蛛。

“真是无趣。”道满说道。

说话间，道满背后高处的空中，一样东西正发出点点红光。光点共有十个——五对红色的眼睛悠悠地晃动，实在恐怖。

“西，南，东……”随着保宪念念有词，烟柱飘忽不定，不停变化方向。速度越来越快，烟柱散乱起来，最后终于连方向都辨不清了。

“危险。”保宪说出口的一刹那，四面的帷幕忽然被撕裂开来。

帷幕北侧，身披盔甲的将门站在那里，黑黢黢的身体在月光下发亮。

“净藏？”将门的声音如雕凿岩石般有力。

“久违了，将门。”净藏说道。

“那东西太热了。”将门说，“焚烧我头颅的火。没尝过烈火焚烧的滋味，你不会明白。”

“究竟是什么邪术让你复活了？”

听净藏如此一问，将门大笑起来。

“对你来说或许是邪术，对我来说，根本就不是什么邪术……”说话间，将门眼中竟流出泪来。

“怎么哭了？”

“不知道。”将门说道。

保宪与净藏交换了一下眼色。

“但是，既然复活了，我就只能干该干的事了。”

“什么？”

“当然是先取你的性命。”

话音未落，将门猛地抽出腰间的太刀，大吼一声，朝净藏的头劈下。然而，刀却砍在了地上。

净藏的身影消失了。只有一个纸人被刀戳穿，刀尖扎到了土里。一抬头，连保宪也不见了踪影。

“你这个老东西！”将门从地上拔出刀，对天长啸。

顿时，狂风呼啸，帷幕疯狂地摇动起来。将门的目光停在了脚下的炉子上。那儿盛放着自己头颅的灰烬。

“嗨——”将门把刀插在地上，左手高高举起炉子，倾倒起来。呼啸的狂风将灰攫走，卷入黑暗中。

将门扔掉倒空炉子，从地上拔出刀收入鞘。狂风刮着他的头发。

“你给我听着，”将门仰天吼道，“你一定是藏在这附近，正注视我将门呢。你听着，净藏！”将门如黑塔般立在那里，“从今夜起，这京城里的人，就别想再睡安稳觉了！”

“谁也别想睡安稳！”将门一面狂吼，一面狂奔起来。不久，他的身影便与狂风一起消失在了黑暗之中。

贞盛的身体一摇一摆，踉踉跄跄在月光中前行。那方向是东山，即云居寺的方向。后面跟着晴明、博雅、藤太，还有维时。

晴明一面走，一面把自己的想法简短地告诉维时。

“也就是说，兴世王极有可能除掉如月小姐？”维时说道。

“是。”晴明点头。

“倘若复活的将门要做二十年前未完之事，能阻止他的恐怕只有如月小姐了。如果兴世王不希望这种事情发生，就会……”

“对如月小姐下毒手。”

“并且嫁祸给朝廷，进一步操控将门。”

“唔……”维时呻吟了一声。

“可是，晴明。”博雅开口了。

“什么事？”

“贞盛的身体直指云居寺而去，也就是说，将门在那里？”

“是。”

“将门为什么会在云居寺？他岂不是正冲着净藏大师去吗？”

“恐怕是。”

“唔。”

“倘若兴世王和将门有图谋，最碍手碍脚的便是净藏大师和……”

“和我吧？”一直沉默不语的藤太忽然插进一句。

“藤太大人……”博雅说。

“我早就考虑过了。将门既已复活，这种结果就无法避免。”藤太低声说道，“晴明，如果将门果真在云居寺，那我必须赶在前头，去保护净藏大师。”

“一般情况下净藏大师不会出事，今天的对手却是将门……”

晴明还没有说完。博雅叫了起来：“喂，喂，晴明。贞盛大人……”

已经用不着博雅说明了，晴明、藤太和维时同时注意到，月光中，贞盛的身体停住了脚步。

“怎么回事？”

“不知道。”晴明答道。

贞盛似乎忽然迷失了方向，只是缓缓地摇晃着身子，在原地打转，停了一会儿，仿佛再次发现了目的地，又缓缓移动起来。

晴明和博雅同时叫了起来。贞盛已经不再走向云居寺，而是往别的方向去了。

炉子倒了，打翻在地。灰已经全部飘散到空中，什么也没有了。

保宪站在一旁，低头查看倾覆的炉子。

“保宪……”身后传来声音。

不知什么时候，也不知从什么地方而来，净藏站在了身后。他缓缓走来，站在保宪身边。

“可怕的对手。”净藏嘟囔着。

“太恐怖了……”保宪也念叨着。

“若是斗法，我们还有很多手段。可将门那样忽然现身，还真有点措手不及。”

“对手是这种冷酷力大之人，我们必须想好对策，以防不测。”

“唔。”净藏点头。

“这办法虽然可察知将门的下落，我们的位置也同时会暴露给对方。但将门能如此迅速地赶来，真是没有想到。”

“恐怕我们还没有施行法术，将门就迫近了。”

“向我们寻仇？”

“找我净藏报仇。”

“虽然早有耳闻，没想到居然如此厉害……”保宪道。

“那么，现在……”

“沙门已经尾随将门身后，一旦发现他的栖身之地，自然会回来报告。”保宪对净藏说道。

十六　鬼哭

发现芦屋道满身后的情形不妙，扭住如月的男人一走神，手上有些松懈。

道满右手倏地一动，一根六寸多长的钢针已钉在了男人抓着如月的右手背上。男人“哇——”地大叫着撒手。如月趁机挣脱，向道满身边跑去。

“站住！”男人正欲追击，左脚背上又被刺入一根钢针。

“我是播磨的道满，可是最擅长使针的。”

此时，如月已经逃到了道满身边。

“想捣乱吗？”兴世王说道。

“不是说要杀死我吗？告诉你吧，地狱阎罗就是我兄弟。黄泉那边，我想去就去，想回就回。”

道满说话的时候，洞窟深处的巨大蜘蛛已经伸缩着长长的腿逼近了。这时，道满背后的恐怖黑影也哧溜一下蹿到前面。

“倏——”

“沙——”

一瞬间，两头怪兽在黑暗中对峙起来。

“啊……”兴世王叫出声来。道满身后的怪物，竟是一条五头的巨蟒。

“沙——”

“嘘——”

五头的大蛇与大蜘蛛互吐着杀气。

“姑娘，”道满说道，“还不快逃。这里有道满顶着。”

“为何要冒死救我？”

“凑趣儿。”

“凑趣儿？”

“解闷。还有，是这条大蛇想来救你，前天晚上也是如此。看来，你似乎深受这大蛇的喜欢啊。”

如月注视着道满，道了声“多谢”，说完身子一纵向外奔去。

“别让她跑了！”兴世王一声怒喝。

“是。”几个男人应答一声，正欲追击，无奈大蜘蛛与大蛇正在洞口激烈打斗，阻了去路。

大蜘蛛与大蛇打斗了一阵子，难分高下，胜负未决。这时，道满背后黑暗的森林里忽然响起声音。仿佛狂风忽从天降，林中树木响声大作。一个巨大的不明物出现在道满身后，强大的风直扑后背，令道满寒毛倒竖。

道满不禁大叫一声，跳到一边。定睛一看，一个七尺有余的男人屹立在那里。如钢针一般向四面炸开的蓬发，铁甲身躯。是平将门。

“气死我了，净藏，竟让你逃出了手心。”将门吼道，视线落在洞口一侧的老人身上，接着又瞧瞧洞内的情形。“怎么回事？”

将门说话时，大蜘蛛与大蛇的缠斗出现了变化。五头大蛇忽然停止了打斗，任凭大蜘蛛怎么攻击都不再理会，径直转过身，擎起五个头，向洞外爬去。大蛇爬去的方向，正是将门。

“啊。”将门一看到爬来的东西，便叫了出来。

大蛇继续接近，将门却不动。

“哦，原来是你啊……”他说道。

大蛇任由背后的大蜘蛛纠缠，继续向将门爬去。

“原来如此，原来如此啊……”将门一面念叨着，一面伸开左臂。

忽然，大蛇向将门猛扑过去，所有人都倒吸一口冷气，结果却出乎意料。大蛇竟将身子缠绕在了将门身上，用鳞片蹭来蹭去。

道满茫然地注视着眼前的一切。将门的左手抓住继续纠缠大蛇的大蜘蛛的腿，硬生生地将其从大蛇身上撕开。大蜘蛛后退了。

将门睨视着大蜘蛛，用左臂抱紧大蛇。

“哦，没事就好，没事就好。”

在将门的怀抱中，大蛇的身体变化起来。一直注视着这一切的兴世王不禁欢呼。

五个蛇头变成了五根手指，粗大的身躯变成了手臂。不久，一条巨大的右臂握在将门左手中。

“我的右臂。”

将门把手臂往右肩一合，结合处的肉忽地一动，手臂根部的肌肉便把肩部的肌肉吞食下去。

“哦，动了，动了。”

新的右臂、右手和手指全都动了。将门连连确认手臂的活动状态。这右臂似乎比左臂粗了一倍。

“无比的神力！”将门仰天长啸，挥舞着右臂，喜不自禁，“新的力量从这右臂滚滚涌入我的体内。”

空气似乎都跟着嗡的一声震颤起来。

“道满，多谢了。”走出洞外的兴世王说道，“没想到，你带来的大蛇竟然是将门大人的右臂。”

被他一挖苦，道满苦笑一下，挠起头来。

“我花了十几年培育起来的，竟然是将门的手臂。”

“好了，道满，你现在已经没用了。”兴世王笑道。

“将门。”道满并不理会兴世王，而是朝将门大声说道，“有件事我要告诉你……”

可是，道满的话却没能说完。

“取道满性命！”

随着兴世王一声令下，男人们已抽出刀，向道满扑来。

“将门大人，这家伙是妨碍我们大计的绊脚石。详情以后再告诉您。”

兴世王话音刚落，一直屹立在那里的将门眼睛一瞪，盯住道满。

“知道了。”

将门行动了。

一行人在山中穿行。

之前刚刚穿过西京，进入山中。贞盛的身体往哪儿走，他们就跟着往哪儿走。

进入山中，四面越发黑暗，光靠一缕月光已经不行了，于是藤太点上早已备好的火把，走在前面，身后跟着晴明、博雅和维时。

贞盛走得很迟钝，有时踉踉跄跄、四肢并用地爬行，倘若撞到树上，便绕树打几个转，晃晃悠悠地继续攀爬。

原本走的就不是路。跟在后面的人也苦不堪言。

“你怎么办，博雅？”晴明问博雅。

“什么？”

“要留下来吗？”

“留下来？”

“没想到竟走了这么远。”

本以为马上就到了，可走着走着，不知不觉竟进入了深山老林。不知还要走多远。

“我也说不准前面会发生什么危险。”

原来，晴明的意思是让博雅一个人留下来，等天亮之后再下山。

“这怎么行呢？”博雅说道，“无论发生什么，我也要去。”

“明白了。”晴明点头。

贞盛还在攀登。

究竟云居寺那边发生了什么？

刚才将门还在云居寺，这一点毋庸置疑。之后他就转移了。

贞盛追逐着转移而去的将门，从向东变为向西。

一般情况下是不会有性命危险的——大家都相信晴明的话，没有赶往云居寺，决定继续跟在贞盛后面。

“能够使用此法，也就今晚而已。一到天亮，贞盛便动不了了。”

也就是说，一旦错过今晚，再想找到将门的下落，就不知要等到何年何月了。

这时，藤太低低的声音响了起来：“谁?！”

他将手中的火把向前伸去。他前面是贞盛的裸背，红彤彤的火光在背上跳跃。

藤太高举火把，照亮贞盛前方。

贞盛正在逼近的右手一侧有一块巨岩，他从巨岩旁边穿过。藤太却在那里止住了脚步，往前伸出火把，右手抽出腰间的黄金丸。

“出来！”藤太高举起黄金丸，喊道。

没有人从岩石后面出来。

“再不出来，我就连岩石一起砍断。”

“我出来。”一个女子的声音从岩石后面传来。

众人一惊。不一会儿，一个女子的身影出现。火焰下，是一张紧张的面孔。

女子一露面，藤太身后便有人叫了起来。

“如月小姐！”

是维时。

“维时大人……”女人喊了一声，就闭口不言了。

“如月小姐……”维时从藤太身后走上前去。如月却连忙把脸扭向一边，不愿面对维时的眼神。“您还好吧。”

“那你呢，你还好吧？”维时呻吟着，朝如月的肩膀伸出手。

“刀伤……还好吧？”如月问道。

“轻伤。”

“我没脸见您。”

“你胡说些什么？”

“刚才，穿过这岩石走到前面去的无头之人是……”

“我父亲。”维时强忍着另一种并非伤口之痛的痛楚，从喉咙中勉强挤出一丝声音。

如月的目光回到维时脸上。二人的视线在火光中相触。

如月连忙把视线移开来，跪倒在岩石前面。

“请您杀了我吧，维时大人。”

“你在胡说什么？”维时也跪倒在如月面前。

“让贞盛大人变成那副模样的，就是我们啊。”如月再次抬起头，望着维时。

一瞬间，维时直视如月的眼溢出了泪水。

“您怎么了？维时大人，您怎么流起泪来了？”

维时并没有理会如月，兀自说道：“对不起……”

如月顿时糊涂了，维时为何要向自己致歉呢？尽管一句道歉是远远不够的，可必须道歉的明明是自己吧？

“你受委屈了。”维时说道，“明知道早晚有一天要背叛我，你还是待在我身边。这是多么痛苦的事啊……请原谅我，既没有意识到你的苦衷，也没能拯救父亲……”

“维时大人，是我，就是我把您的父亲变成那样的……”如月哽住了，低声呜咽，“维时大人……”

她轻轻念叨着维时的名字，号啕起来，哭到几乎呕血。站在一旁的博雅也擦拭着濡湿的眼角。

“如月小姐，你怎么在这里？”晴明问道。

“我是逃到这里的。”

如月刚说到这里，藤太低声说道：“有东西来了。”

藤太锐利的目光紧盯着斜上方。黑暗中，一丛毛茸茸的东西蠢蠢欲动，发出点点红光。那是八只眼睛。

“是、是追赶我的大蜘蛛。”如月说道。

“原来是这头袭击过我的畜生。”藤太高举起火把，冲到前面，“竟然袭击自己的旧主人如月小姐，看来无论体形多大，虫还是虫。”

藤太止住脚步，将手中的火把放在附近的岩石上，拔出黄金丸。

“这里有我顶着，大家都不要动。”

藤太右手握着黄金丸，向牛一般大的蜘蛛逼近。

“那头大蜘蛛前肢可以捕狼，牙齿可以将其连筋带骨嚼断。多加小心。”如月从背后提醒。

“知道了。”藤太并没有胆怯，一点点靠近大蜘蛛。

大蜘蛛也仿佛在黑暗中试探着藤太，慢慢挪动前肢。它用四只后肢立在地上，四只前肢则伸向空中，窥探藤太的举动。左边最前面的脚从中间断了，正是藤太用黄金丸斩掉的。绿色的汁液仍从切口缓缓滴落，濡湿了大蜘蛛的刚毛——黄金丸造成的创伤还没有痊愈。无论是人是兽还是妖怪，只要被黄金丸伤着，伤口二十年都不会痊愈。

大蜘蛛似乎明白了对面逼过来的人是谁，就是那天晚上，斩掉它前肢的男人。

藤太一点一点向前逼近。大蜘蛛一点一点向后退缩。

一点一点。一点一点。

逼近。退缩。

不久，藤太进入了火把照不到的森林深处。

这时，大蜘蛛忽然一反刚才的退让姿态，以迅雷之势扑向藤太。

“呔！”随着藤太一声大喊，黄金丸反射着火把的光焰，在黑暗中一闪而过。

噗！一刀砍中，重重的落地声传来。大蜘蛛手臂般粗的前肢滚落在藤太面前。尽管已被斩落，可那前肢依然在动。

一切并没有结束。大蜘蛛没有退缩，继续向藤太袭来。

藤太向旁边一跳，脚下却被树根一绊，仰面跌倒。大蜘蛛直扑上去。

“藤太大人！”维时大叫一声。

然而，扑到藤太身上的大蜘蛛却停住了。它压在藤太身上，一颤一颤，剩余的脚痉挛着。

维时一把抓起放在岩石上的火把，跑上前去。晴明、博雅以及如月也随后跟上。

维时举起火把一照，只见一样发光的东西从大蜘蛛头部冒出。那正是黄金丸的刀尖。黄金丸从颚下斜着向上，刺穿了大蜘蛛。像角一样冒出的刀刃左动一下，右动一下。

大蜘蛛的身体咕咚一声跌到地上，不动了，只有那长长的脚还在不住地痉挛。

藤太从大蜘蛛身下爬出来。

“您没事吧？”维时问道。

“一点事都没有。”藤太站起来，说道。只是身上被大蜘蛛的体液濡湿，散发着腥臭，人却没有受伤。

“那么，走吧。”藤太说道。

“走？去哪里？”如月问道。

“去将门所在的地方。”晴明答道。

“父亲的……”

“是。”

“知道他的下落吗？”

“有贞盛大人的身体给我们带路呢。”晴明说道。

“如月小姐，就请你和维时大人留在这里吧。”藤太说道。

“为什么？”

“你刚才说是逃到这里的，而且追击的是原为同伴的大蜘蛛。我不知道发生了什么事，但可以想象，你一定是与兴世王他们闹僵了。”

“不，我也要一起去。”

“请务必……”

“请让我一起去吧。如果父亲真的在那里，那我无论如何也要去。我给诸位带路吧，这样会比跟在贞盛大人身后快得多。而且，我还有话要对大家说。”

晴明与藤太对视一下。

“那么，咱们就边走边说。”晴明答应了。

“多谢。”如月垂首致谢。

这时，随着一声微微的响动，一样东西从如月怀中落到地上，是一根镶嵌着珊瑚的银簪。

“哦。”藤太惊叫一声，拾起银簪。

“这?! ”藤太仔细端详起手中的银簪，“是我的簪子。这是二十年前我送给桔梗夫人的。”

“真的？”

“你们入寺之前，我曾与桔梗夫人单独见面。这是当时我送给她的簪子。”

“啊，那么……”如月的声音兴奋起来，“这是我母亲的遗物。母亲遇害前一直带在身上。对母亲和我来说，这都是最珍贵的东西。”

“哦……”

“母亲生前常常将此物拿在手里，久久凝视……”如月感怀不已。

“这是对母亲非常重要的人送的。”桔梗曾对如月说。

“是父亲大人吗？”幼小的如月追问，桔梗轻轻摇了摇头。

“那是哪一位？”

“每个人心里都藏着一个秘密，我们要容许别人保留这种秘密。”桔梗只是如此回答，并没有告诉如月是谁送的。

“从砍下父亲头颅的藤太大人那里收到簪子这种事，母亲恐怕是无法告诉我的。对我来说，便意味着母亲爱慕敌人……”

“桔梗夫人……”眼泪从藤太眼中溢出，顺着脸颊滚落。

“杀害母亲的，便是兴世王。”如月说道。

“什么?! ”藤太大叫。

“太残忍了……”仿佛亲眼目睹了当时的情形，博雅扭过脸去，低声嘟囔。

这时，原本倒在地上不动的大蜘蛛竟然再次颤动，残余的肢体也在蠕动——大蜘蛛起来了。

“快躲到我身后。”藤太一跃上前，把其他人护在身后。可是，大蜘蛛并没有扑过来。它头部已经被黄金丸戳穿，连是敌是友都无法分辨，只是呆头呆脑地摇晃着身体，向森林深处爬去，渐渐消失了踪影。

“若是一般创伤，一会儿工夫就会痊愈，被切掉的肢体和头都会再长出来，可是一旦被黄金丸刺中，就无法再生了。早晚有一天，这妖物会流尽绿色的血液，在山中死去……”如月说道。

“我们也走吧。”晴明说道，“没有讲完的话，路上再说。”

“是。”如月点点头。

“看刀。”

将门狂风般舞起刀来。

道满仓皇而逃。避开了刀身，刀风却袭来。一低头，将门的大刀从他头顶横扫而过。道满的头发仿佛追逐着那刀，刷的一声也随之飘去。

将门再次挥过刀来。道满往后一跳，躲了过去。刀直冲云霄，道满的衣服下摆也向上飘起。他躲到树干后面，将门便将人腰般粗细的树干一刀斩断。树砸断周围繁茂的树枝，轰然倒下。道满想逃，却没有余暇转身。

“太恐怖了，将门。”

由于将门的大刀狂风骤雨般挥个不停，其他人无法加入打斗。只要将门挥起大刀，无论敌人还是同伴，只要在刀刃所及的范围，都会被毫不留情地斩杀。

道满被追到一株粗大的杉树前面。背后是杉树粗大的树干，已无路可逃。前面则是将门。左右两侧，无论逃向哪边，都快不过将门手中的大刀。

不能先动，只能先看将门的反应，伺机而逃。但如果看到将门动手之后再逃，就太迟了。只能趁着将门作势要攻的那一瞬逃跑，倘若已经发招，道满必然被刀刃赶上。

将门不动。道满也不动。

“哟，麻烦了。”道满暗自思忖，挠挠头。

就在这一瞬间，将门动了起来，手中的刀冲着道满刺来。“呀——”

咔嚓一声，大刀扎了进去。并非扎进道满的肉身，而是他身后的杉树树干，扎进一尺半有余。

“嗨！”道满赶紧逃跑，身体浮到了空中。

“哇！”将门硬生生从树干中拔出大刀。道满却轻轻地落在了刀背上。

“唔？”

道满对着睨视自己的将门，微微一笑。

“怎么样，将门？能否容我说一两句话？”

“说话？”

“这次的事情，全是兴世王做下的勾当。”

“兴世王？”

“平氏一族的争斗，原本是平家人的内部矛盾，可后来就不同了。”

“有什么不同？”

“你们都被幕后的兴世王操纵了。”

“什么？”

“别听他胡说。那道满是个妖人，不要受他蒙骗。”兴世王说道。

“受到蒙蔽的其实是将门你啊。但对我来说，这样才够精彩……”道满在刀背上笑道，“虽说如此，人活着就必然会受蒙骗，不受蒙骗就活不下去。这是人的宿命。”

“究竟为何受骗呢？”道满笑了，“金钱？女人？哈哈哈。仇恨？哈哈哈……”

“呀！”将门挥动大刀。道满的笑声随之飘到了空中。他已乘着冲天挥去的大刀，跃到了空中。

将门挥起大刀，正欲向落下的道满斩去，却忽然停下了。

道满伸出右手抓住头顶的树枝，悬在了那里。

“将门，你舞吧，你疯狂吧，被骗得狂舞吧。”他吊在树梢，说道。

将门右手紧握大刀，抬头望着道满。

此时，兴世王已经走到将门身旁与他并立。

“真是个怪人。”兴世王望着道满，笑道，“杀掉你有点可惜。像你这样的奇人，如果愿意，完全可以与我们一道倾覆天下……”

“哼哼。”

“只有奢望天下者方能成人。像你这样，只是暗中观望天下，充其量是个妖怪。”

“没错。”

“怎么样，莫如以妖怪之身辅佐我，如何，道满？”

“我可不会给自己找个主子来侍奉。”

“那就以客人的身份，如何？”

“让我考虑考虑。”

“考虑考虑？”

“我得先欣赏完你们如何闯过眼前这一劫，才能答复。”

“一劫？”

“唔。”

道满一面口中作答，一面身子骨碌一晃，借着树枝的反作用力坐在了上面。

“来了哟。”道满说道。

已经无须说明，兴世王也意识到了道满话中的意味，向旁边望去。

一旁的黑暗中，火把的亮光正在接近。从森林中现身的，是身裹白色狩衣的晴明和腰悬黄金丸的藤太。藤太手持火把。

“你终于来了，晴明。”道满在树上说道。

月光从空中洒落，晴明看到了树上的道满。

“看来这次出力够多，竟在树上休息起来，想必您是累了吧？”晴明冲树上打招呼。

“不过，接下来就是观赏了。我得把这里弄亮堂些，好看得更清楚。”

说着，道满伸手往怀里一摸，取出一样东西丢下。

东西一落到堆积在洞口的柴薪上，便噗地着起小火。火势瞬间变大，眨眼间，整个柴堆都燃烧起来。

“这下能看清楚了。”道满在树上说道。

此时，晴明和藤太已经与兴世王和将门对峙起来。

“藤太，你来得正好。”将门高兴地说，话音刚落，便抡起右手中的大刀。

藤太大吼一声，拔出黄金丸，挡住从头顶落下来的大刀。当啷一声，火星四溅。

“现在只是小试一下。”将门说道。

“那就好。”藤太说道。

“什么？”

“刚才那攻击力道太弱了，我还担心将门已经衰老了呢。”

“那就来吧。”

“来吧。”

将门舞起大刀。藤太则迎上去。

铿——锵——

大刀与黄金丸尽情碰撞，发出悦耳的声音。

火焰熊熊燃烧，把二人的脸映得火红。将门和藤太都笑了，露出洁白的牙。

“真过瘾，藤太。”

“有意思，将门。”

藤太已经扔掉手中的火把，两手握住黄金丸，与将门厮杀起来。

兴世王则与晴明对峙，身后是近十名黑衣男子。

“祥仙。”晴明用凉丝丝的声音说道。

“怎么，晴明？”

“我一直觉得奇怪，没想到祥仙竟然就是兴世王。”

“一直让您蒙在鼓里，实在不好意思。”兴世王说道。说话间，一个黑衣男子已经动起来。只见他抡起右手的太刀就朝晴明砍来。

就在这时，一支冷箭嗖地射中男人的大腿，男人一个跟头，向前栽倒在地。

“请不要轻举妄动。森林中可是有弓箭正瞄着你们。”晴明说道。

是维时潜藏在森林暗处，用弓箭掩护着晴明。

一旁，将门与藤太还在格斗。

铿——锵——

藤太从旁拨开将门袭来的白刃，躲到右边，冲着将门反手就是一刀。“嗨！”

咔——

声音震耳。黄金丸没能斩断将门。

“好痒，藤太。”将门露出洁白的牙。

“用这个。”观战的晴明将手伸进怀里，摸出一个小包抛过去。

藤太一把接住。那是一个小小的锦囊。

“呀！”

趁这会儿，将门抡起刀就向藤太斩来。藤太伸到空中的手差点被斩掉。

将门挥舞的刀尖割裂了藤太手中的锦囊，噗的一声，白色的粉末从囊中飘散到夜色中。

“这是什么?！”藤太一面抵挡着将门的攻击，一面喊道。

“把粉末撒在黄金丸上。”晴明说道。

藤太一面躲闪，一面抖动左手中的锦囊，将粉末撒在黄金丸的刀身上。之前斩杀过大蜘蛛，血脂还粘在刀上，粉末一下便粘上了刀身。

锦囊已经空了。

“这样行不行？”

“很好。”

听到晴明的声音，藤太丢掉锦囊，两手再次握紧黄金丸。

“嗨！”

“呵！”

刀刃咬合在一起，旋即又分离开来。

“呔！”藤太向将门斩去。

扑哧，随着一股巨大的力道，将门右臂的肌肉被割裂开来。黄金丸竟切开了将门的钢铁之躯。

“啊！”将门大叫起来，这是重生后他的身体头一次被利器所伤，“你、你做了什么手脚，藤太?！”

血从将门的右臂流出。

“灰。”回答的是晴明。

“什么?!”

“我从云居寺那边要来了将门头颅的灰。”

“净藏……”将门咬牙切齿。

“由于黄金丸撒上了头颅的灰，因此只要一碰到将门的肉身，那肉身便以为是自己的身体，会接纳黄金丸。”

因此，黄金丸才能切开将门的身体。寻常刀剑无法伤害将门的身体，黄金丸却能做到。

“将门，这样一来我们就能公平较量了。”藤太说道。

“我也正有此意。”将门点头。

藤太与将门再次厮杀到一起。

此时，维时已经手持弓箭，从森林中走出。

“维时大人。”晴明喊道。

维时张弓搭箭，制止了黑衣男子们的行动。

“不用怕。弓箭一次只能射中一个。”兴世王叫嚣道。

“谁若敢动，下一个被射中的就是谁。”维时把箭瞄向兴世王，说道，“祥仙，不，兴世王，你把我们骗得好惨。我既不射你的手，也不射你的脚，我要把你的胸膛射穿。”

兴世王没有露出丝毫怯意。“维时大人，你脸上可是挂满了汗珠。不会是肚子上的伤口又裂开了吧？”

“一点划伤而已。”

“哦，那你为什么手在发抖呢？”

“什么?!”回答时，维时的手果然哆嗦起来。

“算了吧……”兴世王狞笑道。

“我没有发抖。”

“真的？”

“我父贞盛是射箭名手。你以为受这么点小伤，我就会射偏？”

“那你的手为什么发抖呢？”

维时的手抖得更厉害了。

“维时大人，不能和兴世王说话。”晴明的声音响起，他站到了维时身边，“你越是说话，就越是中了兴世王的咒语。”

晴明一开口，维时的手便停止了发抖。

维时搭弓在手，却不能将箭射出。恐怕一旦射出，第二支箭还来不及搭上，敌人就已经杀过来了。一旦厮杀到一起，腹部负伤的维时必然无法施展武艺。而对方的好手却有八人之多，充其量只能斩杀一两人，能否斩杀第三个还不好说。

藤太若能击倒将门，倒还可以加入这边的战斗。可现在，将门与藤太正难解难分。

“晴明，”兴世王说道，“能来到这里，固然勇气可嘉，可我今天倒要看看，你如何以阴阳之法闯过这一关！”

“是啊，该怎么办呢？”说着，晴明悄悄把右手伸向怀里。

“你的手在玩什么花样？”

“这……”晴明把手插在怀里，停下来。

晴明与兴世王对视，探察着彼此的反应。

“哎呀哎呀。”兴世王笑了，“也不能总是这样大眼瞪小眼啊……”

说着，兴世王朝持刀呆立的男人们使了个眼色。

“你们，谁先上？”兴世王缓缓说道，“就算被箭射中，没太大意外，也不会立刻死人。谁若让这维时先射出箭来，大大有赏。上，快上！要么你们就一起上！被射中又能怎样，一点都不疼。只要活着，我一会儿就能把伤医好。连将门我都能让他复活，这点小伤算什么，不费吹灰之力……”他低沉的声音灌入男人们的耳朵。

“上，快上……”在兴世王的不断怂恿下，男人们原本黯淡无光的眼睛再次闪亮起来。眼中越来越亮，他们一点一点仿佛虫子蠕动般向前蹭，全部冲着维时而去。

男人们热血贲张，兴奋莫名，他们中了兴世王的咒语。

“晴明就交给我了，你们收拾维时。上！”

兴世王话音刚落，男人们已经脚下一跺，大喊着向维时杀过去。

维时并没有射箭，而是一转身，背对着敌人逃走了。他手持着弓和箭，逃进了森林。

“别让他跑了。”

“追！”

男人们纷纷呐喊着追击维时，奔袭到森林之中。只留下晴明和兴世王，还有被维时冷箭射中大腿的人。

兴世王立刻察觉形势不妙。虽然下了咒语操控他们，可总觉得哪里不对劲。他们怎么会如此轻易就全追着维时进了森林？

“是你搞的鬼，晴明？”兴世王问道。

“才发现？”晴明右手依然插在怀里，红唇挂着微笑。

“那究竟是式神，还是人偶？”

“都差不多。”晴明一本正经地说道。

事实上，刚才逃进森林中的并非维时，而是晴明操控的人偶。最初放冷箭的当然是维时的真身，但之后从森林中走出来的就不是维时，而是人偶了。

此时，晴明已经给兴世王和黑衣男人们下了咒。他先让真正的维时把箭射出，然后宣称“森林中早已瞄准了你们”，进而看到维时从森林中走出时，故意打招呼说“维时大人”。其实，那根本就不是维时本人，而是人偶。就这样，所有人都被骗了，坚信那人偶便是维时。兴世王终于察觉到了这一点。

兴世王身后，红红的火焰在呼呼燃烧。

“让你算计了，晴明……”兴世王笑道。

“兴世王，我早就说过，晴明可不是好对付的。”道满的声音从一旁的树上传下来。

就在这时，晴明的右手一动，从怀里抽出，可是手里却没拿任何东西。

此时，一粒飞石已飞向空中——晴明抽出右手，吸引了兴世王的注意力，同时将暗藏在左手的东西抛出，直奔兴世王的脸。

兴世王一甩头，躲过飞来的石子。晴明抛出的东西呼啸着疾飞而过。

“太遗憾了，晴明。”兴世王说道，“把我的注意力吸引到右手上，左手来投暗器。你以为我连这点小伎俩都看不出吗？”

兴世王正得意洋洋，晴明身后的森林中走出三个人——博雅、维时和如月。

“晴明。”博雅跑过来。

“晴明，那些黑衣人追赶着跟我外形一样的人偶，全都进了森林。”维时说道。

“父亲大人?！”如月叫道。

“唔?！”兴世王低声号叫起来。

藤太与将门还在恶斗，数不清已经打了多少回合，仍胜负难分。

“太高兴了，没想到能遇到如此的对手。”将门说道。

“不愧是叱咤天下的将门，我也是生平第一次棋逢对手。”藤太答道。

这时，森林中出现了一个人，不，是一摇一晃、拖着两条僵硬的腿走路的无头裸尸——平贞盛的尸体。

无头，也就没有眼睛，看不到任何东西，可是贞盛的身体却摇摇摆摆，准确无误地朝将门移去。

怪异的一幕。尸体伸出双手向将门走去，将门向右尸体便向右，将门靠左尸体便靠左。

“什么人？”

将门朝着追过来的贞盛就是一刀。贞盛向前伸出的无腕的左臂咕咚一声落在地上。可是贞盛的身体毫无反应，仍追逐着将门。

原本贞盛就是一具尸体。无论对他怎么样，或杀或剐，一点反应都没有。

“啊！”将门大叫一声，一刀下去，大刀咔嚓一声从贞盛的左肩斜劈到胸膛。但贞盛仍未停下。切口依稀可见肋骨的白色断面，但他也不流血，只是追逐将门。

仔细一看，被斩掉的左臂也如蛇一般，游动着朝将门滑去。

越烧越旺的火焰照亮了眼前的一切，似乎并非人间光景。

“哎呀……”坐在树上观望的道满故作胆战，“多么凄惨。”

他唇角上翘，微笑起来。

贞盛的身体向将门贴上去。

“滚开！”将门手起刀落，将贞盛两条小腿从膝盖齐刷刷砍下。

贞盛的身体扑通倒地，即便如此，仍想用膝盖支撑着起身，却无法追上将门了。

“为什么不动手？”将门重新转向藤太，说道。

他是在问藤太，为什么不趁自己刀劈贞盛的空隙下手。原来在此期间，藤太早已收刀，静候将门。

“与将门决斗，却又借贞盛之手，两人打一个，传扬出去，岂不是我的耻辱！”

“这是贞盛？”

“没错。”

“只有身体，人头呢？”

“人头？不是正扛在你的躯干上吗？”

“原来如此。”说着，将门抡起大刀，“接着来。”

“好。”

“看刀，藤太。”

“来吧，将门。”

铿——嗡——

两柄利刃再次纠缠在一起。

“嗨！”将门大喝一声，抡起大刀，藤太并没有用黄金丸去接，而是向旁边纵身一跳。

“呔！”随着一声大喝，藤太抡起右手的黄金丸，劈头就剁。凌厉的一击斩中将门的右臂，臂膀耷拉在他左手所握的刀柄旁。

“别碍事！”将门左手一挥大刀，右臂落在地上，“还没结束。再来，藤太。”

刀刃间再次迸射出火花。

“什、什么味？”兴世王两手捂住脸。

“晴、晴明，你……”他从指缝中睨视着晴明，“你刚才扔的是……”

“散虫丸。”晴明说道。

“你故意……”

“投到火中。”

“唔。”

“若只投向火中，必然引起你的注意，因此耍了一个小把戏。”

“……”

“非常幸运，正好有风吹向这边，把散虫丸的烟也吹了过来。”

“你太狡猾了，晴明。”兴世王拿开捂在脸上的手。

“啊！”维时叫出声来。

火光的映照下，兴世王的面容开始变化。眼神锐利起来，嘴唇变薄，颧骨高凸，鼻梁挺立。一切变化在火光中清晰可见。同时，左侧的鼻孔中流出一样东西，像黑色的鼻涕。不，并非流出，是爬出。那是粗大的黑色水蛭般的东西，看上去是活物。

只见那东西爬出鼻孔，在兴世王的脸颊上爬着。兴世王的面相继续变化。

“晴明，这是什么？”博雅问道。

“变颜虫。”

“变颜虫？”

“吞下之后，就会改变面目。只要把这些虫子赶出来，人就会恢复原本的容貌。本来要让人吞下散虫丸才行，刚才的情况下自然不可能做到，于是我便扔在火上，让他把烟吸了进去。”

说话间，兴世王已抓住爬在脸上的变颜虫，连残留的部分都拽出来，丢到火焰中。

兴世王消失了，站在眼前的是一个完全陌生的人。

“这、这是谁?！”维时叫了起来。

“晴明大人，这是……”如月说道。

“你也一直以为他就是兴世王吧？”

“不是吗？”

“对。”晴明点点头。

“这位就是藤原纯友。”晴明盯着刚才的“兴世王”说道。

“真的吗，晴明？”博雅问道。

“问问他本人就……”

“对。”那人答应一声，打断了晴明，“不错，我正是藤原纯友。”

“世上有传言说，示众的兴世王人头及纯友的人头总有些不对劲，真相便在这里。”晴明说道。

“哦。”

“是你告诉我的，博雅。我才能在今日备下这散虫丸。”

大结局

“为什么要做这种事？”

维时问道，他右手握着刀，睨视着纯友。纯友背后是熊熊燃烧的烈焰。

“你问为什么？”纯友轻轻叹了口气。

身后噼噼啪啪溅出的点点火星落在他的头上，烧焦了头发。

“你的问题太幼稚了……”

纯友右手伸向腰间的太刀。维时上前一步，护住晴明、博雅和如月。

“怎么，想以伤口未愈之身与我决斗？”纯友低声说道。

“晴明，你已经无法对我使术了，剩下的就是刀技与气力的较量。维时、晴明，还有博雅，我想你们谁也没有在战场上耍过太刀，一次也没有吧？可我却耍过……”纯友笑着一步步向前逼近，“维时，你刚才不是问我为什么，我现在要反过来问问你。”

“问我？”

“维时，你为何而活？”

“什么？”

“我问的是，你生在这个世上究竟为的是什么？”

“这……”维时握着太刀，答不上来。

“不能回答吧？”纯友的视线转向博雅，“那么，博雅，你呢？你又为什么活在这世上？”

“什……”博雅也语塞了。

“博雅，不要上他的当，一说话就会中他的咒。”晴明用清醒的声音说。可是博雅却抬起头来，回答道：“你是不是也打算问一问花？”

“花？”

“你是不是也想向风问一问这个问题？”

“……”

“你愿不愿意问，花为何要开放；愿不愿意问，风为何要吹？”

“哦？”

“花生，花开，仅仅作为花而满足。”

“有意思。那你是花吗，博雅？”

“我是人。”

“……”

“正如花之所以是花，我活在这个世上，就是为了实现我之所以为人。”博雅一字一顿，高声答道。

纯友大笑起来。

“晴明，博雅在给我下问答之咒呢。”纯友将右手从刀柄上拿开，举起来，轻轻拍了拍自己的头，“有意思。”

“有意思？”

“那我就回答你刚才的问题。博雅，如果借用你刚才的说法，我便是为我而生。”

“什……”

“我既然作为藤原纯友而生，就要作为纯友而活。”

“因此就做出这种事？”维时说道。

“因为是我。”

“我？不是因为十九年前的仇恨吗？”

“哼哼。”纯友瞥了晴明一眼，“先别急着动手，晴明。故事会越来越精彩。”

“洗耳恭听。”晴明说道。

纯友吸了一口气，号叫起来。

“听着，晴明，一字不漏地给我听着。十九年前，我父子被橘远保所擒，我与我儿重太丸一同被斩首示众……事情是这样吧？可是，被捕的只有重太丸。大家都以为是纯友的那个人，只是我的替身。多么可爱的儿子，才十三岁，常在我的膝前绕来绕去。如此可爱的重太丸却被斩首示众……”

“是报重太丸被斩首示众之仇吗？”维时问道。

“你说什么?!”纯友望着维时，“你说是仇恨？”

“难道不是仇恨吗？”

“愚蠢……”纯友笑了，“的确有恨，所以我才在三年之后杀掉了远保。杀死他，砍下头颅……但是，我现在所做的，压根儿不是因为什么仇恨。仅凭仇恨怎么能做得到？博雅，我是人。”

“人？”维时问道。

“是人。身为人，才能得天下。不信，你为仇恨怒火中烧试试。将门就是最好的例子，他不是已变成鬼了吗？只有人，才能称霸天下。”

“称霸？”

“没错。所以，纵然是血脉相连的亲骨肉也……”

“亲骨肉？你把话说完。”

“为了纯友，必须让他去死。”

“你说什么？”

“怎么，你听不懂吗？让人抓走儿子重太丸的，就是我自己。”

“……”

“正因为与重太丸在一起，所以连远保都坚信那替身就是我本人。”

“多么……”博雅哽住了。

“所以，我才能成功逃脱。”

“太可怜了……”博雅轻轻念叨，“太可怜了，太可怜了……”泪水簌簌地从他眼中滚落。

“你怎么哭了？”

“不知道。”博雅说。

“若是为重太丸，那倒不必哀伤，他是为我而死的。”

“不是。我并非为重太丸流泪。”

“那是为谁……”一会儿，纯友似乎忽然意识到了什么，“为我？不会吧，博雅，你不至于为我流泪吧？无论帝都还是皇位，都是靠流血换来的。这流得最多的，便是父子兄弟亲骨肉的血。这一点你想必不会不明白。你还哭什么？人只能这样生存。”

“多么残酷的人……”从后面走出一人，是如月。

“哦，如月——不，泷子姬。”

“也就是说，我和父亲将门都是被你操纵？”

“我没有操纵，我只是在培育，培育人心中的一样东西。”

“父亲……”

“在对面的森林中，你瞧，正与俵藤太厮杀呢。”

听他这么一说，泷子的目光转向那边。

“父亲大人……”

她朝森林中喊，纯友忽然行动起来，一把抽出太刀，冲上前去，咔嚓一声从她的肩头劈向后背。

纯友右手暂离刀柄，麻痹了晴明等人，动作之神速实在惊人。

“如月小姐——”维时朝泷子跑过去。

“只要泷子不在，将门就更容易操纵了。”纯友放声大笑。

“等等，藤太。”森林中，与藤太厮杀正酣的将门说了一句，撤了招。

“怎么了？”藤太也收起黄金丸，停止厮杀。

“刚才，我听到了泷子的声音……”将门说道。

“唔。”藤太点点头，他也听到了同样的声音。

先是女儿呼唤父亲的声音，继而是悲鸣，又戛然而止。

将门向森林外冲去。藤太也奔跑起来。尽管此前一面打斗一面进入森林，但并未走远，不久便冲到外面。

烈焰熊熊燃烧，火势仍未衰减。藤太和将门赶到时，纯友正站在那里，平维时在他面前横刀而立。旁边有个女人倒在地上。

是泷子。

晴明与博雅跪倒在泷子身边。藤太立刻来到维时身旁。

将门在他们面前停了下来，号叫着：“泷子……”

泷子从肩头到后背被割开一条大口子，鲜血正往外流。

“将门，是维时杀了泷子姬。”纯友说道。

将门大口喘着粗气，望着纯友。

“你？”

“藤原纯友。”

“可是……”

“你所熟悉的兴世王的真身，便是纯友。闲话以后再说。现在你必须先干掉这些家伙。”

听到纯友诬陷，维时怒火中烧：“斩杀如月小姐的，不是你纯友吗？你竟厚颜无耻到这种地步。”

“将门，维时爱慕着泷子姬，他绝不会做这种事。”藤太手捧黄金丸说道。

“你究竟是相信敌人，还是相信我？”

“你错了。”纯友话音刚落，一个女子的声音响起。泷子站立起来，晴明和博雅在一旁相扶。刚才还奄奄一息的泷子，现在居然呼吸均匀，虽然被人搀扶着，但仍能用自己的脚站起来。

“杀我的就是兴世王——不，是藤原纯友，父亲大人。”

“别听她胡说。是那阴阳师使了妖术，操纵了泷子姬……”

“不。”泷子挣脱晴明和博雅的手，用自己的双腿站着，“我没有受任何人操纵。”

泷子一步步逼向纯友。

“十九年前，是你袭击了我们所在的寺院，杀死了母亲，诱骗了我。而我一直蒙在鼓里，被你操纵……泷子已经厌倦了。无论是争斗，还是死人，都厌倦了……”

“哦，泷子，泷子姬……”

“请您放弃吧。从此，我们父女二人，找一个任何人都找不到的地方过日子……”

这时，泷子的脸开始变化。脸颊的肉在动，鼻子的形状也在变化，眼睛也在变大。

“你，你……”

“将门大人……”女人说道。

“你，你是……”

“我等您好久了，将门大人。”

“桔、桔梗。”

桔梗站在了将门面前。眼前这一幕，令藤太也惊愕不已。

“桔梗夫人。”藤太叫了起来。

“杀死我、欺骗泷子的，都是藤原纯友。”桔梗说道。

“原来是这样。”将门看着纯友点点头。

“晴、晴明，这……”博雅惊呆了。

“已经够了。已经够了。够了……”桔梗用温柔的声音说道。

“桔梗……”将门丢掉手中的太刀，一把将眼前的桔梗搂在怀里，“我一直都想见你……”

目瞪口呆的纯友忽然转过身来。“又是你搞的鬼吧，晴明？”

“是。”晴明一本正经答道，“不好意思，我使用了您丢弃的虫子。”

正当晴明回答之时，将门忽然推开桔梗，跪倒在地上，哇哇地呕吐起来，吐出的黏稠的黑色东西充满腐臭。

将门躬着腰，狂吐不止。当他终于结束呕吐，跪倒在那里的已不再是铁身的将门，而是肉身的将门，身体也恢复了原先的高度。

“父亲大人。”

再一看说话的女人，不知何时，桔梗已经变回了泷子。

“哦，泷子……”将门用慈祥的声音喊道。

烈焰冲天。将门随着火焰仰起头，然后将视线移回地上。

“藤太……”将门望着藤太，然后望望晴明、博雅、维时，再望望泷子。

“就像做了一场梦……”他缓缓站起，说道，“纯友……”

“什么？”

“够了。”将门一步步走向纯友。

“你说什么？到底是什么事？”

“我们已经活够了……”

“不要过来。”纯友一刀捅向将门。

身体已经不再是铁，利刃瞬间穿透了将门的肚腹。将门停止了走动，身体却仍在向前，刀尖从后背捅出。

“已经够了吧，纯友……”

说着，将门一下子扑上前，紧紧抱住纯友。

“你干什么？”

将门抱起拼命挣扎的纯友，朝着烈焰走去。

“纯友，就让将门在黄泉为你带路。”

“不要，将门。”

“没用的。”

“啊。”纯友朝将门的肩膀狠狠咬下去，撕下一块肉来。但将门并没有停止，而是越发靠近烈焰。

“将门！”藤太叫道。

将门回过头来，笑了。

“刚才打得太过瘾了，藤太。能与你尽情拼杀太好了。不愧是俵藤太，天下第一。”

“父亲大人！”

“永别了。”将门深情地望着哭喊的泷子，朝烈焰中走去。

“住手，你要干什么，将门？”

“请忍耐忍耐吧，纯友。”

说话间，将门的头发燃烧起来，纯友的头发也冒着青烟烧起。

“啊……”纯友惨叫起来。

“请忍耐一下。比起净藏的火，这算得了什么！”

“啊——”

纯友的惨叫淹没在将门的笑声中，肉体焦糊的气味在夜色中弥漫开来。将门与纯友的身体倒在火焰中。

纯友的叫声和着将门的笑声持续了一阵子，不久止息。

“父亲大人……”

维时从后面紧紧抱住拼命扑向火焰的泷子。

“喂，晴明。”晴明身后响起博雅的声音，“你究竟对泷子小姐做了什么？”

“纯友丢弃的变颜虫从火堆里爬出来，我便捡起，通过泷子小姐的伤口让其附在她身上。”

“什……”

“变颜虫不仅可以变化容貌，还能疗伤止血。兴世王能立刻治愈创伤，也是因为这个。”

就在晴明说话时，呼啦一声，森林中出现了一群检非违使的官兵。还有肩膀上蹲着沙门的贺茂保宪。

“怎么样，晴明，没事吧？”保宪打着招呼。

“已经了结了。”晴明说道。

“在来这里的途中，我们发现一群可疑的人在森林中游荡，就把他们全抓了起来。”

“既然如此，那劳您大驾了。”晴明说道，视线移向一侧，道满正站在那里。

道满挠着头，走了过来。“你让我看了一场好戏，晴明。”

“多谢仗义相助。”

“不必谢了。我只是高兴这么做。”

“那是什么？”晴明望望道满怀里，问道。

道满将一头露在外面的东西从怀中取出，在火光下展示给大家看。是人的右臂。

“将门的手……”

道满抚摸着将门的手，将门的手指加快了律动。

“哦，还记得啊，还记得我啊……”道满喜滋滋地说道。

“这是我……”藤太说道。

“没错，你斩掉的。我把它捡了起来。”

“您打算如何处置呢？”晴明问道。

“这可是变了鬼的将门的手臂，我想把它用作式神。”道满说道。

“如果想见这条手臂，你随时可以找我道满。”道满又对泷子说了一声，不等对方回答便转过身去。

“我去了……”

道满的背影逐渐远去，不久便消失在森林中。

图书在版编目（CIP）数据

阴阳师．泷夜叉姬／（日）梦枕貘著；王维幸译
．-- 2版．-- 海口：南海出版公司，2018.1
ISBN 978-7-5442-8784-5

Ⅰ．①阴… Ⅱ．①梦… ②王… Ⅲ．①长篇小说-日本-现代 Ⅳ．①I313.45

中国版本图书馆CIP数据核字(2017)第044728号

著作权合同登记号 图字：30-2012-011

阴阳师．泷夜叉姬
〔日〕梦枕貘 著
王维幸 译

出　　版　南海出版公司　(0898)66568511
　　　　　海口市海秀中路51号星华大厦五楼　邮编 570206
发　　行　新经典发行有限公司
　　　　　电话(010)68423599　邮箱 editor@readinglife.com
经　　销　新华书店

责任编辑　翟明明
特邀编辑　陈文娟
装帧设计　韩　笑
内文制作　田晓波

印　　刷　北京汇林印务有限公司
开　　本　850毫米×1168毫米　1/32
印　　张　10
字　　数　253千
版　　次　2014年1月第1版　2018年1月第2版
印　　次　2018年1月第7次印刷
书　　号　ISBN 978-7-5442-8784-5
定　　价　45.00元